CH'ULEL

La flor blanca de la conciencia

■ SILVIA LAVIN ■

Todos los derechos reservados.
Registro Indautor: 03-2022-021316115500-01

Para mis hijos Sabina y Bruno,

In la´kech

Yo soy otro tú

Tú eres otro yo

En este relato se asoman todas y cada una de las personas que han enriquecido mi vida, espero que ellas mismas se descubran en él.

Más allá de la delgada capa de falsa realidad existe otra realidad de la que por alguna razón algo nos mantiene separados. Para mí lo «milagroso» fue penetrar en esa realidad desconocida.

P.D. Ouspensky

ÍNDICE

PRIMERA PARTE 1
  1 – EL AGUA GRANDE 2
  2 - LOS HUESOS SON SEMILLAS 5
  3 - LAS ANÉCDOTAS DE ITZAYANA 7
  4 – UN MANTO DE ESTRELLAS 9
  5 - JAGUARES 11
  6 – LOS HACEDORES DE CÓDICES 14
  7 – LA GRUTA DE LOS ESCRIBAS 17
  8 – LOS CÓDICES DE HU'UN 19
  9 – EL SEÑOR DE LOS NÚMEROS 20
  10 - EL DIOS PAWAHTÚN 22
  11 – LA GRAN GALERÍA 24
  12 - LA LLUVIA DE ZOPILOTES 26
  13 - LOS SEÑORES DEL XIB'ALB'A 28
  14 - YUM CIMIH 30
  15 - LA CREACIÓN 31
  16 - ¿CONOCES EL POPOL VUH? 33
  17 - LOS INVASORES 34
  18 - EL MAÍZ 36
  19 - EL SEÑOR DEL OCASO 37
  20 - RITOS FUNERARIOS 39
  21 - LA CÁMARA MORTUORIA 40
  22 - LOS ANTEPASADOS COMO ÁRBOLES FRUTALES 42
  23 – LAS ENTRAÑAS DE LA PIRÁMIDE 44
  24 - EL CURANDERO 46
  26 - BRUNO 53
  27 - EL TEMPLO DE CHAK EK 58

SEGUNDA PARTE 63
28 – EL JUEGO DE PELOTA 64
29 - PREPARACIÓN PARA EL JUEGO 69
30 – LAS REGLAS DEL JUEGO 73
31 – LA GRAN DINASTÍA DE B'AAKAAL 74
32 - LOS ESCENARIOS DEL PORVENIR 79
33 - LOS HÉROES GEMELOS 81
34 - EL SACRIFICIO 82
35 – SABINA EN EL PALACIO 84
36 - SACRIFICIO 94
37 - EL JUEGO 97
38 - ITZAMNÁAJ 101

TERCERA PARTE 107
39 - EL MAÍZ 108
40 – LA HISTORIA DEL ORIGEN 120
41 - EL FINAL DEL JUEGO 123
42 – DESAPARICIÓN DEL XIB'ALB'A 130
43 - LA CUERDA BAJARÁ DEL CIELO 138
44 - HACIA EL MONTE MAHK 146
45 - LOS INSTRUMENTOS MUSICALES 151
46 – EL COLAPSO 154
47 – EL J'MEEN 156
48 - EL TEMPLO MONSTRUO 158
49 - EL ALTAR 161
50 – VÍA LÁCTEA 164
51 – UN MUNDO NUEVO 167

FIN 180
AGRADECIMIENTOS 181
BIBLIOGRAFÍA 183

PRIMERA PARTE

1 – EL AGUA GRANDE

Al sumergirse en lo verde claro de la laguna, la piel blanca de la adolescente desaparece entre las burbujas. En la arena se refleja la danza de los rayos de luz que se agitan a su paso. La corriente la arrulla y de entre las grietas de la roca se desprenden pececitos de colores que vienen a su encuentro. Sabina siente fluir una deliciosa armonía entre las caricias del agua en su cuerpo, los destellos embriagantes de luz en el paisaje submarino y la extraña compañía de los peces. El tiempo desaparece, el viaje no parece tener destino.

La apacible sensación se turbia con una cortina de burbujas grises. El fondo, antes blanco, se convierte en un precipicio negro que la succiona, corrientes de agua brotan en todas direcciones, borbotones helados chocan con su cuerpo. Sin percibirlo, ha franqueado la invisible barrera que separa a la laguna del cenote negro.

El agua, dentro de los cerros, se conecta a través de vetas subterráneas con la llamada Agua Grande, y allá, donde el mar se junta con el cielo, su nombre cambia a Agua Celeste.

Sus pies resbalan sobre una capa gelatinosa. Mientras lucha para no ser tragada por el lodo, se aferra a las enormes raíces de los árboles que se apartan para darle acceso a un estrecho túnel por donde se arrastra como serpiente.

Al avanzar en la oscuridad, escucha la alegre tonada del agua cayendo en pozas. Al tiempo que percibe un agradable olor a humedad, la música cristalina va quedando atrás para dar lugar a un murmullo que se convierte en coro; son las voces de las aves, concierto de cantos y graznidos que la llaman a su encuentro.

Sus ojos, ya acostumbrados a la oscuridad, perciben una finísima estela de luz que la guía por un camino estrecho y empinado. Se detiene cuando los cabellos de oro del sol acarician su rostro. El canto de las aves se torna ensordecedor.

Sabina avanza en medio de la lujuriosa vegetación con la mirada clavada en el cielo. Una parvada surca el cenit como si llevara a cabo una danza ritual. Rozando el agua, un gaitán dibuja pequeños remolinos en la superficie. Más allá, los ruidosos zanates se precipitan sobre la playa del río, y las chachalacas despegan, dispersando su canto ronco. Muchas otras aves vigilan la vegetación de pie, algunas nadan solas o en grupo. Al notar su presencia, las garzas emprenden el vuelo.

Las cúpulas de los árboles semejan nubes de algodón; cada una crece consciente de la presencia y el espacio de la otra, jamás se invaden, el reflejo del agua duplica y enaltece el paisaje.

De pronto, recuerda que alguien ya le había mencionado un lugar llamado la Isla de las Aves, pero su mente se abruma y, agotada, se acurruca bajo una palmera.

Los primeros rayos del amanecer atraviesan sus párpados. Un pájaro negro se posa junto a ella, las miradas de ambos se cruzan. Repentinamente, el ave levanta el vuelo y, por alguna razón inexplicable, ella decide seguirla, presintiendo que una extraña conexión los mantiene unidos.

El ave vuela en círculos y regresa hacia ella para asegurarse de que la está siguiendo. Al llegar a un arroyo, sigue su cauce y entra en una cueva que inhala y exhala una brisa tibia. Las corrientes de agua que recorren sus profundidades atraviesan las formaciones rocosas, produciendo una sinfonía de sonidos cristalinos y roncos suspiros.

Camina lentamente, sus pies tropiezan con el suelo irregular y no distingue los obstáculos, pero sus ojos se acostumbran a la oscuridad. Con la emoción de una arqueóloga descubriendo un palacio olvidado, reconoce piezas de cerámica, perlas, cuentas de piedra, collares, conchas, pendientes, huesos de pescado, espinas de mantarraya, esponjas, tenazas de cangrejo y una vasta ofrenda de corales.

«Parece un espacio sagrado… ¿Qué dioses habrán venerado aquí?»

Mientras las preguntas recorren su mente, los corales recuperan lentamente los colores de su textura porosa y comienzan a moverse como si una invisible corriente los arrullara. Las formas ramificadas de tonos rojizos emiten entonces sonidos que parecen palabras, y que se hilvanan hasta formar una frase que ella entiende como si la pronunciara su misma mente:

—Te encuentras frente a una ofrenda mortuoria: la representación de un paraje acuoso ligado al proceso espiritual entre muerte y renacer.

«¿Por qué mi imaginación parece tan real?»

Aturdida, huye, y, vagando sin rumbo, tropieza con un enorme plato pintado con la representación de un ave que lleva un pescado en el pico.

«Es la misma ave que me trajo hasta aquí. Tiene ese mismo cuello largo y esa cresta chistosa. Podría ser un cormorán…», señala.

Unos pasos más adelante, un hallazgo la horroriza. Un círculo de tiza rodea un cadáver a flor de tierra.

Un susurro se forma en el silencio:

—Estás frente a la recreación de un estanque blanco que le permite al difunto entrar al agua, así se encamina a la resurrección, por el camino blanco, el camino viviente.

Más cuchicheos brotan, compitiendo para narrar sus historias.

Con un terror indescriptible, comprende que se encuentra en un pasaje entre el mundo de los muertos y el de los vivos.

El ímpetu que la caracteriza le hace olvidar la atmósfera asfixiante y deja de razonar, pues comprende que es imposible tratar de encontrar una explicación lógica a lo que está sucediendo.

Al levantar la vista, se da cuenta de que está rodeada de murales que recrean un ambiente marino. En una esquina, enterradas a medias, se amontonan canoas. Los adornos confirman lo que ya había intuido: está en una tumba.

Interviene de nuevo la voz misteriosa:

—El mar, el Agua Grande, se encuentra lejos. En cambio, los cenotes están en todas partes, son portales mágicos, paradas en el viaje hacia el cielo. Aquí, en este cenote, te encuentras en el umbral del Inframundo. La boca grande. El abismo dentado en donde caen los muertos y del cual resucitan las almas.

Los huesos esparcidos del cadáver se desplazan para reconstruir de nuevo el esqueleto.

—Estas son las fauces de la tierra —afirma el cráneo—. La enorme y húmeda mandíbula de la deidad devoradora, el interior de las fértiles montañas.

Sabina, presa del miedo, ya no se siente dueña de su voluntad y sigue sin razonar el vuelo del cormorán por el laberinto de cavernas.

—Estás en el útero de la tierra —le dice el ave—, la parte femenina del cosmos.

Sabina, aturdida, lo mira con desconcierto.

—Este es el lugar donde la muerte se transforma en vida. La vida se gesta y regenera en esta silenciosa dimensión —afirma el cormorán—, aunque también es la guarida del sol nocturno.

—¿Quién eres tú? —pregunta anhelante— ¿Por qué me instas a seguirte?

—Soy el pájaro de agua. El intermediario entre el mundo de los vivos y el de los muertos. Yo soy el símbolo de la superficie acuosa del Inframundo.

La joven lo mira llena de espanto.

—Sí, la contra réplica del mundo de los vivos —afirma el pájaro—. Todos los cuerpos de agua son la gran puerta al mundo de los muertos llamado Xib'alb'a.

El cormorán marca una pausa y repite la última palabra retorciendo su cuello.

—El Xib'alb'a... El océano negro y primigenio en donde flota la tierra, la frontera del Inframundo, el Ik Naabnal: el acceso a otra realidad.

2 - LOS HUESOS SON SEMILLAS

Sabina y el cormorán abandonan las cavernas para emprender una larga travesía, en repetidas ocasiones deben de cruzar ríos encantados, escalar paredes, a veces el camino es tan intrincado que se ve obligada a bordear barrancos. En una jornada que parece interminable, avanza entre torrentes y desfiladeros repletos de árboles espinosos.

Al llegar a una encrucijada de cuatro caminos: uno rojo, otro negro, uno blanco y otro verde, ella decide seguir el rojo. Cuando ha avanzado unos pocos pasos, escucha el fuerte sonido de una trompeta de caracol.

—La muerte llama a las almas para enfrentar un juicio contra los señores del Xib'alb'a —afirma un pelícano descarnado que aterriza junto a ella.

Xib'alb'a, la impronunciable palabra, retumba en sus oídos como un eco siniestro. Debido a la zozobra que la asalta, no se atreve a nombrarla y opta por ignorarla, tan solo se atreve a preguntar:

—¿He muerto?

—No —responde el pelícano sin piel ni plumas—. Morir es fecundar la tierra —agrega el ave impasible—, los huesos son la semilla portadora de las almas que emergerán sobre la tierra.

Al ver el desconcierto de la adolescente, el pelícano prosigue con su explicación.

—Los huesos, como la semilla, se pudren y se hinchan en el oscuro vientre de la tierra, después, los brotes revientan los suelos para mirar al cielo que hace que regrese la luz a su corazón.

A tan solo unos pasos de ella, se presenta un armadillo con la columna expuesta, el olor putrefacto que despide le da náuseas.

—Tras la muerte, se deja el cuerpo en la tierra como alimento —afirma el animal desollado—, ese es el mayor acto de reciprocidad hacia los dioses, ya que, al entregarlo, quedan compensados los beneficios recibidos, y se restituyen los suministros que la Madre Tierra donó.

Una extraña sed por entender el mundo que la rodea le impulsa a preguntar:

—Me han hablado de huesos y piel, pero al morir, ¿qué sucede con la parte intangible de las personas? —Ha formulado la pregunta evitando pronunciar la palabra alma o espíritu.

Un pato, el mensajero de las nubes, entra en escena con su particular plumaje de arco iris.

—Después de la muerte, la sustancia sutil del cuerpo tiene diferentes destinos: algunas de las almas se reintegran a su fuente, otras quedan vagando maléficamente sobre la tierra.

Sabina visualiza la escena de las ánimas translúcidas desplazándose en la oscuridad. Intrigada, escucha al ave que camina en círculos.

—El alma principal, la esencial, debe purificarse para perder las vivencias y recuerdos que le quedaron adheridas.

Notando la confusión de la chica, aclara:

—Al llegar aquí, los espíritus descienden por cada uno de los nueve pisos, donde, para expiar sus faltas, padecerán sacrificios específicos. Llegando al último nivel, habrá desaparecido toda memoria de su vida; serán un alma en blanco, propia para ser esencia de otro ser.

—¿Existen los malos espíritus? —pregunta ella llena de sobresalto.

—Los llaman Okil Pixan —le responde, bajando la voz y reprobándola con la mirada—, aunque estés viva, debes cuidarte de ellos, podrían... robarte el alma.

Al ser evocados por el pato, Sabina percibe su presencia maléfica. Al principio son chasquidos que resuenan en sus oídos, luego un aliento caliente le resopla en la nuca, y vibraciones nefastas recorren su piel como una pesada lluvia negra.

Indiferente, el ave agrega:

—Si algún difunto llegara a ser vencido por ellos, su espíritu se extinguiría por siempre fundiéndose en el aire, la tierra o... el fuego.

—¿Y a mí que estoy viva? —pregunta, angustiada.

—No lo sé... mantén los ojos bien abiertos, por si acaso...

3 - LAS ANÉCDOTAS DE ITZAYANA

El cansancio vence a Sabina que se duerme en la orilla misma del camino. Cuando despierta, comprende que la han dejado sola, no le queda más remedio que resignarse a su destino y continuar el camino, que ha adquirido un inquietante color carbón. Con asombro, va descubriendo templos y casas. En lo alto de una desolada colina se alza un magnífico palacio, la visión le sobrecoge y se pregunta: «¿Quién puede vivir ahí?».

En su trayecto, se cruzan indescriptibles entes y animales, imposible para ella discernir si están vivos o muertos. Estas presencias la llevan a divagar, y a su mente regresan las estremecedoras anécdotas que le contaba su nana Itzayana que era de origen Maya.

—La lechuza Xoch —les contaba a ella y a su hermano—, que va y viene del mundo de los muertos, vuela por las noches con el pico hacia arriba y va llorando como bebé, para enfermar a los niños y robarles el aliento vital.

Itzayana poblaba sus historias con animales agoreros de enfermedades y muerte, tales como los tecolotes que pueden hablar, los mochuelos o tapacaminos y las temibles gallinas que cantan como gallos a deshoras de la noche para confundir a la gente y que salgan de sus casas y se expongan a los peligros de la oscuridad.

En sus noches de infancia, le temía al ente que siembra pesadillas, y se sumía entre las cobijas para no soñar con el ladrón de lágrimas y la lagartija que muerde la sombra de la cabeza.

La historia más aterradora era la de la serpiente Ekuneil que, entrando a las casas por los techos de palma, se enrolla en las madres que amamantan a sus recién nacidos colocando su cola resbalosa dentro de las boquitas de los bebés y succionando del pezón de la madre hasta que, en lugar de la deliciosa leche, brote sangre, despojándolos a ambos, poco a poco, del menor hálito de vida.

Las historias de Itzayana se desvanecen cuando la realidad con la que se encuentra se vuelve más aterradora que su peor pesadilla: Por el camino se encuentra con esperpentos de aspecto humano que avanzan como si carecieran de espíritu; hombres, mujeres, niños, jóvenes, viejos desdentados, algunos transparentes, otros con el cuerpo cubierto de marcas negras o en estado de putrefacción. Algunos van perdiendo trozos de carne, las llagas de otros supuran. La mayoría con los ojos colgando fuera de sus órbitas despiden fuertes, agrios, penetrantes e insoportables olores.

Todos siguen su camino con indiferencia. Al contemplarlos, se pregunta cuál es la diferencia entre la vida y la muerte.

En medio de ese paisaje desolado, Sabina es testigo de algo insólito: el vuelo de un niño que, al tiempo que se eleva, se encoge, y va perdiendo sus miembros, para irse transformando en una luciérnaga con ojos y cabeza que arden como brazas. Al observarlo, la chica advierte que conserva reminiscencias de sus cejas y una prolongada nariz. Cuando el insecto fosforescente gira en torno a su cabeza, recuerda al cormorán con nostalgia, y de la misma manera que lo hizo con él, decide seguirlo.

4 – UN MANTO DE ESTRELLAS

Al final de una larga jornada, exhausta, se recuesta sobre una superficie que semeja un manto de estrellas. Con sus manos, palpa la textura tibia y afelpada. En sueños, se ve a sí misma tendida sobre una piel tatuada y se pregunta si las formas negras plasmadas sobre el pelaje dorado son algún tipo de escritura.

—Las manchas del jaguar son el espejo del cosmos, ya que ahí se sintetiza la creación del universo —le responde la luciérnaga que brilla resplandeciente.

—¿Un jaguar?

Sus oídos escuchan los latidos de un vigoroso corazón mientras su cabeza sube y baja al ritmo de las inhalaciones y exhalaciones de un pecho en el que está apoyada. La joven siente cómo se contrae y se relaja cada vez que se llenan y vacían los pulmones; al cabo de un rato despierta y, poco a poco, toma conciencia de que está sobre alguien y cede al pánico.

El felino se yergue y la deja caer al piso. Impactada, permanece inmóvil y temerosa. Desde abajo, observa a la majestuosa criatura que, indolente, se estira y se sacude sin percatarse de su presencia. Temblando, contempla al esplendoroso jaguar que se levanta sobre sus dos patas traseras: su cuerpo se encuentra rodeado de grandes flamas que se mueven junto con él. En el vientre lleva trazada una flor de cuatro pétalos de un amarillo fosforescente y la banda que delimita sus ojos se entrelaza en el ceño con forma de rizo.

—La flor solar de cuatro pétalos representa a K'in —asegura la luciérnaga que, al dirigirse a ella, rompe el estado de hechizo en que se encuentra.

El reflejo de la tenue luz acrecienta la mirada confusa de Sabina.

—K'in representa al Sol —responde el insecto—, el Jaguar, que tienes frente a ti, es la encarnación del sol nocturno.

—¿El Sol convertido en Jaguar?

—Cada día, al morir la tarde, cuando el Sol declina, traspasa las copas de los árboles, desciende por cada uno de los tallos, ramas y hojas, los recorre como su propia savia, baja por su tronco y raíz para, al fin, retirarse bajo la tierra, al reino de las tinieblas.

Imperturbable, la luciérnaga continúa frente a la mirada atónita de la chica:

—Cuando anochece, el Sol atraviesa el mundo de los muertos transformado en felino, su nombre es K'inich Ajaw, Sol Jaguar del Inframundo, y apoyado sobre un gran caimán, cotidianamente el Señor de la Noche sostiene una batalla contra poderes y energías subterráneas a los que debe vencer para volver a surgir como gran astro rey junto a la estrella de la mañana.

Una voz melodiosa se apodera de su cabeza:

—Cuando se oculta el Sol, se convierte en felino de flores, recorre selvas y montañas, para que lo tomes por nahual[1].

Esas frases, que para ella no tienen ningún sentido, muy pronto tomarán un profundo significado.

Sabina se llena de valor y decide incorporarse. Su mirada se cruza con la del jaguar, el verde intenso de sus ojos, de expresión casi humana, le es tan familiar que la conforta; una mirada le hace comprender que debe de seguir sus pasos.

---

[1] Martín Rodríguez Arellano.

5 - JAGUARES

K'inich Ahaw abandona la posición bípeda y, apoyado en sus cuatro patas, avanza lentamente. Juntos recorren paisajes estériles y monótonos que al fin se abren para formar un gran llano. Los espera un jaguar sentado en flamas amarillas.

—Bienvenidos, soy Kak'Hix, Montaña Amarilla, muy pronto serás testigo de portentos inexplicables —afirma dirigiéndose a Sabina—. No intentes encontrar explicaciones ni dudes de tu cordura, no tomes iniciativas, deberás obedecer y acatar todas las cosas que te sean solicitadas.

Sabina se pregunta cuál es el objetivo de su presencia en ese extraño mundo. De pronto, su mirada es atraída por otro felino que lleva estrellas fulgurantes en su cuerpo y de cuyas fauces brotan volutas de fuego.

—Es el Balam de la Estrella Brillante —afirma el Dios Jaguar—, aunque este ejemplar sea inofensivo, en ningún momento debes de alejarte de mí.

En dirección a un estanque, se aleja un esquelético jaguar que lleva armas atadas en la espalda. Al percibir a la mujer, adopta una posición de defensa, al tiempo que le arroja un dardo que es desviado por la cola de K'inich Ahaw. El miedo que la abruma le hace palidecer al atestiguar un espectáculo desgarrador: Atado a un armazón de madera, un jaguar agoniza con el cuerpo penetrado por incontables saetas. Cuando la joven comprende que están preparando una fogata bajo sus pies, pregunta fuera de sus cabales:

—¿Van a quemar a ese pobre jaguar?

Sin respuesta, trata de interceder por la pobre criatura. K'inich Ahaw rechaza sus súplicas de manera tajante:

—El ritual de fertilidad no puede sufrir interrupciones.

Ella se aleja decepcionada y cabizbaja, K'inich hace un esfuerzo para que ella pueda comprender y la lleva frente a otro jaguar que se encuentra sentado en el marco de una plataforma cuadrada que tiene decoraciones de huesos cruzados y calaveras.

—En este mundo —afirma el dios—, el destino de la mayoría de los jaguares es ser inmolados como ofrenda, verás, son el símbolo del sacrificio de decapitación o extracción del corazón —La chica se tapa los oídos para no seguir escuchando—. La estructura que ves se relaciona con el desmembramiento humano.

—¿Pero, por qué tanta crueldad? —pregunta exaltada.

—Estamos en un lugar de sacrificio y muerte.

—¿Qué estoy haciendo aquí? —pregunta desesperada.

Hastiada, trata de huir, haciendo caso omiso de las advertencias. Vaga sola hasta que se topa con un ojo de agua en cuya superficie flota un jaguar. La serpiente que se desenreda de su cuerpo lo ha sofocado. El hocico abierto, la lengua de fuera, los ojos desorbitados y un nenúfar en la cabeza la perturban todavía más.

—Es el jaguar del lago —le explica K'inich que la ha seguido en silencio.

Una escena al otro lado del pantano le hace olvidar el desasosiego que ha nacido en su pecho: un grupo de jóvenes jaguares se enredan en lirios multicolores mordisqueados por pequeños pescados que liban como abejas.

Triste y sin forma de escapar, se resigna a seguir a K'inich Ahaw sin saber lo que le depara el destino. De pronto, se topa con un jaguar suspendido en el aire, con los ojos cerrados exhala lenguas de fuego. Mientras lo admira, no se percata del momento en que es embestida por un enorme animal. K'inich lo parte en dos de un solo tajo.

—El Jaguar Iguana se deleita con carne humana, estamos a punto de cruzar su territorio —afirma su protector.

Ella se levanta horrorizada y se aferra a su col. La oscuridad que la ciega hace más intensos los gritos y aullidos de dolor que se incrustan en sus oídos, los berridos parecen provenir de todas direcciones. Conteniendo el terror que la asalta, avanza entre el olor a muerte que penetra sus sentidos.

Sabina ha perdido la noción del tiempo. Cuando se detienen para descansar, observan a un jaguar sereno y concentrado sentado en flor de loto. Ella se recuesta y, cuando se empieza a relajar, percibe un olor a carne quemada. Se incorpora e, impotente, ve al jaguar que arde como una antorcha.

—Haz algo —pide suplicante.

—Su nombre es Yax Balam —le responde K'inich Ahaw—, el Jaguar en Llamas. Has sido testigo de su auto inmolación.

Muy perturbada, trata de dormir. Por más que se dice que el destino de los jaguares es el sacrificio, no logra apartar de su mente las crueles escenas de las que ha sido testigo. «¿Y si todo no fuera más que un mal sueño?», se pregunta atormentada.

—¿Qué estoy haciendo aquí? ¿Acaso estoy muerta?

Su grito se ahoga en el silencio.

En sueños ve a un hombre que se acerca, la cabeza de la piel del jaguar que lleva en los hombros cuelga a la altura de sus muslos. De la negra y espesa cabellera emana un aroma familiar que la envuelve. Mientras ella admira su brillo sedoso, escucha una voz que la conforta:

—El cabello es la extensión del alma —afirma el imponente personaje con apariencia de guerrero mientras entreteje las puntas de las cabelleras de ambos.

Aunque el hombre posee una apariencia fuerte y atlética, sus ojos la envuelven con una mirada dulce y serena cargada de melancolía.

—Señora, ¿me has olvidado? —le pregunta con pesar.

Ella permanece muda tras escuchar las palabras que le transmiten pena y desolación, en ese instante se despierta y se da cuenta de que las lágrimas corren por sus mejillas.

A la mañana siguiente, ha olvidado la angustia que la aquejaba, la voz y el recuerdo del hombre se convierten en un bálsamo de esperanza para ella, aunque le atormenta saber quién es y por qué ha entrado a sus sueños para inquietarla de esa manera.

Al encontrarse sola, Sabina comienza a merodear hasta toparse con la talla en roca de un jaguar con brotes de vegetación en las fauces. Decide adentrarse por la boca y, después de un rato, se cruza con un jaguar que carece de mandíbula y de cuyo hocico y cabeza brotan tallos y lirios acuáticos. Más lejos, se encuentra con un ejemplar más pequeño, de cuya nariz y cola afloran hojas y capullos.

—Esta es la madriguera de los jaguares nenúfar —afirma una serpiente con la cola ornada de flores frescas—, aquel ejemplar de cuyo lomo brota vegetación, propicia la germinación de la tierra cultivada.

Cuando la cueva es inundada de luz, Sabina admira decenas de felinos con la cola, el cuerpo y las extremidades que rematan en motivos vegetales. Al fondo, de un intrincado recoveco, surge una criatura mitad hombre y mitad jaguar que avanza hacia ella. De sus pantalones moteados brota una larga cola con toda su superficie llena de globos oculares, ella los mira preguntándose a quien pertenecen todos esos ojos que se abren y se cierran. Parado en dos patas, el extraño personaje agita una sonaja con su garra derecha como preludio de una larga reverencia:

—Oh, gran Señora, rica en tesoros sencillos, ¿acaso has olvidado tu glorioso pasado? —expresa el hombre jaguar emocionado—, ¡Bienvenida Tz'akbu Ajaw!

—¿Cómo me has llamado? —reclama la chica—. Todo esto es una confusión, un error, lo único que deseo es salir de aquí.

Mientras llora con rabia, se percata de que K'inich Ahaw está presente. Con una mirada suplicante le pide ayuda. Este, para su desconcierto agrega:

—No hay error posible, ¿no recuerdas a tus hijos K'inich Kan Balam[2] y K'an Joy Chitam?

La cabeza le da vueltas y se desmaya. De nuevo, el hombre de la larga cabellera se le aparece en sueños:

—No puedes huir de ti misma —le dice mientras el viento enreda las cabelleras de ambos—. Encuentra nuestro pasado, recuerda la verdad.

---

[2] Serpiente Jaguar que subió al poder en 684.

6 – LOS HACEDORES DE CÓDICES

Por segunda ocasión, la intervención del hombre le trae consuelo a la joven que decide esperar con paciencia y fe el encuentro con la verdad.

Su instinto le dice que debe moverse, y retoma el sendero. Tras un largo caminar, se topa con un edificio que tiene un mascarón como fachada, espirales cuadradas forman los ojos, puntiagudos colmillos de piedra cuelgan como estalactitas. Al penetrar en el hueco de la entrada que representa las fauces abiertas de un monstruo felino, imagen de la tierra, una sensación de sofoco la invade. Con sorpresa, descubre que una cascada de máscaras cubre muros y ángulos.

—Bienvenido a la Ciudad Texto—, le dice una mujer con orejas de felino y piel moteada.

En la cintura lleva al Sol decapitado, una capa negra decorada con huesos pende de sus hombros, sus ojos bizcos y sus pupilas rojas le recuerdan la mirada de las lagartijas que perseguía en su casa.

—Yo he estado en un templo idéntico a este —afirma Sabina venciendo su desconcierto.

—Seguramente, pero no sucedió aquí. Las ciudades y nombres del Supramundo tienen su correspondencia aquí en el Inframundo, pues el mundo inferior es la imagen invertida del superior. De hecho, los xibalbanos pueden llegar a ser residentes o patrones de ciudades allá en la superficie.

Sabina piensa que podrían haber sido algunos de los grandes asesinos de la historia.

—Señora —la mujer jaguar se dirige a la chica con una voz grave—, gracias a la fuerza que posees, dejaste atrás sentimientos de pena, soledad e incertidumbre y lograste llegar a este recinto. En breve, tendrás un encuentro con los escribas de sueños y realidades; ellos son los hacedores de códices, los Lájaw Kan, y te revelarán el propósito de tu presencia en este lugar sagrado.

La mujer jaguar avanza. Sabina va tras ella alentada por la posibilidad de hallar una respuesta a tantos misterios.

—Tienes suerte de encontrarte con ellos ya que los escribas son los guías intelectuales de nuestro pueblo, pues enseñan y aconsejan a los dirigentes —exclama uno de los aluxes que tiene un solo ojo—, la escritura es el sustento del pensamiento.

—Ellos llevan el cómputo de los años, los meses y los días, así como el de las fiestas y ceremonias —agrega otro hombrecillo con la piel pintada de rojo.

—También determinan los días y tiempos nefastos —interrumpe el pequeño cíclope—, son ministros de libros y cronistas sagrados, historiadores cuyo saber se transmite de padre a hijo. De seguro recuerdas que los códices son instrumentos de revelación, espejos que permiten ver cosas que de ordinario son oscuras, tales como el futuro, así como agentes causantes de alguna enfermedad.

—No tendría por qué recordarlo, ¿o sí? —replica Sabina, aturdida.

—Los libros místicos revelan a los iniciados la sabiduría del universo ya que son el recipiente de todo el conocimiento —manifiesta un hombre con grandes fosas nasales de las que escapa un plasma amarillo que irrumpe en la escena causando en la joven gran repugnancia.

—Estoy impaciente, ¿Por qué tanto preámbulo? —agrega ella, visiblemente alterada.

—Porque debes de prepararte para comprender de la mejor manera posible el mundo que estás a punto de abordar, pero por ahora debes de alimentarte y descansar —responde el hombre del plasma.

La luciérnaga que ha permanecido a su lado le ha traído racimos de frutos dorados. Tanto su textura de algodón de azúcar como su delicado sabor logran saciar la sed y el hambre que la agobiaban. Extenuada, se queda dormida dentro de una oquedad cubierta de hojas.

En sueños se manifiesta frente a ella un cocodrilo de color azul verde rodeado de nenúfares:

—Observa su lomo que representa los picos y valles de un accidentado paisaje, a lo largo de su cuerpo está representada la tierra en su aspecto húmedo y fértil —le explica un coatí que se presenta a sí misma como La Abuela del Alba y que lleva por cola una cauda de fuego—. El saurio encarna la transición entre dos mundos: el que se encuentra bajo la superficie terrestre, el Inframundo, y el que está por encima de ella. Su cuerpo representa los ejes de la tierra y del universo.

Mientras Sabina trata de asimilar la complejidad de la escena, el cocodrilo se levanta apoyándose sobre su cola y hace que el piso se mueva. Ella lo admira en todo su esplendor, y retrocede intimidada. Poco a poco, las cuatro extremidades del cocodrilo se encogen y se transforman en brazos y piernas que culminan en grandes garras. Las fauces del reptil se abren para mostrar varias hileras de filosos colmillos. Finalmente, se apartan más para dar paso a la cabeza de un hombre que se asoma y emerge lentamente.

—Soy Itzam Kab Ahiin, Tierra Cocodrilo —le dice a la joven que al percibir el aliento a sangre podrida está a punto de volver el estómago.

Tras un gran esfuerzo, se contiene. Con estupefacción observa los cientos de escamas que cubren la rugosa piel del monstruo, su fría mirada la paraliza.

—Esta criatura está bajo mi protección —afirma Tierra Cocodrilo dirigiéndose a una audiencia invisible para la chica.

El saurio añade desafiante:

—Cualquier acción en contra de ella será percibida por mí como un agravio.

Después de pronunciar esta sentencia que en realidad es una amenaza velada, Tierra Cocodrilo se desvanece.

—Ahora sabes que estás bajo la protección del cocodrilo, que es encarnación y metáfora de la tierra —le dice la Abuela del Alba—, de esta manera será para ti menos difícil soportar el agobiante peso de la misión que te ha sido confiada.

7 – LA GRUTA DE LOS ESCRIBAS

Sabina despierta sofocada y se pregunta cuál es la misión que debe llevar a cabo. Sabiendo que cuenta con un poderoso protector, retoma la ruta. A tan solo unos pasos, venados de diversos tamaños atraviesan el camino. El que primero se acerca tiene las cuencas de los ojos vacías, de ellas penden sus globos oculares unidos al nervio óptico que cuelga como una extensión elástica. La chica trata de ocultar su desconcierto mientras le escucha decir:

—Por fin has llegado. Mi nombre es Lágrimas Desbordantes, yo seré tu compañía en esta parte del camino. Muy pronto se llevará a cabo tu reencuentro con los escribas.

Siguiendo a su nuevo guía, se adentran en una caverna. Desde un recoveco profundo surge una serpiente con cuernos que les obstruye el paso. De sus fauces abiertas surge un hombre cuyo torso culmina en espiral. Sus largas antenas y orejas de venado se yerguen mientras coloca un caracol entre sus labios para emitir notas de bienvenida.

—Soy el avatar ofidio, la Serpiente de Fuego —les dice con una voz pausada—, yo seré el artífice de tu contacto con el mundo mágico que estás a punto de penetrar.

Lágrimas Desbordantes y Sabina van tras Serpiente de Fuego que se aventura por un largo pasillo. Paulatinamente, el corredor se estrecha y se convierte en una espiral sin fin, un laberinto escarpado y oscuro. Ella se sostiene con dificultad, pierde el equilibrio y cae rodando cuesta abajo, le es imposible frenar el brusco descenso, pierde el control de su cuerpo que rebota entre las piedras. Después de un rato interminable, por fin se detiene en una cámara, el dolor de sus heridas queda atrás al descubrir miles de lucecillas que resplandecen en la negrura del lugar.

—¡Un santuario de luciérnagas! —grita entusiasmada.

Cuando sus ojos se acostumbran a la oscuridad, Lágrimas Desbordantes le hace una señal.

—He aquí a los escribas.

Sus ojos recorren el espacio iluminado.

—Este lugar es increíble —dice al ver el bullicio silencioso de los escribas entregados a su labor, ya sea de rodillas, sentados, de pie, con las piernas cruzadas, en flor de loto o recargados sobre cojines.

Se advierte la concentración y la entrega, pero también la certidumbre de plenitud y conexión que solo el éxtasis creativo puede aportar. En sus turbantes sostienen pinceles de plumas que sumergen en las conchas llenas de pigmentos que otros preparan con plantas, minerales o caracolas.

Algunos tienen apariencia humana, otros, aspecto cadavérico o de animales.

Mientras que un hombre con alas y cuerpo de pájaro interviene una escultura junto con un coatí, otros vuelcan su talento en la cerámica.

—En la pintura, se representan todo tipo de criaturas, los objetos se encuentran habitados por la esencia de los seres en ellas plasmada —afirma un mono con naturalidad.

La joven circula entre hombres y mujeres que llevan faldas, cinturones, capas y tocados suntuosos, casi todos son indiferentes a su presencia. Sin importar su apariencia o naturaleza, todos los escribas tienen orejas de venado y espejos en sus tocados aderezados con la efigie de un personaje con un sombrero dividido en tres picos.

—Es uno de nuestros patronos, está asociado a los números —afirma un conejo.

Perturbada por la presencia del conejo, Sabina sigue su recorrido, nota que muchos de ellos portan parches o marcas en el cuerpo. En un rincón, descubre un grupo con rostro de saurios. Al lado del mono araña que pinta una máscara, otro hombre con cara de buitre y un jorobado modelan una pieza de cerámica:

—Dejemos hablar al paisaje y a las cosas —afirma el hombre pájaro.

8 – LOS CÓDICES DE HU'UN

En un recoveco aislado se encuentra un anciano desdentado que cubre su cabeza con una red. El rostro arrugado y el ceño fruncido enfatizan su autoridad mientras se dirige a un joven que con su dedo índice señala un pesado libro de pastas gruesas cubiertas con piel de jaguar:

—Cada signo forma una unidad viva y autónoma, conservando así la posibilidad de ir al encuentro de otros caracteres —afirma el anciano—, la esencia vital que todo elemento vivo contiene se encuentra encapsulado en su forma caligráfica. Cada línea debe ser una entidad que posee, por sí misma, el aliento vital.

Mientras contempla la escena, la chica ve de reojo al conejo que se acerca. Cuando este se dirige a ella, observa sus larguísimas orejas que llevan tatuado el emblema de la Luna. Sabina se estremece y suspira con nostalgia al evocar las noches en que admiraba la silueta del roedor plasmada en la superficie de la Luna:

—El libro de las gruesas pastas es un códice al que denominamos Hu'un, palabra que designa al papel vegetal con que se elabora, así como a la deidad que habita en su interior —afirma el conejo que es también un escriba.

Cuando calla, el viejo maestro cierra el libro doblado como acordeón, segundos después este se vuelve a abrir dejando escapar la cabeza de un ave que pretende escapar. Una maniobra rápida bloquea las pastas del libro para contener a la milagrosa criatura.

—¡Un libro habitado! —afirma la chica emocionada.

—¿Acaso no todos lo están? —responde el dios Conejo de la Luna.

9 – EL SEÑOR DE LOS NÚMEROS

Al abandonar la pequeña cueva, se topan con una escena inaudita: dos personajes con rostros de primates flotan en el aire sentados con las piernas cruzadas. De sus largas orejas de venado cuelgan flores que se vuelcan encima del libro que uno de ellos sostiene. Sobre sus espesas pastas de madera descansa una cabeza humana, su compañero sostiene una concha con tinta.

—Sus cuerpos tatuados indican que son deidades —explica el conejo—, observa la forma vegetal que brota de la axila del dios mono, esta crece segundo a segundo y se ramifica, es el Número Árbol, el atributo principal del Señor de los Números.

—¿Número Árbol? —pregunta Sabina.

—Es un tallo con puntos y barras inscritas sobre su corteza, estos signos son números al igual que las que lleva el dios tatuado en la mejilla.

Cuando el conejo calla, de la boca del primer dios fluye otra extensión vegetal marcada con cifras, mientras que el otro, el de la mejilla tatuada, emite un pronunciamiento:

—Los números poseen la verdad y la belleza suprema.

—La naturaleza está regida por la geometría sagrada —agrega el conejo—, hay patrones en todo y estos se manifiestan en el color, la luz y los reflejos del agua, entre otros tantos. La geometría nace principalmente de la observación de los diseños que presenta en su piel la serpiente de cascabel llamada Canamayte, que revela el espíritu de las formas. Estos patrones son reproducidos por el hombre cuando la serpiente se encuentra quieta o desplazándose. Al moverse, sus diseños se modifican, ofreciendo una sensación geométrica que, aunada a la voluptuosidad de la ondulación, ofrecen gran variedad de formas. Canamayte es venerada como el dios Ahaw Kan.

Una serpiente de cascabel se enrosca en los pies de Sabina que, al admirar los colores de su piel, reflexiona: «Me recuerda los diseños de las pirámides y los textiles». Su mirada se cruza con la del conejo.

—La observación de su entorno inspiró al hombre para reproducirlo. Así nació el arte.

Dejando atrás a las deidades de los números, ambos avanzan por un largo y lúgubre corredor que remata en una casa con una inscripción particular. Sabina le pide al conejo que se la traduzca.

—Aquí habita la Dama de los Libros.

Cuando la joven se dispone a interrogar a su compañero, descubre a un par de monos con diademas y orejas de venado que se encuentran sentados sobre una plataforma superior. Al verlos, Sabina olvida las preguntas que estaba por formular.

—Los dioses inventaron el divino arte de pintar. Por ello, son los Señores de las Artes, sin embargo, los patronos de la escritura y de los artistas son ellos —afirma el conejo señalando a los simios sentados en el improvisado altar—.

Sus nombres son: Hun Chuen y Hun Batz, guardianes y hacedores de códices sagrados. A ellos se encomiendan los artistas que buscan inspiración.

—¿Qué entiendes por artista? —pregunta Sabina.

—Son los artífices capaces de reflejar alientos vitales, sombras, nombres, contrapartes animales, envolturas, vacíos, huecos y pliegues. Ellos imprimen y plasman la versión de su propia interpretación del mundo, al tiempo que revelan lo más íntimo de su ser: su espíritu.

Mientras avanzan, la joven profundiza en la definición que acaba de escuchar, al centro de una galería descubre a un hombre que despliega sus alas transparentes mientras golpea una enorme piedra, y quien, al percatarse de su presencia, se dirige a ella:

—Intento hacer una escultura en esta piedra llamada obsidiana, el excremento de estrella.

—¿Por qué le llaman así? —pregunta Sabina.

—Porque es una roca que se origina de una estrella fugaz. No es más que el desecho de un astro, y en ella voy a representar al ancestral Dios Árbol. Yo admiro a los árboles que considero criaturas singulares, seres sentados y con los pies hundidos que volverán a incorporarse para ser humanos de nuevo.

10 - EL DIOS PAWAHTÚN

Al acceder a una cámara aún más profunda, Sabina es testigo de una curiosa escena: envuelto en la bruma, un viejo sin dientes, de rostro arrugado, con el cabello envuelto en una red y con un lirio en la mano, emerge de una flor.

—Es el dios Pawahtún, el patrono de los escribas y pintores —le explica el conejo mientras constatan que el cuerpo del anciano es de piedra—. Él es el cargador del cosmos, sostiene la bóveda celeste y la superficie de la tierra.

Un manatí pesado como una enorme roca interviene:

—En realidad, son cuatro los dioses que sostienen los cielos: los Bacaboob, su función en el Inframundo es la de retener la tierra y sus estructuras, por lo que influyen en la fertilidad.

Después de un breve silencio agrega:

—Muchos los consideran como deidades de los vientos y de los cuatro rumbos cósmicos a los que corresponde un color de maíz diferente.

Conforme el manatí los va nombrando, los Bacaboob se manifiestan. Sabina no cree lo que está viendo: El primero en aparecer lleva en la espalda un caparazón de tortuga, el que le sigue lleva una telaraña y los dos últimos cargan caracoles marinos. Las prendas de los cuatro remedan alas de abejas. Lo que sucede después la sorprende todavía más: una vez reunidos, se desdoblan para formar cuatro parejas conyugales: madre ceiba roja, blanca, negra y amarilla.

—Ellos han sido invocados para presidir el ritual junto con el Dios Viejo —afirma el manatí.

Sin decir palabra, el manatí retrocede para dar paso a la procesión que está por llegar. Desde el extremo opuesto, un nutrido grupo de criaturas camina con la devoción reflejada en su semblante. El fervor que de ellos emana conmueve a Sabina de manera profunda.

—Vienen caminando desde lugares muy lejanos —aclara el manatí—. Andar en procesión es implorar con los pies, es elevar plegarias hechas paso a paso, trazando un sendero sagrado que levanta un vibrante eco en valles, cuevas y manantiales.

Cientos de siluetas se confunden entre espirales de oloroso incienso. Apoyados sobre sus patas traseras avanzan interminables filas de venados, jaguares blancos, conejos, ratones, ardillas, tejones, pecaríes, perros, tlacuaches, tusas y armadillos, la mayoría porta tocados. Todos llevan en sus patas delanteras vasijas de cerámica de múltiples formas y decoraciones.

De la dirección opuesta, otro cortejo se une a ellos, los cuatro personajes que lo encabezan llevan el cadáver de un joven a quien depositan con gran esmero sobre una plataforma colgante. Al verlo tendido, la chica nota un pectoral en forma de tortuga que descansa sobre su pecho. Junto a la cabeza del difunto colocan un vaso de cerámica pintada y esparcen pinceles de hueso tallado con inscripciones.

El mono de barba rojiza que porta tres rostros en su tocado se dirige al difunto:

—Escriba de sueños, guardián de la sabiduría y el conocimiento que supiste transmitir los designios divinos —su lengua morada cubierta de símbolos sobresale entre los dientes—, yacerás aquí con tus instrumentos de trabajo y, una vez convertido en Árbol del Mundo —señala el vaso con un bosque pintado— renacerás de la tortuga —señala el pectoral— para que alcances un lugar privilegiado en la estructura del cosmos.

Al terminar, hace una reverencia frente al dios Pawahtún, así como a los cuatro cargadores divinos, los Bacaboob, ahora transformados en Madres Ceiba.

11 – LA GRAN GALERÍA

El ritual funerario y las deidades que lo han precedido quedan atrás, un ave majestuosa desciende ondulando su larga y colorida cola para dirigirse a Sabina:

—Mi nombre es Itzam Yeh, y he venido para acompañarte por el último recorrido que harás en este mundo —al hablar, su cresta en forma de luna se agita y de su pico asoman dos colmillos.

El ave conduce a la joven a una escalinata pidiéndole que ascienda por ella, al hacerlo, la chica accede a un amplio espacio. Sin darle tiempo a preguntar, el ave le explica:

—En este recinto se conservan las efigies de todos los reyes y dinastías que han gobernado nuestro imperio. Dichas representaciones atesoran la esencia vital de cada uno de ellos.

El ave le acompaña en su recorrido por galerías en donde admira grandes bloques de piedra esculpidos con figuras de señores con altivos rostros y espectaculares tocados, cuando se halla frente a uno en particular, se conmueve tanto que no puede contener el llanto y piensa: «Es el mismo personaje de larga cabellera que me ha confortado en sueños, este rostro no es producto de mi imaginación y pertenece a un rey de las grandes dinastías mayas». Por primera vez se pregunta si las afirmaciones que ha escuchado sobre su pasado son ciertas.

Itzam Yeh la insta a continuar. Todas las esculturas, sin excepción, tienen, frente a la nariz, una peculiar espiral cuadrada suspendida.

Conforme avanza, la extraña forma que da vueltas como una hélice y que se encuentra también esculpida frente a todos los rostros de los reyes, se manifiesta frente a su propia cara, tan cerca que puede observarla con detenimiento; nota que contiene elementos florales y que sus bordes están delineados por cuentas redondas como perlas. Incrédula, descubre que la extraña forma espiral no solo tiene ojos, sino que respira. Al ver sus colmillos curvos, se paraliza. No sabe que hacer al sentir esa forma flotante que semeja una trompa de elefante como una extensión de su cara.

—¿De qué se trata? ¿Acaso es una extensión de mí?

—Es la serpiente de nariz cuadrada —contesta Itzam Yeh—, la materialización de la radiante fuerza vital que anima a todos los seres. Esta energía emblemática de la fuerza de la vida es exhalada a través de la boca o nariz de todas las criaturas, incluso de las flores, para luego ser dispersada a través del universo.

—¿Por qué se ha manifestado frente a mi rostro? —pregunta Sabina.

—Porque posees la misma naturaleza que los reyes presentes en la galería.

«¿Acaso soy reina?», se pregunta riendo la adolescente.

Al término de estas palabras, el ave majestuosa se petrifica transformada en una escultura cuyo cuerpo, carente de plumas, está cubierto de emblemas de la oscuridad, la Luna y las estrellas.

—Su piel simboliza el cielo nocturno —afirma un sapo con una flor tatuada en el dorso que, de un salto se instala a su lado—, es la mensajera de las potencias del Xib'alb'a.

El plato con un ojo y huesos humanos que porta el anfibio la desconcierta.

—El eco ronco y profundo del canto del ave moan presagia la apertura del portal para que los hombres se encuentren con sus ancestros —concluye el animal de cuerpo resbaloso.

—¡Aléjate! La glándula del sapo que hace las veces de oreja es venenosa —le advierte la voz del conejo.

El desconcierto la invade. Cuando abre los ojos, se encuentra sola en la caverna, con alivio constata que todo ha sido un sueño, el sapo, las esculturas, los peregrinos y las deidades han desaparecido, no queda rastro del sepelio.

12 - LA LLUVIA DE ZOPILOTES

Mientras Sabina trata de despejarse, le aturde el estruendo causado por la caída de fardos pesados, uno tras otro se estrella en el piso provocando un exasperante ruido que cimbra el lugar, ella permanece inmóvil rogando que ninguno le caiga encima.

—Es una lluvia de zopilotes —afirma el conejo, quien ha aparecido de repente.

Al ver que los enormes pájaros se ponen de pie, la chica se dispone a huir, lo cual le resulta imposible. Pronto se encuentra rodeada por ellos. El tufo de las aves le provoca náuseas, su gran tamaño la intimida, por fortuna, la tranquilidad del conejo le da certidumbre.

Un zopilote albino se dispone a hablar:

—Existe un gran número de seres y criaturas, visibles o no, que protegen este recinto de los númenes enemigos quienes pretenden no solo evitar la producción de libros, sino destruir el gran legado ya existente.

—¿Quiénes? —pregunta Sabina.

—Los príncipes del Xib'alb'a que pretenden extender sus dominios sobre la superficie de la tierra. Su mejor arma es la ignorancia; son muchos los que se han entregado a sus abominables órdenes.

—Existe un gran núcleo de seres de diversas naturalezas y jerarquías, incluyendo divinidades, dispuestas a presentar batalla —explica el conejo.

—La gran conspiración inició desde aquel nefasto día en que se lo llevaron, desde que desapareció —afirma otro zopilote de pico carcomido.

—¿Quién desapareció? —pregunta Sabina, alarmada.

—Aun no es el momento de revelártelo, debemos ser precavidos, es casi imposible distinguir entre aliados y enemigos, tu presencia aquí es muy importante para llevar a cabo la gran liberación —agrega otro zopilote descarnado.

—¿Liberación? —interroga anhelante la joven.

El gran pájaro albino se acerca para decirle algo al oído, ella se alegra, y piensa: «Por fin conoceré el gran misterio».

Súbitamente, todo queda atrás, los zopilotes han desaparecido, Sabina se encuentra al lado de un hombre con brotes vegetales que emergen de su cráneo; ambos están sentados sobre una criatura de dos cabezas que despliega sus alas sobrevolando las alturas como si se encontraran huyendo, el hombre vegetal hace gala de su destreza para dominar al enorme pájaro.

—La cabeza de ave del monstruo representa al cielo diurno, mientras que la de reptil recuerda al cielo nocturno —afirma el conejo.

La confusión que reina en la cabeza de la joven aumenta cuando el hombre que conduce el ave se arroja al vacío.

—Esa entidad era la personificación de una planta, una de tantas deidades que habitan en el interior de las criaturas del mundo vegetal —afirma el conejo, ignorando la impotencia que invade a Sabina, quien se pregunta por qué fue interrumpida la revelación que el zopilote estaba a punto de hacerle—. El hombre-planta adoptó una posición contorsionada, con la cabeza abajo y las piernas arriba, emulando la caída de la semilla en el terreno fértil —agrega el conejo, despertando la furia de Sabina.

—¿Por qué actúas así? —inquiere la chica irritada— ¿Qué ha sucedido? ¿Por qué irrumpen y me arrebatan de la escena ese enorme pájaro y la criatura vegetal, justo cuando la razón por la que me encuentro aquí me iba a ser revelada? ¿Por qué actúas como si nada?

El conejo la invita a serenarse para explicarse:

—Fue una maniobra desesperada, tuvimos que sacarte del paraje de los zopilotes debido a que los señores del Xib'alb'a pretendían apoderarse de tu voluntad pues te encontrabas en un lugar y momento vulnerables.

Un escalofrío recorre el cuerpo de la joven.

13 - LOS SEÑORES DEL XIB'ALB'A

—Los dioses del Inframundo tienen injerencia y poderes tanto aquí en el Inframundo como en la superficie de la tierra a donde van y vienen a su antojo, si así lo desean, pueden participar e influir en la vida de los vivos y de los muertos. Con gran perversidad, según sus objetivos les inducen a la lubricidad, a la locura, a la pasión, a la ira, y aunque parezca increíble: a la inspiración artística, ya que pueden llegar a poseer la voluntad y los sentimientos de las criaturas.

Mientras Sabina se da cuenta del gran peligro en que se encuentra, no solo su integridad física, sino su alma, lucha con el horror que la asalta al comprender que dioses malvados están al tanto de su presencia el Xib'alb'a y que han cometido un primer atentado en su contra.

—Trata de controlarte —le dice un hombre con hocico de perro—, aunque sea esta una situación difícil, no es desesperada, pues la protección con la que cuentas supera los poderes de los dioses del Inframundo.

El hombre perro la invita a instalarse para hacerle varias revelaciones:

—Cuando el sol pierde su poderío, las fuerzas nocturnas que privan en el Inframundo ascienden para llegar a la bóveda celeste, los riesgos para los vivos son reales, ya que los seres espectrales pululan por los sitios de inmundicia. Cuando obscurece escapan del interior de la tierra apestosos vientos que atacan a los noctámbulos y a sus familiares cercanos, los seres que se mantienen inmóviles bajo la luz adquieren vida y la celebran con danza y cantos.

—¿Quienes gobiernan el Xib'alb'a? —pregunta, impactada, al darse cuenta de que se encuentra en el centro de un gran círculo de animales que uno a uno trata de aportar algo, haciéndole todo tipo de recomendaciones.

Un perro cubierto de pústulas y con navajas de pedernal en sus orejas le aconseja:

—Desconfía de los enanos, ellos son el vínculo entre el Inframundo y el universo de los dioses, su presencia entre los hombres facilita la participación de las deidades en la vida humana.

—El Inframundo está regido por los dioses de la enfermedad y de la muerte, llamados Hun Camé y Vucub Camé, ellos son los jueces supremos que les señalan sus funciones al resto de las divinidades —declara otro canino con rasgos de jaguar.

El zopilote albino reaparece para hacer una terrible descripción:

—Existe una entidad con forma de hombre y características de insecto, carece de piel en la mandíbula, un negro antifaz cubre sus ojos, su siniestra capa cuelga cubierta de fémures y globos oculares, el humo de su cigarro enmarca el signo de la oscuridad, Ak'ab, que lleva en la frente y de su cuello cuelga una jarra llena de balché, una bebida de miel fermentada.

Sabina, que escucha sin parpadear, pierde el equilibrio al ver que la criatura descrita por el zopilote se materializa ante sus ojos. El fuerte zumbido de las abejas que revolotean alrededor del ente la perturba mucho más.

Imperturbable, el zopilote continúa la descripción:

—Su nombre es Ahkan, palabra que significa avispa, pero la expresión que mejor describe su naturaleza salvaje es: «El último gemido antes de expirar». Él es el Señor de las bebidas embriagantes, de la agonía, la intoxicación ritual y de las muertes violentas; encarna la audacia y el adulterio.

Sabina lo observa mientras escucha sus escandalosos atributos, Ahkan permanece inmóvil, al posar en ella sus ojos rojos, se incorpora perezosamente. Cuando se arranca el antifaz, deja al descubierto las profundas marcas que cubren su cara. Lentamente, se sacude con lujuria, sus movimientos revelan una danza macabra mientras agita violentamente el cuello para sacudir su alborotada cabellera, inclina la cabeza para tomar el largo mechón con la mano derecha y levanta el hacha que porta en su mano izquierda, y, de un preciso y rápido tajo, se corta la cabeza.

Sabina se desploma, pues no soporta el brillantísimo rojo carmín de la sangre que fluye a borbotones. Al cabo de un rato, se recupera con la frescura de un lienzo húmedo sobre la frente.

—Lo que has presenciado, la brutal autodecapitación —le explica el conejo—, es una alegoría del corte que se hace a la penca del maguey, para, después, ser raspado y procesado, con lo cual se obtiene el pulque.

Una zarigüeya, con sus crías en el lomo, hace una descripción más:

—Existen deidades no menos crueles y peligrosas como: Ha'al Ik'Mam, El Abuelo Materno, también conocido como Negro de la Lluvia, el implacable dios de la destrucción, la riqueza y el cielo nocturno, que por las noches se manifiesta en la forma de trece búhos.

El hondo ulular del búho penetra los oídos de Sabina que piensa: «Un búho ha entrado a mi cuerpo». Desesperada, grita:

—¡El búho forma parte de mi mente y no lo puedo sacar!

—Son ellas, las deidades del Inframundo que juegan con tus pensamientos y manipulan tu imaginación, controla tu mente, solo así podrás conservar intacta tu integridad —le advierte el conejo.

14 - YUM CIMIH

—Ha llegado el momento de describirte a uno de tus más poderosos enemigos —afirma una escuálida lagartija—. Debes de memorizar sus rasgos, pues en cualquier momento puede manifestarse ante ti. Su nombre es Yum Cimih, un viejo enjuto y desaliñado, calvo y desdentado, sus orejas son de jaguar, invariablemente lleva una capa del felino y fuma sin parar, cuando camina, se apoya en una sonaja; un bastón ceremonial para inducir lluvias. En sus manos carga el cráneo decapitado del Sol, emulando su aniquilación. Sobre su sombrero con plumas descansa el pájaro Moan.

—¿Pájaro qué? —pregunta Sabina que se siente desamparada.

—Es un ave parecida al tecolote; el eco ronco y profundo de su canto presagia la apertura del portal donde moran los ancestros.

El conejo completa la descripción:

—Este dios, que suele transportar el alma de los muertos al Xib'alb'a con frecuencia, se manifiesta como ave-perro. Debes saber que carece de ingenio ya que es fácil de engañar con tretas inteligentes. Sin embargo, tiene muchos aliados y es sumamente poderoso.

15 - LA CREACIÓN

Si tú te mueves, caen flores:
eres tú mismo el que te
esparces... se esparcen, se
derraman, amarillean las
flores: son llevadas al interior
de lo dorado. Cantares
Garibay, 333

Agotados, deciden hacer un paréntesis para descansar. Después de una noche poblada de criaturas y presencias extravagantes, Sabina abre los ojos. Le cuesta trabajo recordar el lugar y la situación en la que se encuentra; su mente es un caos. Mientras recorre con los ojos el abrigo rocoso que la envuelve, repara en un agujero que modifica su forma y su tamaño. En su confusión cree percibir que el hueco respira y emite ondas que vibran y se expanden.

La atracción que la abertura ejerce sobre Sabina le invita a atravesarla, pues tiene la certeza de que conduce a alguna parte; cuando se acerca, esta duplica su tamaño para que ella la atraviese.

Al cruzar por el pasaje que la conduce a una gruta, encuentran grandes rocas dispuestas una frente a la otra en el espacio que se forma en el centro, Sabina percibe presencias de donde fluye una energía indescriptible, de pronto recuerda una frase que leyó: «Buscamos la eternidad en el éter de esencias invisibles».

Ella aguarda paciente, pues presiente que algo importante está a punto de suceder. En un rincón, entre el polen que una nube de polillas esparce, contempla las formas que el polvo traza en el aire, al tiempo que una centella vuela alumbrando el espacio como una estrella fugaz.

Una voz metálica interrumpe sus reflexiones:

—En los códices ha quedado sentada para siempre la narración de la creación del cosmos. —El contorno resplandeciente que rodea la forma invisible que habla define sus dimensiones—. El día del comienzo se erigió también el hogar, por eso en el cielo fueron colocadas las tres piedras que forman la Constelación Tortuga[3].

Una segunda presencia que irradia tonos azules agrega:

—La conmemoración de ese evento se hace cotidianamente en los fogones de las cocinas que, apoyados en tres piedras, evocan al trío de estrellas. Cada vez que el fuego es encendido, se celebra este momento mágico.

---

[3] El cinturón de Orión

16 - ¿CONOCES EL POPOL VUH?

—Sabina, ¡Despierta! —exclama el conejo que se encuentra a su lado.

Cuando la joven logra despejarse, comprende que el pasaje de la gruta ha sido un sueño. Al compartir con el roedor las revelaciones recibidas, este le pregunta:

—¿Alguna vez oíste hablar de un libro llamado Popol Vuh?

—Hace muchos años… —responde la chica.

—Es una parábola de vida, muerte y transfiguración —explica el conejo—, una gran epopeya experimentada por dos hermanos: Hunahpú y Xbalanqué, los llamados gemelos divinos. Estos, al enterarse de la muerte de su padre, Hun Hunahpú, el Dios Maíz, sometido y asesinado por los malvados dioses del Inframundo, tuvieron que descender al Xib'alb'a con el objetivo de resucitarlo.

—Este relato sobre la muerte y resurrección del dios —agrega otro conejo con orejas de venado—, es una alegoría que revela la manera en que la semilla del maíz, una vez que se deposita en las tinieblas, debe de vencer a las fuerzas de la obscuridad para brotar victoriosa de las entrañas de la tierra y alimentar a los hombres.

Su viejo compañero, el conejo escriba, retoma la palabra:

—Estos héroes gemelos viven peripecias y se enfrentan a los señores del Xib'alb'a, a quienes finalmente vencen y humillan.

—¡Yo estuve presente y lo vi todo! —exclama el conejo-venado con emoción—, fui yo quien plasmé en mi cerámica el momento en que los dioses y señores del Inframundo, una vez vencidos por los Gemelos Divinos, fueron despojados de sus capas, collares y joyas.

» También pinté la humillación reflejada en el rostro de Yum Cimih al serle arrebatado su sombrero de plumas. La compasión me invadió cuando las deidades xibalbanas fueron arrastradas, pisoteadas y privadas de sus sagradas investiduras. Gracias a estas acciones, los Gemelos Divinos arrebataron al Señor Maíz de las garras de la muerte.

» El Dios Maíz, una vez resucitado, regresó a la superficie de la tierra emergiendo del caparazón de una enorme tortuga. Recuperado totalmente, fue llevado a una cancha de juego de pelota y, creyendo que se encontraba fuera de peligro, sus hijos los gemelos se despidieron de él para ascender al firmamento convertidos Xbalanqué en el Sol y Hunahpú en la Luna.

17 - LOS INVASORES

—Con el correr de los años —prosiguió el conejo—, los arrogantes dioses del Xib'alb'a recuperaron tanto su fuerza, como sus poderes alimentados por su sed de venganza. Con malévola paciencia esperaron a que se diera una coyuntura favorable para sus intenciones, hasta que llegó una oportunidad única para asestar el golpe maestro.

» Cuando el hombre blanco llegó a nuestros pueblos, los perversos príncipes xibalbanos influyeron en la voluntad de una esclava que fue la intérprete de los invasores, su intervención fue más allá de una simple traducción, ya que ella les reveló particularidades sobre la religión y las costumbres insospechados para extraños, les señaló flancos débiles, tales como las rivalidades entre los reinos. Todo esto facilitó e hizo posibles los planes del invasor, quien creó estrategias y consolidó alianzas con algunos pueblos locales, también influidos por los dioses del Inframundo. Estos aborígenes traidores pactaron con sus cómplices para formar los ejércitos de los que carecían los forasteros y así marchar en contra de sus mutuos enemigos: los grandes imperios.

» Después de una heroica resistencia presentada por años, muchos de nuestros ancestros fueron sometidos, pero no renunciaron ni a sus creencias ni a sus divinidades, aunque perdieron sus tierras y su patrimonio. A pesar de que los códices fueron quemados, las gloriosas ciudades arrasadas y muchos de ellos fueron sometidos a la esclavitud, se preservó el espíritu y el orgullo de la gran cultura ancestral. Muchos locales abrazaron a los dioses extranjeros, pero conservaron su devoción por las deidades antiguas junto con la noción de que el mundo es bueno, ya que desconocían la noción del mal insinuada por la nueva religión.

—¿Cómo fue posible esta tragedia? —pregunta Sabina, conmovida.

—Todo pudo haberse evitado si el Dios Maíz, el gran numen protector de nuestro pueblo, no hubiera desaparecido; él habría detenido la nefasta influencia de los dioses del Inframundo —explica el conejo.

—¿Qué fue de él? —interroga ella de nuevo.

—Cuando el Dios Maíz Hun Hunahpu fue rescatado, vivió días apacibles, lo que le permitió recuperarse por completo y desarrollar en su cabello al espíritu divino que le dotara de la fuerza vital que es artífice del poder — explica un jaguar, con glándulas venenosas como orejas, idénticas a las del sapo que se le apareció a Sabina en sueños—. Para que el plan que los dioses traidores urdieron fuera factible, era necesario eliminar al Dios Maíz, por ello fue cercado al interior de un abundante diluvio de resina que estropeó los brotes de sus finos cabellos dorados: su fuente de poder le fue arrancada, los largos mechones fueron cayendo uno a uno y, desde entonces, desapareció, nadie conoce su paradero ni lo que fue de él. A partir de ese fatídico día, han reinado el caos, las guerras, el hambre y un gran desaliento. Nuestro pueblo ha sido humillado —concluye el jaguar-sapo.

—El sometimiento no ha sido absoluto —asegura un ave con lengua de pedernal—. A pesar de la crueldad sufrida, el pueblo perpetuó a sus poderosos dioses. En el pasado se encuentra escrito el futuro.

—El conocimiento de los vencedores aparentemente superaba al nuestro —agrega otra arma viviente con plumaje dorado—, pero nuestra sabiduría sobrevive de manera secreta, imperceptible y profunda, ya que todos los dones subsisten, a pesar de los vanos intentos por destruirlos.

—¿Dones? —pregunta Sabina.

—Sí, como la escritura, el conocimiento de la naturaleza y el cosmos, el calendario, diversas manifestaciones artísticas y la medicina tradicional: plantas que curan y alimentan, así como aquellas que envenenan, aturden o iluminan —le responde una rama que juntando sus pequeñas hojas como si fueran alas, se eleva y se aleja.

—Es primordial que los hombres recuerden que en su cuerpo está contenido el universo, junto con las fuerzas y riquezas que la mayoría busca en el exterior. Las criaturas dejaron atrás a la intuición, guía y consejera infalible —explica una serpiente que alberga mazorcas de maíz entre sus escamas.

18 - EL MAÍZ

Caminando despacio, se les acerca un anciano con un ave-flor sobre su hombro que, al compás de diáfanos trinos, les relata que los dioses le dieron forma al hombre con masa de maíz. Cuando el ave-flor calla, el anciano toma la palabra:

—El maíz penetra la carne del hombre y conduce a los pueblos a intervenir en los ciclos vegetales, gracias a la comprensión del cambio de las estaciones.

Sabina piensa: «Observándolas crearon el calendario».

—El maizal se transforma —agrega la flor que trina—. En una temporada es un joven apuesto con vida y movimiento, en otra está decapitado y su cabeza cosechada está puesta en un plato como ofrenda o como alimento.

—El maíz es una piedra verde, una pulsera preciosa, nuestra carne, nuestros huesos—, agrega el anciano.

Una desgarbada chachalaca aterriza frente a Sabina y se dirige a ella con solemnidad:

—¡Oh Gran reina!

—¿Cómo me has llamado? —replica la chica escéptica.

—Fueron estos los señores traidores, tus enemigos, quienes desde el reino de las sombras engañaron a tu pueblo y maniobraron para que los invasores los sometieran —señala la chachalaca.

—¿Mi pueblo? —inquiere Sabina.

—Tz'akbu Ajaw es tu nombre y naciste en Ox Te'K'uh, que significa: «El Lugar de los Dioses del Árbol» —agrega el ave—. Debes recordar quién eres, muchos esperamos que retomes tu lugar para que un nuevo orden vuelva a ser establecido, entonces, los antiguos dioses retomarán su lugar y la naturaleza será venerada de nuevo.

19 - EL SEÑOR DEL OCASO

Un gran estruendo lacera los oídos de la joven quien deslumbrada admira a dos personajes que emergen de las enormes fauces abiertas de un monstruo de la tierra. El primero, cubierto de joyas, porta un yelmo representando el círculo solar y los colores del ocaso. Se dirige a Sabina con gran respeto:

—Vida eterna para ti, reina preciosa, soy el Señor del Ocaso, arquitecto real de templos, pirámides y ciudades.

Su compañero, con atuendo austero, lleva el cuerpo pintado de negro, sostiene un incensario con copal que balancea lentamente al hablar:

—Mi nombre es Espíritu del Pájaro del Monte, el máximo sacerdote real.

El humo mistifica la atmósfera; Lo que le es revelado a la joven, cambiaría para siempre su vida:

—Joya preciosa, reina divina, hay cosas que en tu vida presente has olvidado por completo tales como tu linaje, tu reinado, tu descendencia y tu majestuoso esposo. Nuestra presencia aquí es para ayudarte a recordar —afirma el sacerdote mientras ella intenta sentarse al perder el equilibrio.

—Tú eres nuestra reina, y estás aquí para reunirte con tu esposo, el Rey —señala el Señor del Ocaso.

—¿Cómo podré convencerlos de que todo es un error? —pregunta la joven confundida.

Imperturbable, el hombre continúa:

—Nosotros creímos que recordarías tus atributos reales. Como no es así, te daremos los principios que son únicamente del conocimiento de reyes y que te ayudarán a sortear los obstáculos que se presenten. Resignada, la joven deja de resistirse.

Un grupo nutrido de mujeres se presenta para conducirla a un recinto adornado con flores y espejos. Una de mediana edad, cubierta de collares y de cara angulosa, habla:

—Una de las tareas más importantes de la investidura real es la de garantizar la perpetua rotación de los cielos por medio de rituales de sacrificio.

Al pronunciar esas palabras, le acerca un cuenco lleno de espinas y agrega:

—El sangrado que reyes y reinas se provocan de manera íntima y ritual alienta, sustenta y da vida a los dioses en un tiempo y espacio humanos.

Sabina se pregunta a sí misma: «¿Estará sugiriendo que debo de hacer algún sacrificio sobre mi cuerpo?»

Una mujer más joven le extiende una indumentaria explicando la razón por la que debe de usarla:

—Los reyes se visten como dioses; al usar su ornamentación, evocan sus atributos, transformando su cuerpo en un conducto sagrado, donde encarna el dios.

—¿Un rey puede convertirse en dios? —pregunta Sabina.

—El rey puede convertirse en todas y cada una de sus deidades. A través de los soberanos, el gran poder sobrenatural se transmite a la vida del hombre —interviene el sacerdote pintado de negro.

—¿Y qué sucede cuando un rey fallece? —interroga Sabina.

—Cuando los reyes mueren, la sociedad peligra ya que ellos son el instrumento estabilizador de los mundos natural y sobrenatural. El peligro se conjura al coronar un sucesor. Una vez sepultado, el rey inicia su viaje al Inframundo donde debe atravesar un camino lleno de obstáculos que superará, igual que lo hicieron los gemelos —agrega el sacerdote.

—¿Por qué me han traído? —pregunta Sabina, consternada.

—Este es un viaje exactamente igual al descenso del dios del maíz a las profundidades subterráneas, donde logra vencer a los señores de la muerte quebrantando su poder, tras lo cual renace y asciende desde lo más profundo, transformándose en un ser divino —concluye el hombre religioso.

Mientras hablan, las mujeres más jóvenes la visten con un atuendo de redes, coronando su cabeza con grandes mazorcas de maíz.

Una anciana se dirige a ella:

—Entre los muchos roles divinos asignados al rey, el del joven dios del maíz es el más importante, ya que los reyes son su encarnación. Cuando naciste, tu llegada fue comparada con la aparición de los brotes de maíz; por eso, cada vez que un campesino cosecha una mazorca sostiene el cuerpo real. Pero él, nuestro dios, ¡ha desaparecido! —Las mujeres estallan en sollozos.

—Pero yo, ¿qué puedo hacer frente a esta desgracia? —pregunta Sabina, impotente.

—Tu ayuda es necesaria —contesta la anciana—, por eso es importante que recuerdes cómo se lleva a cabo nuestro ritual funerario, pues tú ya fuiste consagrada a la tierra alguna vez.

20 - RITOS FUNERARIOS

El ruido de algo que se arrastra la distrae. Rodando, aparece una canica que se detiene junto a sus pies. Para observarla bien, se pone de rodillas y descubre que es una hormiga cuyo cuerpo hinchado de miel tiene el aspecto de una cuenta de ámbar.

—Los ritos funerarios se llevan a cabo para asegurar la separación de la persona muerta del mundo de los vivos —le dice la hormiga—, por ello el cuerpo es colocado en una tumba en el centro de la tierra que simboliza el interior de la pirámide que es la montaña sagrada.

Cuando la hormiga de ámbar concluye, Sabina cae en un profundo trance donde se ve a sí misma tendida.

Alguien coloca sobre su rostro un mosaico de piedras verdes, al tiempo que afirma:

—Esta máscara de jadeíta, que es agua y sangre, es la materialización del viento; preservará tus rasgos y regenerará tu alma.

Una diadema de jade es deslizada en su frente mientras la voz grave agrega:

—Esta guirnalda evoca a las flores de la ceiba en el centro del universo.

Una mano invisible coloca una perla en sus labios.

—La bella cuenta nacarada encapsula el aliento vital.

Un hueso es acomodado en su nariz, mientras la voz vuelve a resonar:

—Este representa las semillas de renacimiento cuya vida inicia en la oscuridad. Una vez que el hueso se encuentra en las entrañas de la tierra, el suelo húmedo es invadido por vibraciones que suben desde las escondidas profundidades, dando inicio a la germinación.

Sofocada, Sabina comienza a preguntarse si está soñando, pues su tacto percibe el entorno, además de que capta el olor y la profundidad de la atmósfera. Mientras respira el aire pesado, se va adaptando a la gravedad de ese mundo. Un funesto presentimiento y un incontenible deseo de escapar le asalta, aunque permanece inmóvil y petrificada en la cámara oscura.

—¿Estoy muerta? ¿He sido enterrada? —pregunta Sabina desesperada a una pequeña rana que la mira muy de cerca, de su cuerpo brotan hileras de pétalos amarillos en espiral.

—No —responde la rana—, estás en un lugar de transformación y renacimiento al interior de una pirámide que es la réplica de una montaña florida de donde brota el maíz primordial.

21 - LA CÁMARA MORTUORIA

Poco a poco, Sabina recupera el movimiento y sus ojos se acostumbran a la oscuridad. Frente a ella se encuentra un enorme bloque tallado con indescriptibles motivos.

—¿Qué es ese monolito esculpido? —pregunta Sabina, señalando la enorme piedra.

—Cuando se apagó la blanca conciencia de su fluorescencia de K'inich Hanaab Pakal, Escudo Solar, quien durante casi tres generaciones gobernó la ciudad de Lakam Ha, capital del reino de Baakal[4] y entró al camino de la muerte, su cuerpo ricamente ataviado fue colocado en este sarcófago, que es un instrumento de poder, con el fin de que su alma pudiera iniciar la jornada hacia el Inframundo —responde la rana florida con solemnidad.

Una gran melancolía invade a la joven quien con su mano recorre las escenas esculpidas en la pesada lápida que parece vibrar a su contacto.

—Es la representación de Pakal al momento de su transformación como deidad del maíz en el umbral entre el Inframundo y el espacio celeste —afirma la rana floreada—. Enmarcando la tapa, aparece una banda de cuerpos celestes que son sacerdotes encarnados como luces del sol crepuscular que anteceden la apoteosis del rey como deidad solar.

Un remolino de sentimientos se agolpa en la mente de la joven, la sensación de ahogo que la invade la lleva a pedir ayuda:

—¡Estoy enterrada en vida! ¡Debo salir de aquí!

Con trabajos mueve sus piernas para emprender la huida, al cabo de unos metros tropieza y en su cabeza todo se vuelve negro.

Al abrir los ojos, se encuentra tendida y rodeada de animales de cuyos cuerpos nacen flores. Una catarina con brotes de pétalos rojos se posa en su mano:

—Ten confianza, es un lugar sagrado, puedes marcharte si así lo deseas.

Al fin, Sabina se recupera gracias a que la presencia de insectos cubiertos con pétalos multicolores la reconforta.

—La lápida que cubre el sarcófago describe la extinción de las almas de Pakal: «El de las cinco Pirámides», que en su partida al más allá desciende y asciende al mismo tiempo —afirma una avispa floreada que agita sus alas suspendida en el aire.

—¿Cómo es esto posible? —pregunta Sabina, intrigada.

—En la tapa de su sarcófago, el rey fallecido ha sido representado en el momento preciso de su resurrección y apoteosis como dios que, de manera simultánea, es recibido en el universo subterráneo al que desciende a través del tronco del árbol cósmico que es un eje atravesado por una serpiente bicéfala

---

[4] Palenque

de cuyas fauces emergen dos dioses —explica una araña que pende de un hilo—, este árbol sagrado se encuentra coronado por un ave celeste que es Itzamnaaj, la divinidad máxima.

—En la parte inferior de la losa, ha sido plasmado el acogimiento del rey dentro de las fauces de una serpiente descarnada que representa el pasaje donde se reúnen vivos y muertos, estas mandíbulas pertenecen a Sak B'aak Chapaat, el Ciempiés de los Huesos Blancos —agrega una mariposa con motivos floreados en sus alas.

—El rey difunto está ataviado para personificar al dios Kawill, el Espejo de Obsidiana, que encarna la renovación vegetal y es la deidad de los linajes y la abundancia—, advierte un escarabajo con pequeñas flores rosas en su cuerpo.

—Al ser tragado por el ciempiés, el rey llega al mundo de los muertos, accede a un camino viviente; su senda es la vía láctea, que más adelante le conducirá a su resurrección como dios del maíz —concluye la hormiga de miel.

22 - LOS ANTEPASADOS COMO ÁRBOLES FRUTALES

Al recorrer con sus ojos el majestuoso sarcófago, Sabina se siente aliviada ya que, a pesar de las lúgubres circunstancias en su corazón, ha surgido un extraño nexo con él. Cuando recarga la espalda sobre uno de sus costados, descubre que en ellos están talladas las representaciones de varias personas. Una lagartija coronada por flores trepa por su rodilla para decirle:

—Son difuntos que han sido transformados en árboles frutales, todos ellos son los venerables antepasados del rey, incluyendo a sus padres.

Uno de los personajes esculpidos suspira y se dirige a Sabina:

—Nosotros los ancestros, al morir, adoptamos otra forma de existencia para seguir beneficiando a nuestros descendientes ofreciéndoles fuentes de sustento.

—Lo que se encuentra representado es el resurgimiento de los antepasados transformados como árboles frutales por lo que son seres sagrados —agrega la lagartija.

Emocionada, se inclina para apreciar mejor a cada uno de los personajes que emergen a través de las copas de un árbol de nanche, otro de cacao, guayaba, zapote y aguacate que brotan transformados en criaturas vegetales cuya carne es simiente.

Sabina recorre la cámara iluminada por la tenue luz de luciérnagas floreadas que le permite apreciar los relieves de nueve guerreros representados sobre los muros de estuco.

—Son los nueve Señores de la Noche, regentes de los nueve niveles del Inframundo, que se encuentran aquí como guardianes eternos del gobernador fallecido —explica un hongo rojo con grandes manchas blancas.

Sabina observa sus cetros y escudos decorados con la imagen del Sol Jaguar del Inframundo. El resto de las paredes se encuentran decorados con flores y joyas de jade.

—Las joyas presagian que el rey difunto será remitido a un lugar lleno de riquezas paradisíacas —afirma uno de los nueve guerreros que ha cobrado vida.

Otro de los señores de la noche, al intuir las dudas de Sabina, le responde:

—Tu presencia en este recinto vedado a la mayoría de las criaturas se debe a tu linaje; cada persona lleva en su corazón parte del alma de su dios patrono, pero la intensidad de esta fuerza divina no es igual en todos los seres, los reyes son seres semidivinos inflamados por sabiduría sobrenatural.

Un sentimiento de compasión hacia el difunto, colocado bajo la opresión de esa lápida tan pesada, invade a la joven. Al adivinarla, otro de los nueve guerreros toma vida para explicarle:

—Dentro del sarcófago, un psicoducto es colocado para transportar a su morador hacia la visión serpiente.

—¿Visión serpiente? —interroga Sabina.

—La sangre misma encarnada, las más de las veces como animal —responde otro de los señores de la noche—. Al comprender su confusión, el hombre la invita a cerrar los ojos para que recuerde la experiencia que vivió en carne propia años atrás.

Flotando en una habitación, Sabina ve de rodillas a una mujer de suntuoso atuendo que perfora su lengua con una espina. Cuando la sangre brota, la recoge en un recipiente para colocarla sobre un brasero encendido. De la columna de humo exhalada por la ofrenda que arde, surge una serpiente que aparta sus fauces. Del fondo de estas emerge el rostro de un hombre.

Sabina, testigo de la increíble invocación se reconoce a sí misma en la mujer noble; ambas se convierten en una sola. Al ver de cerca al hombre que asoma de la serpiente lo reconoce como uno de los antepasados que vio transformado en árbol frutal.

—Seré tu guía y compañero en el recorrido que juntos vamos a emprender por las entrañas de la pirámide —le dice el hombre que se encuentra ya de pie junto a ella.

23 – LAS ENTRAÑAS DE LA PIRÁMIDE

Juntos caminan por intrincados corredores.

—¿Por qué son tan sinuosos? —pregunta Sabina.

—Adoptan la forma de serpientes fantásticas, es decir, senderos dotados de vida que permiten la comunicación entre las almas. A través de estos caminos que son una evocación del cordón umbilical, las almas retornan hasta las entrañas de las mujeres preñadas para entonces renacer —responde el antepasado.

Una mujer joven, con piel transparente aparece en una esquina e intenta atraer la atención de Sabina haciendo señales con sus manos.

—No temas —afirma su compañero—, se llama Sak Nikte'Kan, Alma Blanca de Serpiente Flor, te ha tomado por una persona recién fallecida, su intención es guiarte para que puedas nacer en el mundo de los mortales, ya que esa es su misión.

—¡Pero yo no estoy muerta! —replica desesperada.

Sabina llega a un lugar lleno de pequeños y se mira a sí misma: ahora es una niña también. Frente a un nutrido grupo de chiquillos, se encuentra un hombre que responde a sus preguntas como si fuera su maestro. Sabina lo reconoce, es el Señor del Ocaso, el arquitecto real.

—¿Y las pirámides? —pregunta al Señor del Ocaso, un niño jorobado.

—Son una recreación de las montañas, el lugar de origen de los ancestros y las entidades espirituales, también se les nombra montañas-cueva debido a que conectan los diversos niveles del cosmos y comunican entre sí a los tres planos del mundo.

Una enigmática mujer con el rostro pintado de negro toma la palabra:

—Todos ustedes que llevan sangre real en sus venas, reyes, reinas, consortes y descendientes, están aquí para saber que esta pirámide ritual ha sido construida plagada de recovecos, cuartos laberínticos, pasajes, escaleras, estómagos, túneles y un sin número de rincones secretos cuya existencia solo ustedes pueden conocer.

—La cámara más importante es «El Umbral del Corazón» —agrega el Señor del Ocaso—, permite a los reyes y reinas su libre tránsito y la recepción de visitantes, emisarios y dioses en su cámara mortuoria.

—¿Y las ciudades? —pregunta una niña adolescente.

—La fundación de una ciudad responde a la geografía sagrada —responde el arquitecto real—, cada pirámide es una entidad viva dotada de poder real en su interior.

—Todas las pirámides se construyen simbólicamente en el centro del universo —agrega un sacerdote—, creando ejes por donde irrumpe lo sagrado y se orientan de manera tal que coincidan con los momentos en que el sol alcanza su punto máximo en el cielo.

—A cada pirámide corresponde un árbol —afirma un ente esquelético con pies de caparazón de tortuga—, el paisaje cósmico es un bosque de Arboles del Mundo que se levantan al cielo desde cientos de templos que llenan de puntos el paisaje terrestre, los constructores soñaron en cubrir sus tierras con tantos bellos templos como estrellas hay en el cielo.

La imagen que se forma en la mente de Sabina la llena de regocijo y pregunta conmovida:

—¿Cuál es la función de los árboles?

—El árbol es el eje del mundo, el punto de encuentro entre los tres planos del cosmos: cielo, tierra e Inframundo y, por lo tanto, es el lugar de origen del género humano —responde el extraño ente.

Los niños y el Señor del Ocaso quedan atrás, Sabina se encuentra de nuevo frente al sarcófago de Pakal:

—Nuestro gran señor fue sepultado con una pequeña imagen de jade tallada como la forma personificada del Árbol del Mundo, el árbol cósmico —afirma el ancestro convertido en aguacate—, los árboles son también un medio para viajar al Inframundo ya que es a través de su savia que los dioses circulan desde sus moradas celestes o subterráneas al mundo de los hombres.

—¿Qué estoy haciendo en el interior de una pirámide, en un sepulcro frente a un sarcófago real? —pregunta Sabina invadida de nuevo por el desasosiego.

—Nuestra intención es que recuerdes la manera como tú y toda la dinastía de Palenque, después de su paso por el Inframundo, vencieron a la muerte y renacieron, no sin antes haber alimentado con su cuerpo a la tierra para que de ella surgiera el maíz, el alimento divino. Sus restos se transformaron en pan para el pueblo —afirma el ancestro.

—Me estás elevando al nivel de reyes —alega Sabina incrédula.

—Tú lo has dicho, alguna vez fuiste reina, y lo que has vivido aquí han sido recuerdos y evocaciones del momento en que abandonaste tu cuerpo mortal —le dice uno de sus antepasados.

Su mente es un mar de confusión. De manera súbita, es arrancada de la tétrica atmósfera de la tumba real donde creyó que permanecería atrapada para siempre.

24 - EL CURANDERO

Errando por una vereda, Sabina trata de asimilar todos los acontecimientos recientes. De nuevo se encuentra sola, aunque se siente airosa y fuerte. Cabizbajo, sentado en una piedra, se encuentra un anciano apenas vestido con harapos. Su aspecto humano la sorprende, aunque ella se pregunta si será un alma en pena. La ternura que se asoma por los ojos del hombre y su voz la conmueven.

—Soy Cielo-Iguana con Cresta, en vida solía ser curandero y sanador, pero aquí, por más que intento ayudar, es muy difícil, casi imposible.

Escuchar a alguien dispuesto a servir alienta a Sabina.

—¿Y cómo lo has intentado?

—¿En verdad te interesa saberlo? Se pone de pie para pedirle que lo siga. En su semblante se asoman la bondad y la compasión. «No creí encontrar a alguien con esas cualidades aquí en el Inframundo», piensa la joven. Abordan un camino amarillo y descienden por un abrupto cañaveral hasta penetrar en un abrigo rocoso por cuya entrada fluye un arroyo sin vida.

En el interior, se respira un aire enrarecido donde flota un amargo, penetrante y desagradable olor. La atmósfera plomiza como neblina le dificulta a la joven distinguir a las personas que ahí se encuentran en su mayoría recostadas. Las quejas, el llanto y los desgarradores gritos de dolor laceran sus oídos.

—¿A dónde me has traído? —le pregunta al anciano.

—Es aquí donde moran los seres víctimas de los maleficios y sortilegios provocados por las oscuras entidades de este reino.

Una larga hilera de hormigas rojas interrumpe su formación para acercarse a ellos, disputándose la palabra, una tras otra describe a los despiadados señores del Xib'alb'a:

—El Señor Cizin atormenta a las almas recién llegadas. Para empezar, quema sus bocas y después el ano. Si alguna llega a quejarse, el suplicio comienza nuevamente, y, al final, la víctima es sumergida en agua —narra una hormiga negra con cabezas y patas amarillas.

—Ahaltocab y Ahalmez son los encargados de infringirles profundas heridas a sus víctimas—, relata un gusano con brotes de hojas. Un escalofrío recorre la espalda de la joven.

—Xiquiripat y Chuchumaquic causan a sus víctimas mortales derrames de sangre con un lazo corredizo que las lleva a sufrir una larga y cruel agonía —explica una hormiga pegada a otra por la cabeza.

Visiblemente abatido, interviene el curandero:

—Con tan solo desearlo, Ahalpuh y Ahalganá provocan una enorme producción de bilis, su rostro se torna amarillo y la hinchazón del cuerpo es tal, que hasta las piernas llegan a supurar. Así es como someten la voluntad de sus víctimas —lágrimas de impotencia escurren por su rostro—. En mis vanos intentos para curar, a veces alivio el dolor, pero en este reino, nunca he sanado a nadie.

—Ninguno como Chamiabac y Chamiaholom, los alguaciles del Xib'alb'a, que con su vara de hueso adelgazan a las personas hasta conducirlas a una dolorosa muerte —agrega una pequeña tuza de dientes grotescos.

Desde una planta, un caracol con concha de grecas multicolores relata:

—Yum Kimil que pasea con cráneo, costillas y columna expuestos, luce con orgullo su hinchada piel cubierta de círculos negros. Los cascabeles de oro y cobre que cuelgan de los escasos cabellos anuncian su presencia. En la superficie acecha en los sitios donde proliferan la podredumbre y las excretas humanas en la espera de que alguien perezca.

Una nube de polvo comienza a salir de un hoyo, de sonde surge un escarabajo dorado que se dirige a Sabina:

—Soy el Dios del Corazón Vital. He excavado por días y noches para llegar frente a ti, pues me ha sido encomendado prevenirte sobre el Harpía.

—¿Harpía? —interroga Sabina.

—Aunque es fácil de reconocer, pues su cabeza que luce como cercenada está unida al cuello por una muy larga y visible tráquea que carece de piel posee la habilidad de engañar con ingeniosos artificios. Jamás debes de prestar oídos a sus insinuaciones ya que es capaz de convencer a la más astuta de las criaturas. Su objetivo es confundir a las almas para que pierdan su camino y lograr conducirlas al Paraje de la Ceguera.

Un pecarí que expele fuego al hablar interrumpe al escarabajo:

—Existe un ave-jaguar que posee la capacidad para hipnotizar, su nombre es Balam mo'o, Jaguar-Guacamaya. Manchas de felino cubren su plumaje y lleva una serpiente enredada al cuello. Posee la fuerza y astucia del jaguar, aunque también puede elevarse por los aires. Si se cruza en tu camino, evítalo, si llegara a dirigirse a ti, no le sostengas la mirada.

Abatido, el curandero interviene de nuevo:

—Y sin olvidar al mortal Ahau-can el rey serpiente, que se distingue por los aros negros que rodean su cuerpo, ni a Bekech, una ofensiva y peligrosa lagartija, que con un grito grave y prolongado anuncia su llegada, haciendo que las aves huyan despavoridas, es la única reminiscencia que queda de la dinastía en que las lagartijas gobernaban.

«¿Se estará refiriendo a los dinosaurios?», se interroga Sabina.

Un buitre cadavérico que asciende y se posa en una rama explica la manera como el loro morado llamado Tancaz, se introduce en las casas, sorprende a las personas que duermen y vomita en sus bocas una sustancia que les causa la muerte.

Un extravagante pájaro con cabeza de hombre aterriza al lado de Sabina que aterrada le escucha:

—Las criaturas que se esconden en las áreas sin barrer y que son productores de suciedad, llamadas Ahaltocab, Ahalmez y Lames aguardan a sus víctimas para infestarlas de mortales infecciones.

—Sin duda, Quicre, Quicrixcac y Xic y Patán son mis más grandes enemigos, ellos propician una terrible tos que, seguida de interminables hemorragias acaba con las vidas de los incautos —agrega el curandero.

Su desasosiego contagia a Sabina que se siente tan impotente y frustrada como él.

—¿Cómo hacer comprender a todas las criaturas que hay mensajeros del Inframundo que se esconden tras de una apariencia bondadosa, para atraer inocentes y causarles maleficios, desventuras y hechizos? —pregunta un pavo-buitre de aire lúgubre.

—Eso que dices, ¿Sucede en la tierra de los vivos? —cuestiona Sabina.

—¡Es lo que estoy tratando de explicar! Como ejemplo de algunos que embaucan a los hombres de manera muy astuta y eficaz están la lechuza-cuchillo, el loro-búho de una pierna, la lechuza-cráneo y el halcón-búho —responde el extraño pájaro.

Exaltada, Sabina abandona la gruta para despejar su cabeza y se cruza con una horrenda mujer zopilote que, con su falda larga, se reposa en un sitial hecho de fibras. Al no poder evitarla, se resigna a escuchar su desafinada voz:

—La guerra y los sacrificios proceden del Inframundo, aquí surge la Serpiente Araña-Guacamaya-Viento que no solo propicia el encono y los conflictos, los ataques y capturas, sino que, su intervención logra que los más audaces y valientes guerreros sean sometidos al perder su fuerza y voluntad.

Hastiada, se aleja para estar a solas, al extenderse sobre el pasto, escucha una voz y en vano busca a quien le habla, pero no ve a nadie. Algo le pica en la cabeza y, cuando sacude su cabello, un piojo salta para continuar con horrendas descripciones:

—Existen enfermedades personificadas, así como encarnaciones maléficas de hechizos que culminan en desgracia tales como Mok Chih, el Dios Insecto, malévolo ente ligado a la enfermedad del pulque que además de provocar grandes sufrimientos a quien la padece, es mortal. Este dios lleva consigo una vasija de miel fermentada marcada con el signo Ak'ab de la oscuridad y va siempre rodeado por un enjambre de abejas.

—Existe una temible enfermedad encarnada llamada K'ahk'ohl may chamiiy, la muerte por fuego del corazón y sofocamiento que afecta al corazón o pulmones —agrega otro piojo.

«De seguro se refiere a un infarto», piensa Sabina.

—De su cabeza descarnada cuelgan ojos sangrantes. El rostro, de expresión cruel, remata con mandíbulas de perro que muestran solamente dos dientes. Su ombligo expulsa dos grandes espirales con forma de serpiente. Como carece de piernas, flota en el aire y porta un báculo con el que señala a la persona que sufrirá este terrible mal —describe el piojo.

Dejando la cueva atrás se acerca el curandero para agregar:

—No debemos olvidar que el espíritu personificado de la fiebre está siempre preparado para asaltar a los seres frágiles. Cuando la gente es perezosa, le acecha un ser de movimientos lentos y vientre abultado cuyo nombre es Sitz'chamiiy quien también induce a la muerte por glotonería, sus víctimas son las mentes ociosas que se entregan a él sin resistencia. Un pájaro carpintero agita las plumas de su cabeza mientras les habla de Juun ook may chamiiy, «El cojo de la muerte por sofocación», ser de una sola pierna que lleva las costillas colgantes y que encarna a los terribles males pulmonares.

Cuando la chica creyó haberlo visto todo, se hace presente un ente de aspecto cadavérico, con la columna expuesta y un estrafalario sombrero. Su único ojo ocupa casi toda la superficie de la cara, su mandíbula es gigantesca. Lo más grotesco es la estremecedora visión de su pene perforado y atravesado de lado a lado por tres gruesas espinas.

Uno de los piojos agrega:

—Este ser es conocido como Muerte Fétida, ya que en su hedor se concentran tanto la peste de la carne putrefacta como un concentrado sudor añejo.

—¿Por qué porta un plato con huesos ojos y manos? —pregunta Sabina notando la similitud con el sapo.

—Ahí se encuentran atrapadas las entidades espirituales de sus enemigos que fueron devorados en festines de pesadilla.

Con pavor escuchan el descaro de Muerte Fétida que toma la palabra, al tiempo que perciben en él una expresión de desafío:

—Mi preferida por dolorosa y hedionda es la Muerte de la Bilis Roja, disfruto mucho el momento en que las víctimas sucumben entre dolor y vómito.

Un fuerte mareo provocado por el miedo y las náuseas invade a Sabina.

—Ya no puedo seguir escuchando —reclama.

—Aunque no es agradable, debes estar prevenida. Existen animales que pueden lanzar hechizos, maldiciones y encantamientos para causar enfermedades y desgracias. Una de ellas es la Tuza amarilla que camina sobre dos patas y está llena de parches adheridos a su cuerpo —le dice el curandero con aire resignado.

—No olvidemos al coatí de cola humeante, que es un hechizo en forma animal y lleva una flama en la punta de su cola —les dice otra hormiga fosforescente—, es una rata ladrona que lleva las marcas de la oscuridad en su cuerpo y representa una maldición para las cosechas de maíz ya que siempre está a su acecho. Pueblos enteros han perecido de hambre debido a su insaciable apetito.

El lúgubre silencio es interrumpido por alegres trinos. Todos escudriñan el espacio intentando descubrir a la criatura que emite tan exquisita tonada.

Un quetzal de enorme y majestuosa cauda se posa en el hombro del curandero a quien atentamente se dirige:

—Cuando tú sanes, sanarás también a tus ancestros y cuando esto suceda te convertirás en el antepasado que ayudó a sanar a las futuras generaciones —lágrimas de agradecimiento surcan el rostro del anciano.

Fuertes estruendos sacuden el paraje, la incertidumbre que precede un cataclismo invade a las criaturas que huyen despavoridas dejando sola a Sabina. Del curandero tampoco queda rastro alguno. Con una sensación de abandono y desolación, la joven se refugia tras un lecho rocoso, el terror entume su cuerpo al momento en que un hombre ataviado como guerrero surge del interior de una ceiba espinosa cuya mitad izquierda es verde mientras que la derecha es roja.

Sabina permanece inmóvil, en la actitud beligerante del guerrero, adivina que la está buscando a ella.

—Su nombre es Bolon Yookte', Nueve Pies de Palo —le advierte un piojo adherido en su oído—, él es dios de la guerra, el conflicto y el sacrificio, cuando aparece es para una aniquilación total.

—¿Qué puedo hacer? —implora desesperada, al darse cuenta de que el dios arremete contra ella con un hacha en cada mano.

—Imagina y construye un bosque para refugiarte en él —responde el piojo.

De rodillas, Sabina permanece inmóvil. Con los ojos cerrados y la espalda encorvada protege su cabeza en espera de que el dios guerrero le aseste un golpe fatal al tiempo que en su mente recrea un inmenso bosque de densos follajes.

Temblando espera. Los segundos transcurren. Nada sucede. Reina el silencio, lo cual le permite tomar valor para levantar la cabeza y enfrentar los sucesos.

Lo primero que encara, es una visión espectral: de un árbol, se mece el cadáver casi descompuesto de una mujer de largos cabellos. La suave brisa trae consigo el fétido olor que emana de su blanco vestido. Uno de sus ojos permanece cerrado. Cuando lo abre, le dirige a la joven una lánguida mirada que la paraliza de terror. Al percibir su espanto, la mujer trata de confortarla:

—Aquí estás segura, no tengas miedo, soy Ixtab, la Señora de la Cuerda, diosa de la horca y de la cacería con lazo; la mentora de los suicidas.

—¿Patrona de los que deciden quitarse la vida? —inquiere Sabina consternada.

—La muerte voluntaria es una salida digna de las miserias de la vida —responde Ixtab—. Quienes así lo deciden, cuentan con mi protección y moran en un valle de paz.

Sin darle tiempo a hacer más preguntas, agrega:

—Te esconderás aquí, y permanecerás al lado de mi esposo Chamer. Serás transportada a un lugar en donde nadie te buscará. Para lograrlo, cierra tus ojos de nuevo.

Impactada, Sabina obedece. En un abrir y cerrar de ojos, se encuentra ya en un enorme bosque sombrío. De los árboles que la rodean, cuelgan cuerpos en diversas etapas de descomposición que se balancean con sogas atadas al cuello. El lóbrego vaivén semeja una danza macabra, un tufo insoportable casi le hace perder el sentido. Sabina decide abandonar el paraje conforme avanza, se topa con más y más cadáveres colgantes.

Perdida en ese laberinto, cuando la desesperación la invade, a sus oídos llega una tonada que le recuerda una canción de cuna. La cantan hombres, mujeres, niños, con gran serenidad.

«Este es el paraíso de los ahorcados del que me hablaba Ixtab», piensa Sabina.

Un hombre de apariencia joven se presenta frente a ella:

—Mi nombre es Chamer, la descripción de los siniestros señores del Xib'alb'a que te estaba siendo narrada en el paraje del curandero fue saboteada intencionalmente. Ellos enviaron a Nueve Pies de Palo para aniquilarte —Sabina flaquea—. Has sido traída aquí para que no deje de ser nombrado frente a ti ni uno solo de ellos.

—¿Y por qué debo de escuchar sus nombres?

—Es importante conocer al enemigo: sus nombres y atributos, entre otros Ah Puch, quien atormenta a los moribundos en sus sueños mientras permanece inmóvil a su lado esperando que perezca.

—Quicxic y Patan merodean por los caminos y causan la muerte a quienes los transitan de noche —explica un joven hombre suicida—, una vez que atrapan a sus víctimas, les estrujan el pecho y la garganta hasta provocar una hemorragia mortal.

—Sin olvidar a Kisin, el Flatulento —agrega una anciana tuerta—, su apariencia de esqueleto de jaguar va siempre precedida por la repugnante fetidez propia de la muerte, un sonido de campanas anuncia su nefasta presencia. Junto con otras seis parejas se propone acabar con la vida humana en la tierra.

La luna que alumbra el paisaje desaparece como una llama que agoniza, el bosque es entonces iluminado por miles de luciérnagas que revolotean en todos sentidos, las manchas en sus cuerpos semejan los ojos de un felino. Los pequeños insectos rodean a Sabina. Entrelazando sus cuerpos, forman un círculo para tejer con ellos una pulsera de luz fosfórica que colocan en su muñeca y que alumbra gracias a sus colas que resplandecen como esmeraldas nocturnas. Hechizada, la chica decide ir tras ellas dejando atrás el bosque de los ahorcados. Chamer comprende que es un artificio más para alejarla, en vano suplica para convencerla. Eufórica, Sabina se aleja a un destino incierto bajo la mirada impotente de su joven protector.

Mientras avanza junto a las luminosas criaturas, Sabina espera encontrar a su fiel amiga la luciérnaga que le acompañó durante tantas peripecias, pero su búsqueda es en vano. Al cabo de un rato, el extraño presentimiento que la invade se agrava cuando escucha un delicado susurro:

—Estas luciérnagas son diferentes —Sabina reconoce la voz del piojo—, portan sobre sus alas y cabeza el signo Ak'ab de la oscuridad, además de un globo ocular en la frente.

Afligida, las alumbra con su pulsera y comprende que ha sido víctima de un engaño. Sin perder tiempo, un furioso enjambre la rodea, envolviendo su cuerpo dentro en una espiral que la eleva. El nutrido grupo la sostiene y la transporta por las alturas. Sabina toma valor y abre los ojos. A lo lejos distingue una elevada construcción semejante a un palacio al cual aparentemente se dirigen. Ya de cerca, recuerda que es la misma edificación que notó cuando llegó por primera vez.

«¿Qué me espera? Esta vez nadie puede salvarme», piensa afligida. En medio de esa congoja viene a su mente el recuerdo de su hermano menor. Instintivamente, grita su nombre con tanta fuerza que siente un desgarre en la garganta.

—¡Bruno! ¿Dónde estás? Hermano ayúdame. Sus lágrimas le ahogan cuando ni el eco le responde.

25 - BRUNO

Tras una larga caminata de exploración que duró más de tres días, Bruno regresa exhausto a la cabaña que alquiló junto con su hermana. No puede esperar para compartir con ella las maravillas que encontró y que rebasaron las expectativas de ambos. Su decepción es muy grande cuando, al llegar, la busca por todos los rincones, pero ella no se encuentra ahí esperándolo como habían acordado.

Al entrar a la cocina, encuentra las provisiones intactas y deduce que Sabina no ha comido nada durante los últimos días. Él decide no alarmarse y esperar un poco más antes de buscar ayuda.

Los pensamientos se suceden hasta que, por fin, la fatiga lo vence. La noche transcurre plagada de raras e inexplicables imágenes, extraños entes y criaturas lo rodean.

La delgada línea que separa sueño y realidad ha quedado borrada, una mujer se encuentra en la habitación, su apariencia es diferente a la de Sabina, pero sabe que es ella ya que reconoce su perfume y luego su voz que, suplicante, la aclama:

—Hermano, ven, estoy perdida, ¡te necesito!

Al despertar con sobresalto, siente que una terrible tormenta se cierne sobre su cabeza. Los estruendosos rayos hieren el suelo, una profunda desesperación lo invade. El furioso viento que sopla como un punzante chillido hace crecer su zozobra. Un horrible presentimiento se instala en su corazón. «¿Dónde buscarla? ¿A quién acudir?», se dice a sí mismo abatido.

Cuando la tormenta se detiene, surge la majestuosa luna que alumbra todo el valle. El halo luminoso que la rodea acentúa el rojo carmín de la esfera que luce enorme, tan grande que pareciera que, con solo estirar el brazo, la podría alcanzar con sus dedos. Por un momento, olvida su pena y la admira extasiado: «Siento una extraña conexión con la luna».

Como hechizado, por más que lo intenta, no puede apartar la mirada. Le encanta observar en su superficie la silueta de un conejo perfectamente delineada. Cuando ve que se mueve, Bruno se frota los ojos y constata que estos no lo engañan: el conejo de la luna no solo está en movimiento, sino que al salir de su cueva agita la líquida y blanca faz que lo rodea. Al cabo de un rato, el pequeño animal se inclina para asomar la cabeza. Incrédulo, el joven ve que sus largas orejas cuelgan en el vacío. Unos minutos después, el roedor se incorpora para tomar vuelo y de un enorme salto se deja caer para aterrizar a los pies de Bruno que no puede reaccionar frente a su presencia.

Ajeno a la conmoción que provoca en el pasmado muchacho, se dirige a él:

—Soy Xiibil t'u'ul, El Conejo de la Luna.

Al no tener la esperada reacción, el conejo insiste:

—Bruno, aunque dudes de tus sentidos, soy real, y me estoy dirigiendo a ti.

—Cómo es que conoces mi nombre? —responde aturdido.

—Porque Sabina te ha nombrado pidiendo auxilio, por eso he venido a ti.

Cuando el conejo repara en el desesperado semblante del joven, agrega:

—Te aseguro que ella se encuentra fuera de peligro.

—¿Y cómo lo sabes? ¿Dónde se encuentra? —interroga Bruno con ansiedad.

—Te explicaré en el camino —responde el conejo—, invitándolo a seguirlo.

A escasos metros, les espera un gato montés de un encendido color verde. La luna brilla intensamente. De manera instintiva, Bruno busca sobre su superficie al conejo, y como ya no está, siente alivio.

El felino se acerca y se arrodilla frente a ellos inclinando la cabeza, confundido. Bruno no sabe qué hacer y mira al conejo interrogante. Este, de un salto, se instala en el lomo del felino y lo invita a hacer lo mismo. Con el roedor en su regazo, emprenden una caminata, aunque el joven se tambalea, se considera afortunado: pronto estará con su hermana.

La inquietante sombra de un gran ser alado se proyecta en el piso, algo se dirige hacia ellos. Cuando Bruno se dispone a voltear, un murciélago despliega sus alas resbalosas como un sapo. El joven, con repugnancia, distingue que están cubiertas por una enorme cantidad de ojos que parpadean. El quiróptero se acerca tanto que Bruno escucha el ruido que produce su quijada. Cuando la aparta para lanzar llamas contra ellos, esta cercanía le da oportunidad al conejo para adherirse a una de las alas y morderla. Las brasas que el murciélago arroja alcanzan los ojos del gato montés que de un zarpazo lo derriba. Cuando llegan a un llano, Bruno se baja del gato montés y da unos pasos. En vano busca al conejo que se ha ido; lo han dejado solo. Continúa su marcha con el recuerdo de Sabina que llena su soledad.

Al avanzar, se topa con un pozo, las inquietantes voces y susurros que de él escapan le indican que debe descender por sus paredes, pero ¿cómo hacerlo? En el tiro, la oscuridad es absoluta. Instintivamente tienta las bolsas de su pantalón y extrae su contenido que consiste en lápiz y papel para dibujar a su pájaro preferido: un cardenal. Satisfecho del resultado, pincha su dedo para con la sangre darle el color que necesita. Eufórico y seguro, también traza algunas notas. Instantes después, ya escucha los dulces trinos: «¡Seré canción!».

Transformado en melodía, Bruno se escurre por las paredes de la caverna, con cadencia se desliza y rebota por los muros abruptos. No cuestiona si es sueño o delirio de su fe.

Al tocar el fondo, palpa sus piernas que lo llevan hacia una cámara iluminada. En su camino, se apoya sobre un punto demasiado blando para ser una piedra, decide retroceder y constata que ha pisado a una enorme tortuga que lentamente saca la cabeza de su concha fosforescente para dirigirse a él:

—Soy Tortuga Preciosa, portadora de la lluvia.

Ya nada lo sorprende, y le pide que la siga para acceder al gran cenote. Debemos invocar el nombre de su dueño sobrenatural para que nos permita sumergirnos en sus negras aguas —explica la tortuga con voz grave.

Juntos se sumergen, el cenote está repleto de truchas de boca amarilla que Bruno distingue perfectamente. Cuando le falta el oxígeno, unos brazos lo rescatan del agua para ser extraído a una cámara de estalactitas y estalagmitas que, al unirse, forman un espectacular follaje pétreo matizado con verdes, azules, blancos y ocres. Muchas otras han formado columnas que, fundidas, semejan un enorme tronco.

Una estela de luz que ilumina el verde esmeralda de las aguas le permite al muchacho apreciar a su salvadora: es una altiva mujer con dos círculos negros rodeando sus ojos, numerosas pulseras aderezan sus tobillos y manos, collares de piedras verdes cuelgan de su cuello.

Mientras Bruno admira a la lechuza con cuernos que la Señora porta en su tocado y se pregunta qué tipo de ave es, ella le responde:

—Es un pájaro Moán y mora en la capa trece del cielo.

La voz de la tortuga no logra romper el embrujo que la mujer ejerce sobre el muchacho:

—Estás frente a U'Ixik Kab, la diosa de la Luna, la Señora del Arco Iris, la inspiradora del amor carnal.

Como una ráfaga, Bruno es transportado a otra cámara para ser testigo de un ritual donde un grupo de mujeres honran con incienso la escultura de una diosa. Para él es difícil asimilar que la mujer tallada en piedra es la misma que lo ha rescatado del agua.

—Ya'ax-K'an, lo verde-amarillo que es gloria y majestad.

Los rezos escapan de los labios de una mujer embarazada mientras que toca la insignia que carga la diosa en la espalda para encomendarse a ella en el parto que está próximo a llegar.

Mientras permanece ahí, Bruno escucha todo tipo de súplicas. Frente a la diosa, imploran tejedoras, curanderas y adivinas.

—Bendícenos con un hijo a mi esposo y a mí —clama una joven pareja.

Muchos otros piden abundancia de agua en sus lagos y fuentes:

—Oh, gran contenedor de agua, te suplico que viertas tu preciado líquido sobre nuestras cosechas—, exclama un hombre ahogado en lágrimas.

«¿Contenedor de agua? ¿Se refiere a la luna llena?», se pregunta Bruno.

—En otra área del gran recinto, la Señora de la Luna se encuentra representada como diosa joven —explica una joven sacerdotisa—, la luna creciente encarna la fase lozana de Nuestra Señora en la cual auspicia la medicina mientras que, como diosa vieja —señala la primera escultura—, personifica a la luna menguante y ejerce gran influencia sobre la tierra y la vegetación. La musicalidad de sus aromas se relaciona con los ciclos de la luna.

—Nos esmeramos en no despertar su ira que manifiesta provocando catástrofes—, afirma otra niña sacerdotisa—, es por eso por lo que esperamos el mejor momento para rezar: cuando el sol del ocaso se une a la salida de la luna.

Bruno es remitido frente a la diosa de la Luna en el cenote donde fue rescatado por ella:

—Los hombres llaman Puesta Sagrada —le explica la diosa—, al período en que desaparezco del cielo, pocos saben que me refugio en esta gruta invisible, lejos de las peticiones de los mortales.

El joven toma valor para interrogarla:

—Perdona, Señora, muchos días han transcurrido desde mi llegada, he sido paciente, pero no puedo esperar ni un momento más sin tener noticias de Sabina, mi hermana.

—Nos encontramos en el Inframundo —explica la diosa—, gobernado por dioses aferrados al poder que no les corresponde más. Estos linajes representan una forma muy antigua de interpretar al mundo, tan anticuada que no corresponde con la realidad y sobrevive gracias a los artificios de una tiranía tramposa y traidora donde una dinastía rige desde un oscuro y laberíntico palacio, un artefacto mágico en que han entrampado a todo aquel que quiera terminar con la oscura opresión. Ahí tienen atrapada a tu hermana.

Al terminar, le entrega a Bruno un espejo mientras le advierte:

—Aquel que se mira en un espejo de pirita se verá inevitablemente transformado.

El joven lo examina; se encuentra fraccionado por múltiples incrustaciones que lo componen.

—Debes ser cuidadoso —agrega el conejo que, de nuevo, se encuentra a su lado—, el espejo, además de reflejar la realidad, es un objeto mágico, una puerta de comunicación con ancestros y deidades, aunque también es una fuente de conocimientos ocultos.

—Lo único que te pido —dice el muchacho, dirigiéndose al espejo—, es que me permitas ver a Sabina. La imagen de la joven aparece en cada una de sus fracciones en diversas situaciones, aunque él la llama por su nombre y ella no lo escucha, Bruno recupera la certidumbre y se siente animado.

Sin soltar el espejo, mira en otro de sus fragmentos a un grupo de hombres con capas, tocados y joyas reunidos en un cónclave donde un sacerdote con el cuerpo pintado de negro se dirige a todos ellos:

—Esta dinastía esta enlazada con los señores del tiempo: aquellos que gobiernan la cuenta de los Katunes, donde veinte atados de años se combinan con una trecena para dar un ciclo de doscientos sesenta años que es cuando todo vuelve a repetirse.

—¿Por qué mencionas la cuenta de los años frente a este concepto? —interrumpe uno de los guerreros.

—Se debe a que, del conocimiento de los ciclos calendáricos proviene el poder de los viejos señores mayas ya que estos se repiten como las estaciones del año.

—¿Y? —le interroga impaciente al no comprender.

—El Katún que estamos viviendo está por terminar, es entonces el momento idóneo para desterrar del Inframundo a estos dioses caducos que quieren perpetuarse en el poder. Si no lo logramos en esta coyuntura, continuarán reinando por otro ciclo de 260 años —concluye el sacerdote.

Al interior del espejo todo se vuelve negro, mientras la Señora de la Luna lo recupera de las manos del joven, complementa la explicación iniciada por el hombre pintado de negro:

—Hace varios ciclos, los señores del Xib'alb'a fueron vencidos y humillados por los hijos del dios del maíz: los gemelos divinos Hunahpú y Xbalanqué. Después de la estrepitosa caída y sin que nadie sepa cómo lo lograron, los oscuros dioses recuperaron su reinado y, como venganza, maniobraron para favorecer la invasión de los hombres barbados. Para lograrlo, orquestaron el secuestro del Dios Maíz, sin él, nuestro pueblo se ha empantanado, perdió el rumbo y la esperanza. Los antiguos valores y las glorias pasadas deben volver.

—¿Qué tenemos que ver Sabina y yo en esta historia? —reclama Bruno insolente.

—En otra vida, la persona que hoy conoces como tu hermana se llamó Tz'ak-b'u Ahaw y fue la consorte del Rey Pakal, Gran Ahaw de Baak[5] y madre de sus dos hijos.

La vista del joven se nubla, no logra asimilar sus palabras.

—¿Reina? ¿Esposa?

—Como lo acabas de ver, Sabina ha sido llevada al palacio de la deidad suprema del Xib'alb'a y está en peligro —agrega la diosa lunar—. Tienes que reconocer que la situación y circunstancias en las que ambos se encuentran son reales y que no hay opción, deben seguir adelante. Una vez que ella sea rescatada, ambos tendrán que retar a los dioses del Xib'alb'a a un torneo de juego de pelota.

—No pertenecemos estamos preparados, ¿cómo vamos a participar en un torneo? —responde irritado.

—No debes de alterarte, despoja la confusión de tu corazón, todo está preparado y ustedes recibirán ayuda, son muchos los que han esperado este momento durante años.

De manera inesperada U'Ixik Kab, la diosa de la Luna se evapora.

---

[5] Palenque

26 - EL TEMPLO DE CHAK EK

Bruno permanece inmóvil, pasmado, la tristeza y la desolación lo han paralizado, sin esperanza alguna alza la voz y pregunta con todas sus fuerzas:

—¿Qué es un juego de pelota?

La única respuesta es el eco ahogado de sus gritos. La certidumbre de encontrar a salvo a su hermana también lo abandona.

Trastornado, abandona el cenote y vaga sin rumbo, siente que ya no tiene nada que perder. Al encontrar un bosque de frondosos árboles naranjas, no duda en saciar su sed con sus apetitosos frutos en forma de estrella. Mientras se refresca, piensa que Sabina se encuentra cerca pero no sabe cómo encontrarla.

Cuando apoya el mentón sobre las palmas de sus manos, una resplandeciente luciérnaga se posa en su nariz. Divertido, la examina: sus alas brillan como el oro, al igual que sus largas antenas. El incesante movimiento de sus ojos le recuerda a los de una mosca. La soledad lo ha afectado tanto que considera una bendición la presencia del insecto, por lo que decide seguirlo cuando este emprende el vuelo.

Juntos ascienden hasta llegar a una cumbre donde un suntuoso templo domina el paisaje. Bruno lo admira, preguntándose cómo puede existir una construcción así en el Inframundo. Su asombro crece al constatar que el edificio está construido con piedras fosforescentes cuyos destellos oscilan junto con el viento. Cuando penetra al primer salón, le maravilla la ilusión laberíntica ofrecida por los espejos que cubren los muros. A su encuentro sale un hombre de lúcida mirada que le saluda inclinando la cabeza mientras susurra:

—Bajarán las sogas y cuerdas, del cielo bajará la fuerza.

—Se refiere a la llegada del destino —le aclara la libélula al oído. Bruno responde la reverencia.

—Mi nombre es Ka'an Ya'axtal, Reverdecer del Cielo, soy el sacerdote-astrónomo que guarda este sagrado espacio, el Templo de Chak Ek, consagrado a la estrella de la mañana [6].

—¿Por qué existe un templo dedicado a la Gran Estrella aquí en el mundo de los muertos?

—Porque aquí es su morada —responde el astrónomo—, Chak Ek el gran patrón y precursor de la guerra, surge desde este punto como estrella matutina y al final del día, la también llamada, Xuux Eek, la Estrella Avispa, inicia su descenso E mek para ocultarse en el Xib'alb'a. A los ojos del hombre nunca aparece en lo alto del cielo ni muy lejos del sol, al que se encuentra

---

[6] Venus

irremediablemente unido por una línea invisible sobre la cual la estrella avanza y retrocede.

El sacerdote lo invita a sentarse, para continuar con la descripción que Bruno encuentra fascinante:

—Ella es el tercer cuerpo más brillante después del Sol y la Luna —agrega con pasión—, el eslabón entre día, noche, vida y muerte que atraviesa por diversos ciclos cada uno de los cuales es regido por una deidad específica. El ser humano relaciona su primera aparición en el cielo con la germinación de los elotes y el vuelo matutino de las codornices.

Bruno retiene la palabra «deidades» en su cabeza, por lo que se anima a preguntar:

—¿Cuántos ciclos son? ¿Qué dioses los presiden?

Reverdecer del Cielo cierra los ojos con gran devoción y pronuncia un nombre inteligible:

—Lajun Chan rige la primera aparición de la estrella que durante doscientos treinta y seis días surge por el este, precediendo al alba para brillar como estrella matutina.

Cuando el astrónomo guarda silencio, ya se encuentra frente a ellos un ser semi descarnado de grandes dientes que sostiene un haz de dardos y que se mantiene en posición de ataque. La inesperada presencia se desvanece tan pronto como llegó.

—¿Por qué se manifiesta armado? —cuestiona Bruno.

—Las flechas que porta simbolizan para los mortales la luz hiriente del astro.

Sin darle tiempo para asimilar, el astrónomo continúa:

—La segunda fase comienza cuando la gran estrella desaparece y permanece oculta durante noventa días. Esta es regida por un dios que, debido a la ausencia de la estrella, propicia la embriaguez. Su nombre es Diez Cielo.

«Si es que regreso a mi vida de antes, prestaré atención a estos ciclos» se dice Bruno.

—Es el momento de invocar al dios de las semillas de corazones —agrega el astrónomo—, también señor de los pedernales, del frío, del hielo, del pecado y la miseria, cuyo nombre es Kaktunal, su influencia impregnará tu corazón de esperanza.

Cuando el sacerdote calla, la deidad se manifiesta con una cimera que cubre no solo su cabeza sino los ojos en señal de ceguera y lleva en sus manos una piel desollada.

—Esa piel pertenecía a un cautivo —anticipándose a las preguntas del joven, Reverdecer del Cielo aclara—, esta deidad es el desdoblamiento del dios del alba en actitud beligerante por lo que porta lanza dardos y flechas de luz, que, como dijimos antes, evoca la luz lacerante de la estrella.

En un principio la presencia de Kaktunal intimida a Bruno que se paraliza de terror cuando el dios dirige hacia él sus saetas, cuyo fulgor lo ciegan.

Transcurridos unos segundos, Bruno constata que una transformación se ha llevado a cabo en su interior: siente dentro de sí toda le energía del universo.

Aparentemente ajeno a los cambios que Bruno experimenta, el sacerdote continúa sus descripciones:

—Transcurridos noventa días de invisibilidad, después de la puesta del sol, el astro se eleva del lado oeste para brillar como estrella vespertina durante docientos cincuenta días que son presididos por Tawiskal.

Al pronunciar ese nombre, un mono saraguato aparece armado con lanza y dardos, sus perturbadores bramidos ensordecen al muchacho que interroga al sacerdote con la mirada, a lo que él contesta:

—Estos aullidos causan fuerte impacto entre los mortales. Por ello, este es uno de los dioses más reverenciados y temidos.

Cuando el mono desaparece, Bruno pregunta por el cuarto ciclo.

—Este empieza con la desaparición de la estrella que permanece oculta durante ocho días y es regido por Chak Xiwtk —responde el sacerdote mientras un hombre con rayas horizontales pintadas en el rostro se hace presente—. Él es uno de los cuatro hijos cardinales de la pareja primordial y también reina sobre la dirección central del cosmos —le explica a Bruno.

Por último, Reverdecer del Cielo nombra a Jun Taaw Ka'anal Ajtzul Ajaw, no sin antes explicarle al muchacho:

—Él es Único Señor Perro que se encuentra en lo Alto.

La aparición de un hombre envuelto en llamas provoca angustia en Bruno mientras arde frente a sus ojos. El pesar y la impotencia lo abandonan cuando el corazón del extraño personaje se transforma en decenas de aves que en parvadas coloridas se elevan por los cielos.

—No abrigues malestar, acabas de presenciar la transmutación del Hombre Mirador del Cielo que rige en diferentes momentos del ciclo de la estrella —explica el sacerdote.

Lo que agrega intriga al muchacho:

—Mirar desde «la perspectiva de la estrella» implica una transformación del que la observa, ya que se aproxima al núcleo de su propia divinidad en un viaje por espacios de diversas dimensiones que implica entrar en los cielos propios. Conocer el cosmos y conocerse son versiones de lo grande reflejado en lo minúsculo, de la misma manera que el fuego puede sintetizarse en algo tan pequeño como una mariposa.

Cuando el sacerdote astrónomo guarda silencio nace entre ellos dos una solemne comunión.

La noche transcurre, Bruno persigue el sueño, pero le atormentan las sobrecogedoras apariciones. A la mañana siguiente, le pide al sacerdote que le hable sobre su tarea como astrónomo.

—Nuestra misión —responde—, es la de cotejar la duración del ciclo de la gran estrella que dura un total de quinientos ochenta y cuatro días. Las fechas exactas de su acontecer deben determinarse con precisión para predecir cuáles serán los eventos que se verán influenciados por el comportamiento del astro.

Reverdecer del Cielo respira profundamente para continuar:

—El mayor reto que enfrentamos es el de pronosticar los días exactos en que Chak Ek hace su aparición en el cielo ya que su luz es causa de enfermedades.

Con pesar, agrega:

—La gran estrella, junto con el sol, su compañero de armas, desciende para lanzar sus proyectiles sin límites, fijando como blanco cualquier persona, animal o cosa, ya sea el trono real, la lluvia y la montaña, incluyendo al dios del agua o al del maíz entre otros.

El hombre hace una pausa para servir dos tazas de cacao humeante mientras invita a Bruno a instalarse y así continuar su relato.

—No cabe duda de que la tarea más importante de un observador del cielo tiene que ver con los eclipses solares, que llamamos «El Sol roto». Tanto estos como los eclipses lunares son muy temidos por los humanos al figurarse que cuando alguno de ellos acontece, la tierra puede colapsar. Cuando un eclipse progresa, la sombra que se produce en el disco solar o lunar es interpretada por los espectadores como una mordida propinada a los astros ya sea por una hormiga, una iguana, un jaguar o algún perro o serpiente que intentan devorar las lumbreras celestes.

La mañana es tan fría que ambos encienden una fogata, Reverdecer del Cielo continua su explicación:

—El ocultamiento del sol o de la luna producen una herida profunda en el cielo sagrado que se torna en un cielo herido. La Tierra se siente ofendida, los hombres se afligen, los pozos se encuentran lesionados y las ciudades o cielos-cueva Ka'an-ch'e'en dolidas.

—¿Cómo hacen para que la bóveda celeste revele sus secretos?

—Después de periódicas observaciones de los cielos, que a veces llevamos a cabo colocando un espejo de pirita en la cúspide de nuestras pirámides-observatorio, los astrónomos elaboramos tablas lunares o de eclipses, así como tablas de estaciones y de agua.

—¿Tablas de agua?

—El esfuerzo llevado a cabo a través de diversas generaciones se relaciona también con la predicción de lluvias, tormentas, huracanes y otras cuestiones meteorológicas de interés agrícola.

—¿Y la predicción de eclipses?

—Ese tipo de pronósticos es una de las hazañas más grandes que hemos logrado los astrónomos mayas, ya que se ha requerido su observación y registro de manera muy detallada y persistente a través de los siglos.

—¿Cómo pueden hacer las predicciones?

—Los eclipses solo se producen en espacios muy precisos del cielo llamados nodos, donde se interceptan las trayectorias del Sol y de la Luna. Cada ciento setenta y tres días (173.31) existe la posibilidad de que ocurra un eclipse, ya que dicho intervalo es lo que tarda el Sol en cruzar por el nodo de la órbita lunar. Las tablas lunares son herramientas que nos advierten sobre las fechas de posibles eclipses solares que puedan sobrevenir, previniéndonos así de los peligros que amenazan a los pobladores de la Tierra.

El sacerdote hace una pausa para preguntar al joven si ha comprendido, a lo que este asiente.

—Todos los eclipses que pronosticamos ocurren, aunque no tengamos la posibilidad de comprobarlo, pues la mayoría no son visibles en nuestra región —agrega el sabio—. Esa es la parte de astrónomo, pues como sacerdotes, intentamos determinar la conducta de los dioses durante tales fenómenos, por lo que tratamos de acoplar las fechas de esos eventos con determinados días de nuestro calendario ritual, regido por diversas deidades.

—¿Cuántos períodos abarca la tabla de eclipses?

—Aproximadamente doce mil días (11 959 días), es decir cuatrocientas cinco lunaciones, casi treinta y tres años.[7]

Mil preguntas e inquietudes se agolpan en la cabeza del joven, un sutil perfume que flota en el viento le trae el recuerdo de Sabina. La culpa lo invade y ya no logra concentrarse en la conversación.

—He estado tan absorto en tu grata compañía —interrumpe al sacerdote—, que he perdido la noción del tiempo.

Consternado, le explica a Reverdecer del Cielo las razones por las que debe continuar su camino:

—Quisiera quedarme más tiempo, pero me es imposible, ojalá volvamos a encontrarnos —acompañado por la luciérnaga se aleja profundamente agradecido.

Su cabeza se dirige hacia un lado, los pies hacia el otro, mientras que su corazón recula.

Al cabo de un interminable peregrinar, llegan a un amplio espacio limitado por altas paredes esculpidas con elaboradas escenas. Un basamento flanqueado por dos plataformas alargadas sobresale de otras construcciones de menor tamaño. Fijado al centro de cada muro, se encuentra un aro de piedra. Sobre las gradas formadas por banquetas y taludes, se encuentra sentado un personaje particularmente ataviado. Con el cabello atado, porta protección de piel en la cintura, rodillas y muñecas. El puño sostiene su mentón, mientras que con la otra mano hace rebotar una pelota de goma.

—¿Por qué has tardado tanto? —le pregunta a Bruno al percibir su llegada—, tu entrenamiento para el juego de pelota debe comenzar cuanto antes.

—Explícame primero qué es un juego de pelota —responde.

---

[7] Este arreglo se encuentra en Palenque, 5 x 81 lunaciones: Ciclo de Saros: 6,585. 32 días o 223 22 3 lunaciones son igual a 18 años con once días. Esto fue descubierto por los antiguos babilónicos, al cabo del cual se repiten eclipses similares.

SEGUNDA PARTE

27 – EL JUEGO DE PELOTA

Al escuchar la pregunta de Bruno, el jugador se pone de pie para darle una descripción solemne:

—Cuando observamos al mundo, se infiere que los dioses manifiestan sus poderes mediante la lucha de las fuerzas naturales. El juego de pelota simboliza al universo, un lugar de confrontación y lucha de contrarios, esto es la unificación mediante la oposición.

Mientras le escucha, el joven contiene la respiración:

—Es el espacio en donde se enfrentan las potencias superiores con las del Inframundo, entonces luchan seres de luz contra seres de oscuridad. Más que un juego, es un compromiso entre hombres y dioses para preservar el mundo que han heredado.

Sin saber cómo ha llegado ahí, Bruno se encuentra ya en el centro de la cancha donde un partido se está llevando a cabo, los jugadores lo esquivan y lo empujan mientras él se queda inmóvil.

Una mariposa con un pequeño pectoral de oro se dirige a él:

—Es este un recinto sagrado donde se reproducen los mitos de la creación, la cancha es también un portal hacia otros mundos.

Bruno se ha vuelto diminuto y está sentado sobre la mariposa que se encuentra adherida a la pelota.

—En este espacio —afirma la mariposa—, los tres niveles del universo están representados. La evolución de esta bola de goma evoca los movimientos del Sol desde el Inframundo hasta el cenit, así como la trayectoria de los cuerpos celestes.

Bruno despierta acurrucado en un rincón del recinto y piensa que todo ha sido un sueño, un águila que planea sobre él desciende para decirle:

—El campo de juego simboliza al cielo —el joven escucha mientras percibe las orejas humanas del ave rapaz—, los anillos por donde debe pasar la pelota para anotar representan los sitios de salida y puesta de los astros en el horizonte.

Cuando el águila se aleja, un hombre se dirige hacia él. Su tocado adornado con estrellas y la capa con conchas adheridas le hacen pensar en el mar. Sin mayor preámbulo el sacerdote del océano se dirige a él:

—Es de vital importancia que los reyes, responsables de la perpetuación del ciclo vegetal, participen en la contienda asegurando así el éxito de las cosechas. Cuando el partido culmina en una decapitación, se está evocando a la cosecha y corte del maíz.[8]

---

[8] El movimiento de la pelota surge en la unidad de opuestos sobre la cancha en el centro de acceso a las realidades humanas y divinas. «La armónica dualidad, el equilibrio que el hombre busca y encuentra en la naturaleza y todas sus

Bruno se encuentra de nuevo frente al jugador de pelota que lo recibió cuando llegó:

—¿Cómo te llamas?

— Soy Amapan —le dice, mientras señala a un segundo participante—, y mi compañero es Oappatzan, somos las deidades de este juego y estamos aquí para prepararte. Como te ha sido explicado se aproxima un torneo de juego de pelota en el que debes de participar.

—Como lo dije antes —responde el joven consternado—, nada sé sobre este deporte ni cuento con una condición física adecuada.

—Por eso estamos aquí. Para empezar, debes saber que formarás parte del equipo que se enfrentará a los gobernantes del Xib'alb'a.

—¿Te refieres a los dioses del Inframundo? Imposible, nunca podré lograrlo —responde horrorizado.

—Si has sido escogido es porque eres apto para ello y posees cualidades que tú mismo desconoces. Está escrito —agrega el jugador.

Estas dos últimas palabras dejan a Bruno sin habla.

—Son torpes y arrogantes —expresa Amapan.

—¿Quiénes?

—Las deidades del Xib'alb'a —responde Oappatzan—, son fáciles de engañar, una persona ingeniosa como tú no tendrá problema en superarlos cuando llegue el momento.

Bruno tiembla de pies a cabeza.

—¿Cómo reconocerlos? —pregunta, con miedo a la respuesta.

—Su aspecto es esquelético, adornan sus cuerpos con ojos arrancados de muertos y moribundos, poseen miembros delgados, a veces con trozos de piel, su vientre es siempre abultado, y despiden un olor nauseabundo.

El muchacho oscila entre el horror y las náuseas.

—La mayoría lleva una banda negra debajo de los ojos—prosigue Oappatzan, es el signo de la noche y las tinieblas llamado Akbal.

Los dos jugadores intercambian miradas hasta que por fin se deciden a hacerle al muchacho una revelación:

—No te exaltes —explica Oappatzan—, pero en este preciso momento tu hermana se encuentra frente a él.

—¿Frente a quién? —interroga Bruno fuera de sí.

—Frente al Dios Yum Cimih.

—¡Cómo quieren que no me altere! —agrega Bruno visiblemente descompuesto por la desesperación.

---

manifestaciones que es el reflejo de la dualidad misma de su ser interior, de la búsqueda de su ser unificado, el absoluto último que unifica las fuerzas contrarias de lo positivo–negativo, llevándose a cabo la unificación de opuestos. Denota la existencia de la búsqueda emprendida por todos los seres, dos direcciones opuestas se encuentran en el concepto primordial del uno, del ser unificado». María Teresa Uriarte, *Arq. Mexicana*, n.º 44, 2000.

—No temas, él no le hará daño, tiene que averiguar por qué ha sido llamada a esta tierra, así es que tenemos tiempo para maniobrar.

Estas palabras, pronunciadas para acallar sus dudas, logran un efecto contrario; el desconsuelo y la zozobra lo invaden.

Sus nuevos compañeros lo invitan a caminar haciendo un esfuerzo para convencerlo de que todo irá bien para Sabina. Cuando la tensión disminuye, se detienen frente a un árbol y separan su espesa cortina de follaje para penetrar a un espacio creado naturalmente entre las ramas que, después de alcanzar considerable altura se arquean y descienden hasta tocar el piso. La atmósfera que se respira invita al joven a recostarse en el improvisado refugio. Al verlo relajado, los jugadores se alejan.

Al apoyar la cabeza sobre el antebrazo, admira la cúpula que, soñadora, se mece al ritmo de la suave brisa, y disfruta el delicado rumor de las ramas que se frotan entre sí como papel de china. Lo que admira en lo alto de la cúpula le hace especular, al principio cree que pudieran ser constelaciones, después piensa que se encuentra bajo un árbol de cacao con cientos de granos que por el peso vencen a las ramas.

Mientras los mira, un milagro sucede: cada grano se transforma. Se frota los ojos y decide ponerse de pie para examinarlos de cerca. Al tocarlos parece que reaccionan, pues se estremecen y se encogen para después recuperar su posición inicial. Al cabo de un largo rato, una diminuta cabeza se asoma con timidez, él extiende la mano con la palma extendida hacia arriba y la sostiene: es una concha de la que surgen cuatro patitas.

—¡Es un árbol de tortugas! —exclama entusiasmado.

Las hay desde diminutas hasta medianas, hacinadas crecen y se desarrollan hasta que, logrando un tamaño regular, se separan. Verdes, azules, amarillas, rojas, violetas: ¡frutas tortuga!

¡Cuánta efervescencia! Algunas caminan por las ramas, otras suben o bajan por el tronco, las de manchitas escalan hacia la copa, otras bajan hasta la tierra.

Bruno se siente agradecido por estar ahí y, poco a poco, recupera la confianza. Un ejemplar con dos cabezas se dirige a él:

—Desde que fuimos invadidos por el hombre blanco, han sucedido y seguirán aconteciendo catástrofes y tragedias. Lo que buscamos es lograr un profundo y completo reordenamiento para encontrar de nuevo el equilibrio.

Interviene otra tortuga que se balancea:

—La humanidad debe de caminar a la luz de formas más elevadas de pensamiento y regir sus vidas por las antiguas enseñanzas. Es necesario que los hombres sean de nuevo inspirados por el aliento fragante que los dioses insuflan al mundo.

—¿Aliento fragante? —pregunta sorprendido.

—El soplo Celestial, El Sak I Kil o El Respiro Blanco —responde la tortuga bicéfala—, la expresión del alma de las deidades que también se manifiesta a través de las flores de dulces fragancias y de los sonidos musicales.

Una tortuga con caparazón transparente que escucha en silencio decide intervenir:

—Yo creo que a esta joven persona debemos de instruirla desde el principio, comencemos por hablarle sobre el Ch'ulel.

—¿Ch'ulel? —pregunta el joven.

—Es la esencia impalpable del individuo, también llamada «Su blanca conciencia de la luz fluorescente»: U Sak Nik Nahal —responde la del caparazón translúcido—. Es el alma que se le implanta a cada persona cuando nace y cuando muere abandona el cuerpo.

De pronto, Bruno se encuentra rodeado por muchos ejemplares. Una tortuga con flores que nacen de su concha agrega:

—El alma otorgada por el dios patrono, como una parte de su propia sustancia, se aloja en el corazón y en la sangre del individuo, y forma su centro; esta fuerza vital reside en humanos, plantas y animales.

—¿Qué sucede cuando una persona muere? —pregunta el muchacho con avidez.

—Al morir, se dice que desaparece el hálito, el viento blanco de una persona cuyas almas se deslizan para emprender el camino hacia el mundo de ultratumba, en donde se transforma en un antepasado unido a la vida y la cotidianidad de sus herederos —responde la más vieja de todas—. La muerte, es decir, cuando se separa el aliento de las personas es solo un cambio de estado, el Ch'ulel, que muchos prefieren llamar «Su Blanca Flor-Espíritu», U Sak Nik Nahal se transforma, pero no desaparece.

Poco a poco, las tortugas se retiran mientras que Bruno medita sobre las inesperadas revelaciones que ha recibido, sintiéndose afortunado. El profundo silencio exalta lo que musitan las presencias invisibles que lo rodean:

—*Cuando morimos,*
no es verdad que morimos,
pues todavía vivimos,
pues resucitamos, existimos, nos despertamos. [9]

El vacío que llevaba en su pecho ha quedado atrás, la plenitud le invade y decide abandonar ese enclave mágico completamente fortalecido.

De regreso a la cancha, Bruno encuentra a los jugadores que, relajados, retiran la protección de sus cabezas. Al admirar la extraña forma de sus cráneos modelados artificialmente, el muchacho no oculta su curiosidad, misma que Oappatzan decide satisfacer:

—Todas las madres comprimen los cráneos de los bebés con tablillas y dan como resultado esta forma —orgulloso, presume tanto su cabeza alargada como su frente inclinada hacia atrás. Su negro y brillante cabello atado en un mechón cuelga sobre la frente, las orejeras que perforan el lóbulo representan pétalos de flores.

---

[9] Libro X del *Códice Florentino*, Cap. XXIX

—Es tiempo de comenzar con tu formación —interrumpe Amapan—. El juego de pelota no solo consiste en una lucha cuerpo a cuerpo, es un combate entre el mundo de los instintos y el racional, organizado para alcanzar una meta colectiva: la preservación de la vida y la gran iluminación de los corazones.

—Haré todo lo que me sea encomendado —responde Bruno emocionado.

Oappatzan le muestra varias pelotas de hule de asombroso rebote, al señalar los signos que llevan grabados sobre su superficie, indica que se trata de números: nueve, doce, trece, catorce.

El jugador sorprende a Bruno cuando le lanza la pelota que resulta ser muy pesada.

—Un golpe puede descalabrar a cualquiera, imposible jugar sin salir lastimado —afirma el muchacho.

—Por eso jugamos con toda esta protección —responde, señalando su atuendo para después agregar:

—¿Cuál será la estrategia que seguir? —pregunta, receloso.

—No puedo decirte más, pues todo lo que nos rodea se mueve, respira y escucha. Por el momento es importante que descanses, mañana comenzará tu entrenamiento.

28 - PREPARACIÓN PARA EL JUEGO

Muy temprano, los dos entrenadores invitan a Bruno a seguirlos. Suben por escaleras empinadas, avanzan por torrentes y desfiladeros. El joven observa, curioso, a los moradores del lugar: animales indescriptibles, sombras, vientos, espectros.

Por fin, llegan a un enorme campamento iluminado con antorchas en donde reina la efervescencia. Ahí, se encuentran una gran cantidad de participantes con sus uniformes listos para jugar. Los tocados que portan fascinan al joven que los observa mientras ellos esperan con gran compostura al orador que, parado sobre una plataforma elevada, pronto se dirigirá a ellos.

—Es el viejo dueño de los venados: Hukte Ahaw, jefe supremo de los jugadores y divino patrón del juego de pelota —le balbucea al oído la luciérnaga que ha regresado.

Bruno admira al majestuoso venado que se sostiene en sus dos patas traseras, sus orejas se encuentran tatuadas con signos indescifrables y de sus larguísimas astas cuelgan nenúfares y granos de cacao.

—Las flores lo vinculan a la fertilidad y al agua —describe la libélula—, las plumas que adornan su ornamenta son de cormoranes, garzas, colibríes, pavos y quetzales, todas son aves que representan al cielo.

—¿Y los granos de cacao? —pregunta, curioso.

—Simbolizan la sangre de los cautivos —responde el insecto.

El muchacho repara en que la expresión en el semblante del dios es humana. Al igual que todos los jugadores de pelota, lleva una protección en forma de cinturón y rodilleras en sus piernas humanas.

El bullicio cesa para escuchar al Señor que se dirige a los presentes:

—Nuestra paciencia pronto será recompensada, un fenómeno celestial que no se ha producido en muchos ciclos está a punto de ocurrir, se trata de la sagrada reunión de La Tríada de B'aakaal, El Lugar de las Grandes Aguas[10], con su madre[11].

La ensordecedora algarabía le impide escuchar con claridad al astado señor que aclama:

—Este fenómeno que será visible desde los tres templos del grupo de las cruces de B'aakaal[12] se manifestará en los cielos nocturnos dentro de dos

---

[10] Palenque

[11] Los tres dioses que nacieron en esta ciudad, conocidos como la Tríada, son los planetas Júpiter, llamado El Sol de la Oscuridad, Saturno y Marte y la conjunción se lleva a cabo con su madre la Luna.

[12] Palenque

lunas[13]. Con la bendición de nuestros dioses y bajo su patrocinio, en esa fecha derrotaremos a los señores que se aferran a reinar en el Xib'alb'a.

La sensación de pertenecer al equipo que participará en el gran torneo que se avecina le provoca a Bruno un nudo en la garganta y con nostalgia recuerda a su hermana a quien le promete: «Sabina me sentía tan desolado, pero somos muchos. ¡Iremos por ti!»

Un espeso humo rodea al Dios Venado que les da la espalda a los espectadores, y, levantando su aderezada cabeza, se dirige a invisibles presencias.

—Retamos a las huestes infernales para enfrentarse a nuestro equipo en un torneo que se disputará en la cancha sagrada del juego de pelota a la luz de los primeros rayos de luna de la fecha mencionada.

Después de lanzado el reto, los presentes desbordan su entusiasmo que conlleva muchas esperanzas y sueños alimentados por largo tiempo.

—¿Crees que acepten el reto? —pregunta el joven nervioso

—Por supuesto que sí, esos hediondos vendrán aconsejados por su vanidad y arrogancia —responde Amapan—, ya lo verás.

Tras una interminable noche de insomnio, las lecciones inician, Bruno deja atrás pesares para entregarse por completo a su preparación.

—Para empezar, tienes que ser ataviado con la parafernalia adecuada —le indica Amapan—, retira la ropa que llevas puestas y enrolla en tus caderas este braguero —le dice al tiempo que le extiende un lienzo blanco.

«¿Yo, ponerme esta especie de pañal?», piensa.

—Deberás portar un yugo que protegerá tu cadera —le dice Oappatzan que le hace entrega de un ornamento en forma de herradura.

—¡Es muy pesado! —se queja.

Ambos jugadores le ajustan unas rodilleras, que según explican, ayudan para apoyarse al devolver la pelota baja. A continuación, le piden que extienda los brazos para colocarle un par de muñequeras. El joven se siente afortunado de conservar puestos sus tenis.

—¿Es todo? —pregunta el futuro jugador.

—Falta el elemento que le da a cada jugador un toque distintivo: el tocado.

—¿Por qué es necesario?

—Los jugadores se disfrazan como criaturas sobrenaturales para resaltar el carácter cósmico del combate, sin embargo, debes de portar aquel que corresponda a tu Wayob, es decir el vínculo que mantienes con las realidades alternas unidas a tu vida —explica Amapan.

—¿Mi qué? —pregunta Bruno, confundido.

—Wayob, es una proyección de las personas, la energía invisible que les asiste en todas las formas y sucesos de su vida. Es al mismo tiempo el espíritu protector, compañero y guardián que guía al humano a través de su

---

[13] 21 de julio 690

subconsciente guardándolo de los peligros del camino, las más de las veces se presenta en forma de animal[14].

—Durante el sueño, el Wayob de cada individuo explora tanto en el Inframundo como en el universo celestial, así como en diferentes estados de la realidad —agrega Oappatzan.

—¿Cuál es mi Wayob?

—Por tu fecha de nacimiento sabemos de dónde brota la energía que te nutre, al igual que los talentos que posees y la misión a la que estás destinado en el curso de tu vida —el joven aguarda sin pestañear—. Te corresponde K'at, El Way Unificador, siempre preocupado por reunir y armonizar elementos aislados para formar un todo —explica Amapan.

Mientras los escucha, Bruno fija su atención en una diminuta araña negra que ha extendido su tela en una esquina de la empolvada construcción donde se agazapa al acecho de alguna presa. El rincón se encuentra repleto de viejas y sucias telarañas deshilachadas por el viento.

—El símbolo que representa tu naturaleza es la Tela de Araña: K'at que sintetiza las fuerzas, las tensiones y el punto de equilibrio que contiene la energía de todas las cosas. Los arácnidos poseen también una doble naturaleza que puede enredar o desenredar la vida, es decir, aclarar o enturbiar —explica Omappan.

—Al igual que Sabina, posees el fuego en tus manos y en tu corazón. Como la araña, ambos gozan de una paciencia extrema, y perciben las dificultades como una invitación a superarlas —agrega Oappatzan.

Las voces de los jugadores se escuchan cada vez más lejos. Bruno se encuentra colgando en el rincón de alguna edificación y se percibe a sí mismo rodeado de telarañas rasgadas. Aferrado a una que se encuentra intacta, descubre que sus hilos brillantes se mecen como columpios cuando él se mueve. Una suave brisa sacude la frágil trama, para no colapsar, el muchacho se aferra también con sus pies. Al mover las dos piernas, le responden también otros tres pares que no son extremidades humanas sino patas. Aunque se ve a sí mismo transformado en araña, decide no ser presa del pánico y poco a poco equilibra su nueva estructura para recorrer la tela. Después de un largo rato, descubre que es un arácnido con cuerpo de corazón. De manera mecánica, un hilo transparente brota de él formando concéntricos diseños por donde circulan entes amorfos y transparentes con ojos grandes y vacíos.

Mientras dura la metamorfosis, Bruno se descubre como poseedor de habilidades insospechadas que le hacen sentirse apto para alcanzar el gran reto que se ha presentado en su vida.

Poco a poco, sus oídos vuelven a captar la conversación de Amapan y Oappatzan y, de nuevo, se encuentra de pie junto a ellos en la cancha de juego.

---

[14] Nahual

—¿Por qué has mencionado a Sabina? —pregunta Bruno.

—La iniciación que acabas de experimentar te servirá para comprender la razón por la que fuiste atraído a este mundo subterráneo —responde Oappatzan.

—Te suplico que me hables con la verdad. No importa lo terrible que pueda ser, no puedo esperar más.

—La mujer que en esta vida has conocido como tu hermana Sabina, es en realidad Tz'akbu Ahaw, la real consorte de nuestro gran Ahaw Pakal.

—¿Sabina, una reina?

El muchacho calla, tratando de asimilar la complejidad de la revelación que acaba de recibir. Su vista se nubla y piensa: «Si todo esto es cierto y salimos victoriosos en la contienda ¿En cuál de los dos mundos habitaría ella? ¿La perderíamos para siempre?»

Después de meditar, Bruno responde decidido:

—Vale la pena descubrir los potenciales que poseo, pero me intimida saber lo que se espera de mí. Alguna vez leí que nuestro valor como seres humanos consiste en los riesgos que tomamos.

—¡Que así sea! —expresan Amapan y Oappatzan al unísono.

En ese momento se presenta una tortuga-serpiente, entre su cuerpo y la concha lleva insertada una culebra amarilla que apoya la cabeza sobre el cuello de la tortuga y su larga cola arrastra por el suelo dejando un pequeño surco en la tierra. Cuando llega a los pies de Bruno, agacha la cabeza para que él pueda tomar su preciada carga: un tocado con forma de telaraña cuya apariencia es de frágil cristal. Cuando el joven lo toma en sus manos aprecia un extraño fulgor y reconoce que la telaraña está hecha con el mismo diseño que él iba tejiendo cuando se vio a sí mismo colgando del muro transformado en arácnido. Del centro cuelga una araña negra con cuerpo de corazón. Al ponerlo sobre su cabeza, afirma:

—Araña soy, araña seré.

29 – LAS REGLAS DEL JUEGO

Bruno y los jugadores se encuentran en la cancha que tiene la forma de un corredor que se ensancha en cada uno de los extremos, una ligera construcción escalonada la delimita y alberga los asientos para el público.

—En cada una de las orillas se ubican los jueces —señala Oappatzan—, ellos van marcando con rayas las anotaciones que consisten en pasar la pelota por el aro central. La línea negra que atraviesa el campo está hecha con hierbas mágicas y, como ves, divide la cancha en dos partes.

Amapan toma una pelota de hule y afirma:

—Puedes golpearla con tu cadera, hombros o muslos, si te encuentras en la tierra es permitido usar la rodilla. El brazo en movimiento se impulsa por el aire o al ras del suelo. Está prohibido usar pies y manos, estas se usan únicamente para los servicios.

—Cómo se acumulan los puntos?

—La cuenta reposa sobre las faltas de los adversarios que no atrapan o reenvían la pelota. Es posible perder todos los puntos o a la inversa, ganarlos todos en una sola jugada. La victoria pertenece al equipo que alcance ocho rayas o juegos.

—¿Cuál es la duración del juego?

—Un partido puede alargarse por días y noches. Durante las sesiones nocturnas se suele encender la pelota.

—¿Cuál es la alineación del equipo?

—Se forma con defensas y delanteros, básicamente el capitán es el dueño de la cancha.

—Al inicio del partido se acuerda el número de participantes, y de manera eventual, el uso de bastones para impulsar la pelota —explica Amapan—. Volviendo a lo de las anotaciones, lo esencial es que la pelota cruce la raya central. Pasar la pelota por el aro es excepcional, cuando esto se logra, se gana el juego.

—¿Asisten muchos espectadores?

—Ya verás las tribunas abarrotadas de todo tipo de público. No puedes imaginar las apuestas que corren: desde joyas, esclavos, mantas, aderezos de guerra, hasta esposa e hijos. Al final, el equipo ganador recibe las mantas de los asistentes.

30 – LA GRAN DINASTÍA DE B'AAKAAL

—¿Quiénes formarán el equipo? —pregunta Bruno con emociones encontradas.

Sin recibir respuesta alguna, y tras un interminable silencio, la tierra comienza a temblar. Una columna de piedra que se encuentra a su lado se parte en dos para dejar escapar de su interior un gigantesco lagarto, de sus enormes fauces abiertas surge un hombre majestuoso que lleva un tocado de largas plumas, en sus manos porta un cetro con la forma de una persona con cabeza de reptil cuya pierna se prolonga hasta convertirse en una serpiente ondulante[15].

La impactante presencia sorprende al muchacho:

—Soy K'uk Balam: Jaguar Quetzal —Bruno no da crédito a sus sentidos, la voz grave lo aturde más—, como primer rey de B'aakaal[16] y fundador de la dinastía Ahaw de Tok Tan, estoy aquí para invocar la presencia de todos los gobernantes ya desaparecidos que reinaron en esta bienaventurada urbe.

«¿El equipo estará formado por reyes muertos?» se pregunta Bruno exaltado.

Unificando nuestros talentos derrotaremos de manera definitiva a los señores del Xib'alb'a —continúa K'uk Balam—. Todos los poderosos reyes deben manifestarse aquí y ahora de la misma manera que yo lo he hecho. Nosotros los ancestros hemos triunfado sobre las fuerzas de la muerte. Lo divino no existe, este privilegio solo se adquiere al morir.

Bruno pierde el control, sus dientes castañetean, y su estómago está hecho un nudo. «¿Por qué se nos ha traído a Sabina y a mí? ¿Por qué me es permitido estar aquí frente a él que ni siquiera ha notado mi presencia?»

Como si hubiera escuchado sus pensamientos, el rey se dirige al joven:

—El mundo está vivo y colmado de poder sagrado, seres divinos se mueven constantemente entre los tres niveles. En esta batalla donde se representan todas las fuerzas de la tierra, el cielo y el Inframundo, es imprescindible la presencia del elemento femenino, complemento y equilibrio de nuestro creador —Bruno escucha impaciente—. Las fuerzas del Xib'alb'a carecen de la señora, madre, reina y esposa con la que nosotros hemos sido bendecidos, la única mujer que ha alcanzado la estatura de los grandes reyes de nuestra dinastía será el artífice de este encuentro, su nombre es Tz'akbu Ahaw, tu hermana en esta vida.

Pesadas lágrimas brotan de los ojos del muchacho, que piensa: «Quizás nunca la vuelva a ver ni recuperaremos nuestras vidas de antes».

El rey levanta ambos brazos.

---

[15] Todos los reyes mayas portan este cetro con la efigie del dios K'awill.
[16] Palenque

—Invoco al Señor de la Resurrección para que permita a los jóvenes señores emerger de los nenúfares. ¡Háganse presentes! —ordena.

Bruno permanece clavado en el piso, inmóvil y mudo, se da cuenta de que no está solo, percibe presencias ajenas en su entorno. Mientras mantiene los párpados apretados, cierra los puños e intenta abrir los ojos, la bruma le impide distinguir a las personas que lo rodean.

Lentamente, la niebla que impregna a la atmósfera de misterio se disipa y por fin el joven logra distinguir a un hombre de pie con los brazos cruzados y con la mirada concentrada en el vacío. Al recorrer el espacio con sus ojos por fin acostumbrados a la penumbra, descubre a un grupo de señores de aspecto majestuoso, los esbeltos cuerpos están rodeados por un aura luminosa, sus expresivos y lozanos rostros revelan fuerza, sabiduría y paz.

Al recordar las palabras de Jaguar-Quetzal y las invocaciones que hizo, Bruno llega a la conclusión de que son ellos los reyes resucitados que hace siglos gobernaron Palenque.

El primero de ellos rompe el silencio:

—Yo, Ahk al Mo'Ts'an Nab, Lago de la Guacamaya Tortuga te saludo Señor K'uk Balam, Jaguar-Quetzal gran fundador de nuestra real dinastía.

El muchacho admira la concha de tortuga que cuelga de su espalda, la guacamaya dorada con plumaje azul que el joven rey lleva en su tocado lo deslumbra.

—El ave es el emblema de la muerte repentina —afirma la araña con cuerpo de corazón.

—En el universo la existencia es cíclica —agrega Lago de la Guacamaya Tortuga—, la vida coexiste con la muerte, su perpetuo rival. Este eterno devenir se desarrolla en el cosmos delimitado por la gigantesca ceiba que es el eje del universo. Crear y recrear son la esencia y el corazón de nuestra cultura.

Cuando calla, da un paso atrás para ceder la palabra a K'an Hoy Chitam, Precioso Pecarí cuyo yelmo recrea la cabeza de un jabalí con enormes colmillos:

—La vida después de la muerte es parte de una continua transformación. La destrucción y renovación cósmica se suceden en todos los reinos visibles e invisibles de la creación. Desde un rincón, Kan Balam, Jaguar-Serpiente que lleva sobre su cabeza una réplica del felino con una culebra enredada al cuello, se dirige al grupo ahí reunido:

—Las acciones de nosotros los reyes pretenden armonizar la existencia humana con los seres de orden sobrenatural, por lo que en nosotros encarnan los rasgos propios de nuestras divinidades.

La mente de Bruno escapa al cónclave, un ser con dorso humano y cuerpo de espiral emerge frente a él. El hacha que esgrima libera con pericia raíces, semillas, frutos, maíz y tabaco de la tierra, al terminar su tarea, haciendo una reverencia le da la bienvenida al asombrado muchacho:

—Mi nombre es Hu'unal, Liberador de Vegetación, tu presencia durante el portento que está a punto de suceder es de gran importancia debido a que tú vienes de otra creación.

Sin tiempo de expresarse, el muchacho se encuentra de vuelta con los reyes que ahora rodean un sarcófago grabado con elaboradas inscripciones. Con la mayor destreza retiran el pesado bloque de piedra que hace las veces de tapa, dejando al descubierto su contenido, Bruno no se atreve a mirar, intensos escalofríos lo recorren de pies a cabeza.

Junto al cuerpo que yace extendido, se encuentran esparcidos trozos de piedra verde, cuando el joven domina su temor es testigo de la delicadeza con la que un sacerdote pintado de negro toma los pedazos de jade para con ellos reconstruir una máscara, en el espacio de los ojos coloca obsidianas y conchas.

—El jade encarna la regeneración del mundo vegetal, aunque también es emblemático de líquidos vitales tales como el agua y la sangre. Esta piedra alude al viento, por ello, un pectoral elaborado con este material le fue colocado en el pecho, el espacio donde se genera el aliento —afirma el sacerdote mientras señala la pieza recién reconstruida.

—La máscara de piedra verde se integra al divino rostro y el divino rostro a ella, de esta forma retiene, plasma y canaliza al hálito divino —agrega Kan Balam—, ella se convierte en el semblante-semilla del dignatario para preservar su juventud.

—La gran jornada astral de Pakal no ha sido completada —afirma el sacerdote—, por ello pretendemos que al volver a colocar esta máscara sobre sus restos sea interrumpido el proceso de transformación de su ciclo divino, para que emerja en este recinto y dirija la batalla final.

Un hombre que lleva tres cabezas humanas en el cinturón coloca sobre la cara del difunto la réplica de su rostro en jade. Bruno en espera de un cambio espectacular comienza a perder la fe, pues aparentemente nada sucede.

Por fin, el milagro sucede. Paulatinamente, sus miembros y el abdomen van adquiriendo volumen y se cubren de tejido, el vientre y los muslos se redondean y se nota un sutil movimiento de respiración en la caja torácica, los dedos de los pies y manos comienzan a desentumirse. Bruno percibe los primeros latidos del corazón al darse cuenta de que palpitan en la misma frecuencia que el suyo.

Cuando Jaguar-Quetzal se dispone a retirar la máscara, el muchacho siente que el mundo se detiene.

Las súplicas fueron escuchadas, los ojos del hombre están abiertos y llenos de vida, como si despertara de un sueño profundo se incorpora lentamente. Bruno se encuentra tan cerca que puede apreciar sus grandes ojos rasgados, así como una misteriosa y profunda mirada. De su tez morena sobresalen la nariz aguileña y los labios gruesos. Mientras permanece sentado, dos mujeres amarran su cabellera y en el instante en que le colocan una diadema, de su centro germinan brotes de maíz.

Sus pies son calzados y en los tobillos le ponen ajorcas. Una vez de pie, se inclina frente a una sacerdotisa que le coloca una decena de collares de piedra verde que caen pesadamente hasta la altura de su abdomen, cada uno es más largo que el anterior. De la garganta cuelgan collares cortos con grandes piedras. El hombre extiende las manos abiertas para que le introduzcan un total de nueve anillos en varios de sus dedos, incluso en los pulgares. Finalmente, ocho brazaletes de la misma piedra son deslizados en cada uno de sus puños.

Las mujeres vuelven a intervenir para deslizarle un faldellín de piel de jaguar, un enredo es atado a su cintura, los remates con flequillos cuelgan hasta sus pantorrillas. Sobre una extensión de tela que cuelga de su braguero colocan la imagen, también en piedra verde del Dios Maíz. Una doncella más joven coloca sus orejeras cuadradas con una perforación en el centro por donde pasa un fino sujetador que semeja un pistilo de donde a su vez pende una perla.

Bruno se encuentra paralizado y con la boca seca, un nudo de emoción le bloquea la garganta, su respiración se agita cuando al fin el rey comienza a hablar, sus palabras generan en los oídos del joven una sutil resonancia. El perfume, la manifestación del alma del recién resucitado envuelve a todos los presentes.

—Soy K'inich Hanab Pakal, Escudo Ave-Hanab de Rostro Solar, Pakal El Grande —afirma el rey con rostro grave—, he regresado antes de concluir mi ciclo. La transmutación de la rosa en onda y en canto en la esfera de lo infinito es lo que experimentamos todos aquellos que hemos regresado de la Vía Láctea. Estoy aquí acudiendo al llamado, cumplamos nuestro destino.

Al borde del colapso, Bruno trata de razonar: «Me encuentro en un sepulcro rodeado de reyes mayas muertos o resucitados, he vivido situaciones inimaginables con criaturas de pesadilla, mi hermana es la consorte de Pakal ¿Me engañan mis sentidos?»

La duda le ahoga, la sangre se agolpa en su cerebro, todo se vuelve negro.

El desorientado muchacho se encuentra tendido, con los ojos cerrados le toma un buen rato ubicarse. Abriga la esperanza de que al abrirlos comprenda que todo ha sido un sueño, cuando lo hace, lo primeo que ve es el moreno rostro de Pakal inclinado sobre él.

—¿Bruno, ya estás mejor? —pregunta un rey sonriente.

«¡Conoce mi nombre!», piensa. Por más que lo intenta, no puede articular palabra alguna.

Es Pakal quien rompe el silencio:

—En este mundo lleno de colores, cada árbol, cada insecto y utensilio tiene una vida rica, un poder manifiesto, un rostro definido y un destino. Las piedras de la hoguera pueden ser ofendidas, en cada signo, en cada respuesta descansa la incertidumbre y la preocupación que obliga a los hombres a integrar su nido dentro de un marco de belleza y poesía ya que contemplamos la existencia como un posible instante en que, como flor, solo venimos a abrir su corola para esparcir levemente sus perfumes y marchitarse al día siguiente[17]. Debemos permanecer alertas de nuestro entorno y asegurarnos de complacer, aplacar y contener a nuestros dioses en los pequeños gestos

---

[17] López Austin A., *El Hacha Nocturna*, en *Arq. Especial* # 69, p. 31.

cotidianos para que, así, satisfechos, nos colmen de sustento y nos provean una existencia llena de bendiciones.

Pakal se detiene para preguntarle al muchacho si se encuentra mejor, él asiente y le suplica que continúe, el apasionado rey prosigue con frenesí:

—Presencias anímicas habitan toda la esfera. Lo sobrenatural y el más allá se conjugan con lo cotidiano. El espacio está lleno de fuerzas activas que interactúan sin cesar sobre diversos ámbitos para culminar en resultados fastos o nefastos. Lo que ocurre tiene una razón, todo lo que existe posee un dueño, los pueblos, las plantas, los animales y objetos tienen alma y actúan, reaccionan, sienten[18].

---

[18] Garza Piero, *Mayas, Révélation d'un temps sans fin*, p. 112.

31 - LOS ESCENARIOS DEL PORVENIR

La cámara mortuoria ha quedado atrás, ambos se encuentran en un recinto con muros azules, en las esquinas los incensarios dejan escapar el humo que se eleva en espirales mientras que el gran señor convertido en anciano da instrucciones a un escriba; lo que Bruno escucha no tiene ningún sentido para él, la araña con cuerpo de corazón desciende unida del hilo que cuelga de una viga para explicarle:

—Pakal dicta al escriba textos que no son relatos pues se ubican en el futuro. Se trata de una previsión de acciones y compromisos rituales que debería realizar su sucesor, esto se debe a que, en su grandeza, el rey vislumbró escenarios del porvenir. Esta proyección de acontecimientos lejanos combina hechos que realmente sucedieron durante su reinado con sucesos míticos [19].

De manera inesperada, Bruno está de pie frente a un muro de estuco blanco. Esta vez, Pakal se encuentra en su edad madura y escucha la explicación que el escriba le da mientras señala textos esculpidos sobre el lienzo de piedra:

—Hemos desplegado aquí un cómputo orientado hacia el futuro, es decir, la fecha en que ocurrirá el primer aniversario de la rueda calendárica en que accediste al mando gran K'inich Hanab Pakal [20].

Un escriba de aspecto más joven se acerca y saluda al rey haciendo una reverencia.

—Hemos tenido el cuidado de incluir en el texto la inscripción y fecha de la entronización de Mih, Bestia de Nariz Cuadrada, la antiquísima deidad vinculada con el día de tu ascenso gran K'inich Hanab Pakal, la primera fecha es una resonancia histórica y sagrada de la segunda.

Cuando el escriba calla, Bruno percibe que una prolongación semejante a la del monstruo de nariz cuadrada brota de su propio rostro. Mientras que evoca la imagen de Pakal como anciano, en un abrir y cerrar de ojos se encuentra de nuevo en la cámara frente al rey recién resucitado. Ambos dirigen su atención hacia otro dirigente que ha llegado y que se presenta como U K'aba Ox-Yo-Ts'an, Sus Tres Tronos. En su tocado lleva un flamingo de tonos rosados, naranjas y blancos que se balancean al compás de sus pasos, tras una reverencia se expresa:

—Así como los campesinos escuchan al granizo y a las voces de la montaña, de la misma forma en que ellos dialogan con el Picieh para determinar el tiempo en que han de cortarse las cosechas, todos los aquí presentes aguardaremos las señales para el inicio de una nueva era.

---

[19] Algunos hechos se remontan a 1,246,826 años hacia el pasado mítico.
[20] Este suceso sucedería 4772 años después.

Tras escucharlo, una tormenta de pensamientos invade a Bruno: «¿De dónde proviene la pasión y la lujuria que impulsa a las semillas a volcarse fuera de sí mismas para convertirse en un humilde arbusto, una gloriosa flor, un apetitoso fruto o, quizás, en un majestuoso árbol?»

«¿De dónde surge ese brío? ¿Cómo es posible que un ser tan frágil y delicado como una planta posea tanta fuerza y que además pueda perpetuarse? ¡Y todo orquestado entre gran armonía y belleza perfumada!»

Sin abrir la boca, Pakal le responde:

—Al fin compartes el respeto con el que contemplamos la vida secreta de las plantas.

Inesperadamente, irrumpen dos enanos que traen signos de estrellas atados en el cuerpo para agregar:

—En el interior de cada flor habita una divinidad que se desvanece después de propiciar su eclosión.

Un segundo hombrecillo agrega:

—La tierra se ofende cuando le atraviesan objetos ajenos, se duele por el fuego de la roza y del bosque, se enfurece por la impiedad de los hombres, se conduele ante sus peticiones, se beneficia de sus ofrendas, expresa sus sentimientos por medio del temblor.

32 - LOS HÉROES GEMELOS

Las ensoñaciones que han hecho de Bruno su presa quedan atrás, su mente aprehensiva trata de olvidar el torneo, pero no puede.

«Hasta ahora se han presentado cinco reyes de la dinastía de Palenque, ignoro quienes más participarán», piensa con una curiosidad naciente que le levanta el ánimo.

Nuevamente, Pakal ha leído sus pensamientos y le mira sonriente, es entonces cuando Bruno repara en sus dientes puntiagudos, asombrado se dice a sí mismo: «¡Han sido limados!»

—Los otros dos miembros del equipo serán los héroes gemelos, cuyo padre es Hun Hunahpu el Dios Maíz que como recuerdas ha sido secuestrado —le responde Pakal.

—¿Los héroes gemelos?

Muy cerca se encuentra un mono, de cuya cola se levanta la cabeza de una serpiente que abre sus fauces para hacer un relato:

—En tiempos antiguos, el padre de los hermanos descendió al Inframundo siendo ejecutado por los señores reinantes. Sus hijos, los gemelos, descendieron al Xib'alb'a, donde después de sufrir diversos tormentos salieron victoriosos. Utilizando ingeniosas tretas, engañaron a los dioses malignos hasta que lograron eliminarlos. Inmediatamente después, liberaron a su progenitor Hun Hunahpu, el Dios Maíz, quien fue arrancado de las garras de la muerte para renacer en la superficie de la tierra emergiendo de la concha de una tortuga.

Al ver la expresión de confusión del joven, el mono complementa la narración:

— El descenso al Inframundo de Hun Hunahpu, dios del maíz y padre de los gemelos, así como su muerte subsecuente, es como la introducción de la semilla de maíz dentro de la tierra al final de la estación seca. La resurrección del dios a manos de sus hijos evoca la germinación y el brote de la joven planta de maíz a la llegada de las lluvias.

—La travesía de los héroes gemelos, que son no solo guerreros sino chamanes, danzantes y escribas semeja tanto a la muerte como a la vida en sí —añade Pakal—, ellos son el modelo que los príncipes reinantes deben imitar.

Una conclusión ronda en el cerebro del muchacho: «Cuando un rey fallece y es enterrado al interior de la pirámide, su cuerpo es como la semilla de maíz que desciende para enfrentar a las fuerzas oscuras del Inframundo, después de vencerlas, renace transformado en pan para su pueblo».

Una aseveración de Pakal hace que Bruno regrese a la realidad:

—Tú serás el jugador número ocho.

—¿Yo? Jugar al lado de los reyes y de los gemelos divinos ¡Imposible!

—¡Aquí nada es imposible! —afirma Pakal de manera contundente.

33 - EL SACRIFICIO

La danza de las sombras que surgen al atardecer es acompasada por las tenues notas del caracol, son Amapan y Oappatzan que hacen un llamado para la oración y el sacrificio.

De manera solemne, el grupo se reúne en torno a la escultura de una deidad que ellos nombran el Dios Perforador. Al escuchar ese apelativo, la incertidumbre crece dentro de Bruno que con recelo examina una gran pieza labrada cuyo significado no comprende. Intuyendo su ansiedad, Pakal le explica:

—En este altar están representados tres punzadores, uno es de obsidiana, otro es de pedernal y la tercera es una espina de mantarraya.

Los ojos del joven inmensamente abiertos y cargados de angustia interrogan al rey, mientras que este, indiferente, continúa:

—Estos objetos semejan formas orgánicas para recordarnos que la sangre simboliza fecundidad y son utilizados para hacernos sangrías.

—Todos haremos una ofrenda del precioso líquido para pedir que el resultado nos sea favorable —afirma Sus Tres Tronos, que dirigiéndose a Bruno agrega—: Tú no tienes que llevar a cabo este ritual ya que no es tu cultura, no son tus costumbres, así es que no te sientas obligado.

Con el recuerdo de Sabina en su mente, Bruno responde conmovido:

—Gran señor K'inich Hanab Pakal, el que se me haya considerado para participar junto a todos ustedes en esta decisiva competencia es un honor, gustoso he de verter mi sangre junto a la suya para contribuir al movimiento del engranaje universal.

Satisfecho, el rey entrega al muchacho una caja labrada y le pide que la abra.

—Dentro de ella encontrarás ofrendas de consagración que incorporan a los tres niveles del cosmos, ellas forman parte de un lenguaje simbólico que tiene como fin transmitir mensajes a las divinidades.

Al examinar su contenido, Bruno descubre en el fondo de la caja conchas y restos de animales marinos.

—Fueron acomodados en la parte inferior de la ofrenda para evocar al Inframundo —explica Pakal—, sobre esta capa han sido colocados restos de animales que habitan sobre la tierra tales como cocodrilos, felinos y serpientes. Por encima de este nivel, se dispusieron elementos para el auto sacrificio con imágenes de aves para dar forma al aspecto celeste de la dedicatoria.

Pakal extrae una daga con plumas en la agarradera y agrega:

—La usamos para abrir un orificio en el pene introduciendo una cuerda a través de él.

Bruno siente náuseas mientras el rey sonríe:

—No, no te alarmes, es el sacrificio exclusivo de los reyes —el muchacho suspira aliviado.

Siguiendo el ejemplo de los demás, Bruno se retira a un lugar aislado, respira con dificultad y le parece que el tiempo se detiene ya que no logra decidirse, no encuentra la fuerza. «¿Cómo voy a enterrarme esta espina tan grande y filosa?»

Por un momento se siente arrepentido, pero la ausencia de su hermana le hiere más que nada. De un tajo, toma la fuerza para hundir la espina en el lóbulo de su oreja izquierda, y tira hacia abajo. El ruido de su propia carne que se rasga como un trozo de tela tensada le sorprende. Una fuerte punzada seguida de una oleada de dolor hace que brote un grito de lo más profundo de su garganta, la sangre fluye intensamente, no hay tiempo que perder, el preciado líquido debe ser recuperado dentro de un recipiente. Mareado, siente que el piso se hunde y Bruno junto con él. Poco a poco, el dolor se disipa hasta que desaparece.

De pronto, es testigo de una fantástica aparición: un monstruo de dos cabezas ha sido conjurado, un ser a medio camino entre la serpiente y el ciempiés que lleva el penacho de la serpiente de guerra. De cada una de sus fauces brota un guerrero armado que lleva tocado con borlas y máscara con ojos desbordantes, pero el joven no se siente intimidado, aunque beligerantes lo amenacen con sus lanzas.

En su delirio se da cuenta de que no está solo. Frente a una frondosa ceiba, se encuentra un hombre con los ojos fijos en su corteza, desnudo, con su mano derecha toma en sus manos un perforador ritual y lo clava en el pene que sostiene con la izquierda. Alarmado, Bruno no sabe si auxiliarlo o no, pues su cara manifiesta gran suplicio, impotente le observa de lejos. Poco a poco, la expresión del hombre se transforma, el sufrimiento reflejado en su semblante es reemplazado por una expresión de paz y abandono.

Unos contados pasos llevan al hombre junto al árbol sagrado que al contemplarlo lo rodea con sus brazos como si estrechara a su amante. Al momento que recarga su frente en la corteza que ha sido ya teñida con su sangre, le susurra palabras de amor mientras permanece enlazado a él. El árbol, visiblemente conmovido, se estremece y agita sus ramas. Bruno se frota los ojos pues cree que lo engañan: del ombligo del hombre emana una estela de luz que se funde al tronco. El resplandor que inunda la escena enturbia los sentidos de ambos; los del adorador de la ceiba y los de su testigo. Un indescriptible aroma perfuma el espacio, todavía entrelazados, los amantes se elevan girando al compás de las incipientes notas de una sinfonía de pájaros que laurea el enlace mágico. El febril torrente que fluye al interior del árbol culmina en la eclosión de flores blancas.

34 – SABINA EN EL PALACIO

Aferrada a los cuerpos de cuatro buitres, Sabina surca los cielos. Un viento helado golpea su rostro, solloza espantada, el estómago hecho un nudo y los dedos retorciéndose al paso de cada árbol que rozan.

Al fin aterrizan en una construcción, los pajarracos la depositan en el suelo y se alejan con la excepción de uno de ellos que regresa atraído por los chasquidos que produce con sus dedos sin piel una criatura aterradora. El ave de rapiña, una lechuza con cuernos y plumas de puntas negras va a posarse en los lirios que adornan la copa del sombrero de su amo que lo ha llamado.

—Ese es el pájaro Moan, un ave de mal agüero, eterno y fiel acompañante del Señor del Inframundo —afirma un mosquito que ha aterrizado en la mano de la chica.

Escucha petrificada al ser de aspecto cadavérico que se dirige al ave.

—Ven aquí, mi fiel Oxlahun-Chaan, Trece Cielo.

De inmediato Sabina deduce: «Es el dios Yum Cimih, amo del Xib'alb'a quien encomendó a su mascota que me trajera a su presencia. ¿Qué me espera? Su aspecto es tal y como el conejo lo había descrito: un hombre viejo y repugnante, el sombrero de plumas no logra disimular sus orejas de jaguar. Sus inmensos ojos son cuadrados, de barbas ralas, porta una larga capa y un chal, su cuello está rodeado por un collar de ojos y en sus manos sostiene el cetro de serpiente. Agitado, fuma, sentado sobre su trono hecho de huesos y cubierto con una enorme piel de jaguar.»

Una lagartija se dirige a Sabina desde el piso:

—La silla real que se apoya sobre una montaña cósmica tiene gran poder, el dios Cimih está fundido y ligado a ella, prepárate cuando tengas que presenciar su macabra danza salvaje.

No lejos de él, se encuentra quien seguramente es su esposa, su contraparte, ya que tiene el mismo aspecto cadavérico que él. Debajo de sus costillas expuestas, lleva una falda decorada con fémures cruzados. De su collera rígida y de su tocado penden globos oculares, una línea negra atraviesa su rostro. En sus manos sostiene un trozo de tela.

La pareja los ignora.

—Con las agujas, el hilo y bastidor, ella borda el augurio de los mortales —dice la lagartija.

Una joven que se encuentra de rodillas frente al dios observa con atención mientras este le coloca un brazalete en la muñeca al tiempo que con aire seductor le susurra algo al oído.

Doncellas van y vienen con viandas y bebidas, otra se acerca con lo que parece un cordón umbilical entre sus manos. De la estancia adornada con espesas cortinas coronadas por jaguares disecados, emana una atmósfera que mantiene a Sabina relajada.

A los pies del trono, la joven descubre al conejo escriba, mientras él se concentra en un texto que sostiene en su regazo, ella se siente confundida y traicionada: «¿Qué hace aquí? ¿Me habrá engañado?». El conejo levanta la cabeza y con una mirada cómplice le da certidumbre, le devuelve la confianza, ya no se siente sola, al parecer, solo él se ha percatado de su presencia.

La joven permanece por largo rato sin saber qué hacer y aguarda hasta que algo suceda. «¿Huir? ¿esconderme?», piensa. En ese instante, el dios aparta a la chica que le acompaña y se pone de pie. Su aspecto grotesco revela una naturaleza animal y salvaje. El vientre abultado contrasta con la columna jorobada que traspasa la fina y gastada piel de su cuerpo esquelético cubierto de manchas negras. La fealdad de su calva y alargada cabeza es acentuada por la falta de dientes, la expresión de su rostro denota perversidad.

Apoyándose en su báculo, camina en reversa esbozando una sarcástica sonrisa que es más bien una mueca, pero que hiela el alma. Su lúgubre mirar la traspasa, Sabina se siente amenazada por sus pupilas rojas. Pareciera que su tétrica voz hiciera tambalear la construcción. Mientras se dirige a ella, el rostro se deforma por la rabia, su nauseabundo aliento la hace desfallecer, se le acerca tanto que el espacio que los separa se impregna de un insoportable tufo a sangre podrida, una chillante voz cargada de odio lacera sus oídos:

—Sé muy bien a qué has venido, estúpida e insignificante criatura. ¿Cómo te atreves? ¿Crees que voy a permitir que se me despoje otra vez de mi sombrero, mi capa y mi bastón? ¿Cómo es que un despreciable y débil ser como tú pretende desafiarme? ¿En verdad crees que tú y ese ridículo equipo que pretenden formar esos reyes podrán vencerme a mí y a mis poderosas criaturas?

—No sé de qué me habla, no comprendo nada.

—Les haré tragarse su orgullo, juro que lamentarán el haberme retado. De los antiguos reyes pudiera comprenderlo, pero ¿tú?, una joven servil y peor aún, tu hermano el soñador. ¿En verdad acarician la ilusión? ¿En verdad se atreven a soñar en que pueden vencerme?

El amo del Xib'alb'a desaparece, la joven solamente retiene dos palabras en su mente: «¡Tu hermano!» ¿Por qué lo ha mencionado?

Agitada implora en silencio: «Bruno ¿estás aquí?»

—Si es cierto que estás en este Inframundo sombrío, invoco a las fuerzas que nos han atraído hasta aquí para que nos permitan reunirnos —con desesperación añade—: ¡Escuchen mi súplica, dioses poderosos!

Sabina siente que las lágrimas que mojan su rostro se entremezclan con las de Bruno, sus sollozos se confunden con los de él, que ahora se encuentra de pie frente a ella abrazándola, la emoción es tan grande que por un momento olvidan las terribles circunstancias en que se encuentran.

Bruno rompe el silencio:

—Vengo a decirte que se acerca un acontecimiento importante.

—¿Cómo llegaste? ¿Cuándo?

—No hay tiempo que perder, pronto comprenderás la realidad de esta situación.

Al percibir la ansiedad y desesperación de su hermana, con trabajo puede contener sus propias emociones, entonces toma sus manos para agregar:

—Tengo que prepararme, permanecerás en este sitio por un tiempo, como ahora sabes, no estás sola —resignada y feliz de verlo, no lo cuestiona más— debes de mantenerte serena, deja atrás los temores, no permitas que te roben la energía, una magna tarea nos ha sido encomendada, demostremos que somos dignos de ella, debemos alimentar la fe y ser fuertes.

El cuerpo del muchacho se desvanece como el sol del ocaso, de nuevo se encuentra sola pero la melancolía se ha ido, Bruno la acompaña.

La mente de la muchacha deja de divagar al escuchar de nuevo la voz áspera de Cimih:

—He decidido que aceptaré el reto, participaremos en el torneo de juego de pelota.

—No estoy enterada de nada.

—Pakal te reclama a su lado.

—¿Pakal?

—No pretendas engañarme, deja de fingir ¿Cómo es que niegas a tu esposo? Él te necesita a su lado como su real consorte para auspiciar el juego, tu naturaleza e influencia femeninas son esenciales para el triunfo —todo se vuelve turbio para ella—, tu frescura y belleza me inspiran, además de que por tus venas corre sangre real.

—Yo soy plebeya.

—¡Mientes! Tu nombre es Tz'ak-b'u Ahaw, no insistas con tus absurdas mentiras —una mirada fulminante le ordena callar, muda, escucha una terrible sentencia:

—Hoy te proclamo como mi compañera, contigo a mi lado enfrentaremos a ese nimio grupo de reyes decadentes para consolidar mi poder y mi reino. La joven advierte un destello en sus ojos que la atemoriza más, la criatura frota sus grandes manos mientras agrega:

—Serás aclamada como la Señora de los Muertos, Ama del Xib'alb'a, Reina del Inframundo ¡Mi reina!

Al terminar, emite una estridente carcajada que hace estremecer su frágil anatomía, algunos ojos de su collar caen al piso junto con pequeños trozos de carne y piel secas, el búho sentado en su sombrero huye con sobresalto cuando este se ladea. Sabina no se da por vencida y razona, piensa que todo es parte del plan, se lo repite muchas veces para no perder la cordura ni caer en el desasosiego.

Yum Cimih agrega con los ojos desorbitados:

—Tu belleza y juventud darán un nuevo respiro a mi aburrida existencia —su mirada lasciva hace crecer la aversión que la muchacha siente por él—, para mí, todas las criaturas de naturaleza femenina son inferiores, te daré una oportunidad para que logres reivindicar mis ideas sobre tan despreciables seres.

Las náuseas la invaden, la repugnancia que este ser le produce no son nada comparado con el miedo que le asalta. De nuevo, paralizada y muda, su mirada se cruza con la del conejo escriba; aliviada escucha la voz del roedor dentro de su cabeza:

—No te aflijas, gracias a esta decisión serás muy bien tratada y él permanecerá distraído.

En ese momento las mujeres que Sabina conoció a su llegada se acercan y le piden que las siga, su presencia la conforta, el pequeño cortejo camina dentro del palacio atravesando por diversas habitaciones por donde transita un sin número de personas vestidas a la elegante usanza de la realeza maya, así como sirvientes que les asisten, unos comen, otros descansan.

En un patio tan amplio como una explanada, un señor sentado en un trono de piedra apoyado sobre cojines de piel de jaguar preside una ceremonia al tiempo que recibe regalos y ofrendas. En otra sala, cinco individuos con capas blancas y diversos tocados lucen complacidos frente a los tributos que les son presentados: telas, cerámicas y códices, entre otros. Mas allá, se encuentra un personaje con diminutas antorchas en su tocado coronado por plumas que simulan flamas, los cuatro guerreros que se inclinan frente a él le hacen entrega de un gran bulto de misterioso contenido. El recorrido es interminable hasta que se topan con un banquete amenizado por músicos.

Por el lado contrario, en medio de un ambiente jubiloso y efervescente, se acerca una procesión de niños alzando grandes platos de cerámica colmados de viandas, los vistosos trastos llevan inscripciones que llaman la atención de Sabina quien cuestiona a una de las mujeres:

—¿Qué está escrito sobre los platos?

—Uno es el glifo del tamal herido y el otro es el glifo que representa la esencia que habita en las cosas sagradas.

Haciendo piruetas y malabares se acerca un grupo de enanos que bailan y cantan al ritmo de una flauta. Al parecer, ese es el punto de reunión de los ciudadanos del Xib'alb'a que poco a poco llegan de diversos destinos, algunos ataviados de manera elegante o sencilla, otros sucios y harapientos. Los cuerpos de todos tienen algo en común: se encuentran cubiertos de tejido muerto que no se descompone.

Un pájaro que aletea frente al rostro de Sabina la aborda:

—Mi Gran Señora, soy Chachalaca del Primer Cielo, protector sagrado, mi misión es salvaguardar las costumbres y hábitos de nuestra cultura. Con regocijo, la muchacha escucha las descripciones de los juegos y bailes hechas por el ave:

—Se practican un gran número de danzas como la del Puhuy y la Lechuza, la del Cux, la Comadreja y el Iboy —Sabina trata de memorizar los nombres—, El Armadillo, el Ixtzul, el Ciempiés y el de Chitic: el que anda en zancos y, para terminar, el Xib'alb'a Okot: «La danza de la muerte».

El momento agradable que acaba de pasar le hace olvidar todos sus pesares. Después del dulce paréntesis, sigue su camino al lado de las jóvenes que van charlando alegremente. Por fin, penetran a una lúgubre habitación donde la lavan y la visten con un enredo de tela suave, su pecho es cubierto con un huipil que remata en flecos. Curiosa, Sabina observa los detalles de los textiles ricamente bordados con diseños geométricos en tonos rojos y negros. Resignada, espera que recorten su cabello. Al terminar, este luce escalonado, después lo recogen para colocar sobre su cabeza un tocado de nenúfares y caracoles.

—Este es el emblema del viento y del hálito —dice una de las mujeres señalando un pequeño caracol.

De su cuello cuelga un collar de enormes cuentas redondas, sus muñecas son colmadas con gruesas pulseras, al igual que los tobillos, en sus oídos colocan adornos de jade. Para terminar, cruzan sobre sus hombros una densa y larga capa. La joven se encuentra complacida con el novedoso atuendo, hasta que, observando detenidamente el collar, se da cuenta de que no son piedras, sino ojos que parpadean. Un escalofrío recorre su espalda y aunque le invade un enorme malestar, se resigna y disimula para no llamar la atención y piensa «¿Cuánto tiempo deberé soportar este suplicio?».

En ese momento de inquietud y sobresalto, de pronto, es transportada a un paradisíaco jardín donde, frente a ella, se encuentra un espejo de agua al que, curiosa, se asoma. Con decepción se da cuenta de que la imagen que ve reflejada en la brillante superficie no le es familiar; no la reconoce. Sorprendida, toca su rostro, hace muecas, y el personaje que ve proyectado en el agua realiza los mismos gestos y movimientos. Después de vacilar, acaba por aceptar que esa persona desconocida es ella misma, pero con un aspecto diferente, «Soy otra mujer».

Por largo rato contempla detenidamente a ese ser tan ajeno: la cabeza de forma tubular con la frente inclinada hacia atrás, los pómulos salientes, la nariz como de águila, el mentón prominente, cabello muy negro. Al apartar los labios para revisar sus dientes se lleva la peor decepción: estos se encuentran pulidos en forma puntiaguda y presentan un hueco al centro.

Cuando piensa en voz alta, se escucha a sí misma y se da cuenta de que el limado de su dentadura produce una especie de silbido al hablar.

—¿Has olvidado que ese espacio tallado a la mitad de tus dientes es la representación del viento? La boca contiene al aliento vital y la vibración que escapa de tu dentadura cuando hablas evoca a las corrientes de aire —le dice una voz que escucha a sus espaldas.

Abrumada, estalla en sollozos «¡Soy una mujer maya!».

Una vez más se mira en el agua. En esta ocasión hay un hombre parado a su lado, él es quien acaba de hablarle. Cuando este extiende su brazo para rodear sus hombros, ella se siente confortada. Al levantar los ojos, Sabina se pierde en el oasis de su mirada. El perfume de la piel viril impregna sus sentidos, y el inconfundible timbre de su voz la devuelve a una realidad que permanecía oculta en algún lugar de su mente. Como un caudal, los recuerdos se agolpan en su cabeza, lo reconoce, no abriga duda alguna: ¡Él es su esposo, Pakal! ¡El padre de sus hijos!

«¡Mis hijos! ¿Cómo pude olvidarlos? ¿Dónde están? ¿Qué sucedió?», piensa desesperada.

Vacilante, cree que ha perdido la razón y las riendas de su mente. Completamente aturdida, el desconcierto la avasalla. Pakal, que no pierde la serenidad, pronuncia una frase que la remonta al pasado:

—La felicidad se reconoce después.

Como un caudal, recuerda todas sus vidas pasadas y a los seres que ha amado en cada una de ellas. En una inesperada evocación, sus rostros, sus nombres y lo que compartió con ellos se le presenta de una forma tan vertiginosa como real. Una tras otra, las remembranzas se suceden, escenas y momentos inolvidables hacen que revivan en ella sentimientos, sensaciones, sonidos, olores. La única gran duda que le asalta es la de saber si verdaderamente supo hacerlos felices.

Pakal, mudo testigo de la intensa catarsis le responde:

—A tu lado, viví plenitud, no lo dudes, todo aquel que se ha cruzado en tu camino y que fue bendecido con tu presencia ha sido colmado de dicha. Amada mía, el hombre es el contenedor del cosmos; las almas que nos han acompañado en cada una de las etapas de nuestra travesía por el universo han sido siempre las mismas, aunque se hayan manifestado en diversas apariencias, situaciones y estados.

Con las manos entrelazadas, ambos contemplan un cometa de triple cauda que se despliega sobre sus cabezas. Cuando este se desvanece, Sabina se da cuenta de que su esposo también se ha ido y aunque no pueda verlo, lo sigue escuchando en su mente:

—El amor es el regocijo por la mera existencia del otro. Estas palabras son su único consuelo cuando se ve de nuevo encerrada en una celda del palacio tenebroso.

«Lo que descubrí le da sentido a mi presencia aquí», se dice. Una férrea voluntad de continuar la invade, y su único deseo es el de estar de nuevo con Pakal. «Ahora veo a la muerte de una manera distinta, ella significa en el universo lo mismo que para los humanos el colapso de un hormiguero.»

Ya con su nuevo atuendo, es conducida a la presencia de Yum Cimih, su vanidad y arrogancia se hacen patentes en su aburrido y largo monólogo: Ensalza la grandeza de su reino, presume sus innumerables poderes y hazañas, con los ojos desorbitados, enumera los castigos que se aplican en el Xib'alb'a y en sus diversas residencias:

—La primera es una casa oscura en donde habitan las tinieblas, ahí las almas sucumben debido a su tristeza, otra es donde se tirita de frío, y una de mis favoritas es la casa de los tigres en donde hay tantos que se estrujan unos contra otros, la morada de los murciélagos es particularmente temida al igual que la casa de las filosas navajas y obsidianas. También describe la fuerza de sus huestes invencibles, se jacta de la manera como engañan a las almas para atraerlas privándolas de la vida y me refiere un enorme repertorio de refinados tormentos que les infligen. Percibo en todo momento una amenaza velada. Viene a mi mente aquel pasaje en el que fui instruida sobre los entes que provocan todos estos males y pesares a los humanos. Fastidiada, le escucha, fingiendo interés y luchando contra su repulsión, pero él no se calla, incansable, describe sus hazañas en el arte de la guerra, sus habilidades como jugador de pelota, como verdugo, seductor y apostador. Por fin, la paciencia de la muchacha es premiada, agotado comienza a arrastrar las palabras, recarga la cabeza, y con los ojos muy abiertos, emite escandalosos rugidos. Ella supone que ronca y de manera sigilosa se escabulle de la habitación.

Sumamente exaltada, no logra conciliar el sueño y la misma pregunta da vueltas por su mente: «¿Cómo escapar?».

Se levanta temerosa al percatarse de una presencia rara. A pesar de la oscuridad, distingue su cabeza y miembros que son humanos, un sombrero perforado en el centro corona el cabello amarrado que cae sobre la frente de donde salen unas antenas, marcas negras rodean sus ojos, la puntiaguda nariz está atravesada por un ornamento, sus grandes y coloridas alas de insecto se agitan nerviosas. De estatura pequeña, su cuerpo parece segmentado y el ombligo es protuberante. Divertida, escucha su voz que semeja un zumbido de mosquito:

—Mi espléndida señora, soy el Dios Insecto, he venido a presentarte mis respetos ahora que eres nuestra soberana —le cuesta asimilar lo que acaba de escuchar, ¿Soberana?—, aún no es oficial, aunque te estoy muy agradecida.

—Ya es un hecho, ¡todo el mundo habla de la nueva señora del Xib'alb'a!

Consiente del vuelco que ha dado su situación, improvisa una nueva estrategia y, tratando de ocultar lo desesperada que se siente, responde:

—Siempre he admirado el reino al que gobiernas, en especial a las hormigas, seres tenaces y emprendedores. Hoy que te tengo frente a mí, no resisto la tentación de pedirte que me concedas un deseo.

—¿Qué puede hacer por una reina un menudo ser como yo?

—Me complacería sobre manera ver a las hormigas en plena actividad, me maravilla su organización para alcanzar grandes logros.

—¿Quieres decir que te gustaría verlas cavando un hormiguero?

—No precisamente, mi fantasía sería que ellas me construyeran un laberinto personal.

—¿Un laberinto? ¿Dónde?

—Aquí mismo, la idea de tener un pasaje secreto que me comunique al cenote me entusiasma mucho.

—¿Un cenote?

—¡Sí! Se me antoja ir a refrescarme para sorprender a mi señor en nuestra primera noche juntos. ¿Crees que me puedas ayudar? —al notar su indecisión, la joven insiste—: La idea de galerías subterráneas le pareció muy interesante...

—¿A Yum Cimih?

—¡Claro! ¿A quién más? De seguro te compensará por halagarme.

—No hay nada que por ti o por mi señor no hiciera, solo tomará un momento— responde la frágil criatura.

La habitación comienza a cimbrarse por el abrumador zumbido de cientos de insectos. Junto a sus pies, la joven advierte una gran hormiga roja cuya cabeza tiene apariencia cadavérica. Al observarla con detenimiento, descubre que cientos de diminutos ojos cubren su cuerpo al igual que sus grandes pinzas. Una voz desconcertante surge de su poderosa mandíbula:

—Mi nombre es Ah Chak Xu, hormiga arriera, cortadora y transportadora de hojas, para todas nosotras es un honor servirte. Un instante después, desaparece por un hoyo que se va ensanchando. A través de él, la joven ve a cientos de hormigas cavando: las hay cafés, naranjas, azules, negras, pequeñas, medianas, diminutas, enormes, bicolores, algunas con cuernos, otras con tenazas, con alas, líneas y diseños multicolores. Del techo caen como cascadas, brotan por las esquinas, desaparecen, regresan, van y vienen. La efervescencia es acompasada por un zumbido casi musical. Al centro se alza ya una montaña de tierra que crece produciendo densas nubes de polvo.

Sentada en el piso, Sabina aguarda ilusionada. De un tajo, todo cesa, el estrépito se acalla, el polvo se asienta, el silencio regresa, no queda ni una sola hormiga. Anhelante, ella se asoma por el hueco que han dejado, lo que encuentra es mucho mejor de lo que esperaba: han cavado para ella un túnel que al parecer desciende.

Por un momento, duda y se siente culpable por haberle mentido al dios insecto. Se pregunta si cuando todo se descubra este recibirá algún castigo, aunque, después de todo, se siente liberada.

Sin perder tiempo, arranca el horrible collar de ojos de su cuello, retira la pesada capa y se acomoda para deslizarse por el túnel. Como cuando era una niña, resbala ligera sobre las curvas y líneas rectas que después se tornan en espiral. Cuando cesan los pasajes empinados, decide gatear por otros que serpentean. A ratos le abruma la fatiga, pero el temor a que la encuentren la motiva a seguir.

Un inconfundible olor a tierra mojada la impacta, sus pasos la han conducido a una cámara elevada que culmina en el mismo cenote donde se encontró con su esposo la primera vez. Con decepción constata que no hay nadie.

«¿Qué será de mí?», piensa, aturdida.

Las horas transcurren, la duda le atormenta «¿Habré tomado una decisión equivocada? ¿Y si nadie viene a buscarme? ¿Pereceré aquí abandonada y perdida? ¿Sabrá Yum Cimih dónde me encuentro?». Una vocecilla interrumpe sus tortuosos pensamientos:

—Bien jugado, mi señora.

Ella busca en su entorno. No hay nadie.

La voz insiste:

—Tz'ak-b'u Ahaw voy a sacarte de aquí. Al bajar la vista, se encuentra con el conejo que la saluda con una reverencia.

Sin agregar nada, su viejo amigo se aventura en las aguas del cenote y la invita a hacer lo mismo. Muy entusiasmada, ella brinca y solo logra chapotear debido a que la ropa le dificulta avanzar. A su paso, por diversas galerías flotando boca arriba, Sabina admira las estalactitas cuyas caprichosas formas y colores le hacen imaginar todo tipo de paisajes.

Finalmente, atraviesan el último estanque antes de dejar el agua atrás. Siguiendo un sendero, con emoción incontenible, reconoce a su hermano. Precipitadamente corre a su encuentro para abrazarlo con fuerza.

—¡Hermano!

Bruno la rechaza, estira el cuello echando su cabeza para atrás, retira los brazos de la joven de sus hombros y retrocede mirándola con recelo.

—¡Bruno, soy yo! Al notar la confusión en su rostro, la chica recuerda que ni ella misma se reconoció cuando contempló su propia imagen en el agua. Entonces insiste:

—Hermanito soy yo, tu hermana Sabina.

—Tú no eres Sabina ¿Qué has hecho con ella? ¿Dónde está? —aturdido agrega— ¿Por qué tu voz es idéntica a la suya?

—¡Porque soy yo, tonto! —procurando no sonreír para que no vea sus dientes afilados, agrega— Pregúntame lo que quieras.

Sin dudarlo, Bruno apoya el dedo índice sobre su ceja derecha. Ella, recordando que con ese simple gesto intercambiaban injurias durante sus peleas de niños, repite el gesto poniendo el dedo sobre su ceja arqueada y responder de esta forma el terrible insulto que significa: «La tuya también». Al unísono, ambos hermanos estallan en una sonora carcajada que se prolonga en una risa incontenible con la que celebran el ansiado reencuentro. Juntos y felices de nuevo.

Pasada la euforia, Bruno se siente trastornado por el nuevo aspecto de su hermana.

Al intuir su perturbación, ella le explica:

—Soy la misma de siempre, te recuerdo y te amo igual, pero he sufrido una transformación y tenemos que acostumbrarnos a esta nueva apariencia. Soy Sabina, pero en otra vida fui reina de B'aakaal[21].

—Sí, lo sé —responde Bruno cuando comprende que la ha hecho sentir incómoda—: Pero dime, cuando esto termine ¿Volverás a la vida de antes con nuestra familia? ¿Recuperarás tu antigua apariencia?

—No lo sé, no me lo había preguntado. Sabina siente un hueco en el estómago que se convierte en un vuelco que le produce la inesperada llegada de Pakal. Impactada, lo ve acercarse. Su presencia la cautiva, su corazón se acelera y se sonroja preguntándose si él es capaz de leer sus pensamientos. El timbre de su voz hace un bello efecto en la chica:

—Que bien que ya se encontraron; juntos se sentirán mejor. Sabina permanece muda, se siente torpe y avergonzada, no sabe qué decir ni qué actitud tomar.

—Bruno, tu misión es velar por ella cuando yo me encuentre lejos—, expresa Pakal.

—¡Para eso estoy aquí! —responde el joven hermano.

---

[21] El glifo emblema de Palenque (debido a su ubicación al Oeste) donde el sol entra al Inframundo, era llamado El Reino de Hueso

Con gran afecto y con una familiaridad que perturba a la joven todavía más, el rey se dirige a ella:

—Tu ingeniosa fuga del palacio es una afrenta y una burla para el caprichoso amo del Xib'alb'a, infame montón de miembros putrefactos, aunque lo tiene bien merecido. Por ende, para evitar una guerra, el torneo deberá celebrarse antes de lo previsto. Somos muy afortunados de tenerte aquí.

Mientras lo escucha, Sabina piensa: ¿Cómo no amarlo? La sonrisa del joven rey se magnifica como una luna creciente. Ella se ruboriza de nuevo, tiene la certeza de que sus pensamientos se reflejan en su semblante.

Con un destello en los ojos que son como espejos de agua, Sabina le hace saber con sus negras y ardientes pupilas que su amor por él ha permanecido intacto: «¡Soy tuya por toda la eternidad!».

Él la envuelve con la luz de una mirada que incendia el espíritu de la joven reina. Una tempestad se abate en su pecho.

35 - SACRIFICIO

Las gradas de la cancha se encuentran atestadas de un público ebrio de entusiasmo. Es difícil saber si la apariencia zoomorfa o humana de las criaturas es como se aprecia. Las más de las veces, su aspecto se fusiona con sus disfraces. Seres deformes, jorobados, altos, medianos, pequeños, diminutos, sin ojos, con cara de adulto, de niño, de saurio, con extremidades y atributos humanos, animales o vegetales. Algunos se arrastran, otros caminan en cuatro patas o están provistos de alas. Tanto hombres como mujeres llevan pintura facial, tatuajes o lucen cicatrices, muchos lucen originales peinados, otros portan tocados confeccionados con las más caprichosas formas.

Un pescado-jaguar con garras, cola y aletas llama la atención, los miembros de una jauría que llevan turbantes de colores se acercan aullando. Un ave mitad pavo, mitad quetzal vuela por el centro de la cancha seguida por dos cuervos que graznan amenazantes. Esperando a que el juego dé inicio, sobre los árboles se encuentra un nutrido grupo de aves tales como: codornices, milanos, guajolotes, zopilotes, águilas y gavilanes. Sobresale una esquelética arpía con una diadema cubierta de ojos. De su vientre brotan espirales de humo que culminan en globos oculares suspendidos en el aire. A su lado, una lechuza sostiene en el pico una cabeza humana.

Un repugnante pájaro-gusano se arrastra por el césped, mientras que una joven, de cuya cabeza brota un maguey, descansa plácidamente. Mas allá de las gradas que se desbordan, los caprichosos tocados se mueven en su propio ámbito muy ajeno al plano inferior de quienes los portan. Es como una convivencia en dos esferas: una en el aire y otra en la tierra.

Comadrejas, sapos y escorpiones entran y salen. Tlacuaches y armadillos llegan de manera ordenada. Una verde nube de mantis religiosas se despliega como un sembradío.

En las ramas de una frondosa ceiba aguardan pájaros carpintero, cormoranes, cuervos, tucanes, ocofaisanes, papagayos, garzas y guacamayas. La espectacular llegada de los flamingos inunda la esfera con sus tonos etéreos como nubes del crepúsculo.

Criaturas con atributos entremezclados de zorros, tusas, coatíes, tapires, ocelotes, coralillos, boas y manatíes cruzan apuestas, se atropellan, se empujan, gritan. Algunos lucen antifaces, plumas, cascabeles, abanicos, collares, o conchas, que intercambian o dan en prenda. Un chango, que se acerca con granos de cacao en sus manos, fuma observando las espirales del humo de su cigarro que tornan el ambiente todavía más extraño.

Una nube negra de murciélagos roza la muchedumbre para ir a instalarse en un abrigo rocoso, seguido de un nutrido grupo de insectos, formado por cucarachas, mosquitos, chicharras, chapulines y cientos de mariposas negras.

Las trémulas notas de una concha de caracol irrumpen, la algarabía cesa y una repentina solemnidad invade del espacio. Todos saludan respetuosos al

Viejo Dios Venado, Wuk Si'ip, el dios de la cacería y protector de los animales del bosque. Los ojos sabios resaltan en su rostro humano lleno de arrugas, cuando hace un intercambio de miradas con Bruno. El dios inclina la cabeza en señal de saludo, y el muchacho comprende que lo ha reconocido. Las orejas de venado de Wuk Si'ip permanecen rígidas mientras sopla el caracol por segunda ocasión para indicar que el ritual está por comenzar. Una procesión avanza cargando la imagen de una deidad, la mujer con pies y manos de lagarto que se encuentra en primera fila, le explica a la pequeña que le acompaña:

—Es una ceremonia dedicada a Paynal, dios de las Batallas.

El cortejo se detiene para dedicarle una ofrenda de copal al dios en un altar donde es depositado. Esta vez, la atención de la multitud se centra en una gran plataforma. El hombre que trae un nido de pájaros sobre la cabeza afirma entusiasmado:

—Se llevará a cabo un sacrificio dedicado a los patrones del juego.

El lúgubre tañido del tambor acompasa el lento caminar de un hombre que sube las escaleras del montículo. Una soga de penitencia va atada a su cuello, marcas negras rodean sus ojos nublados. Sus manos son desatadas y le obligan a ponerse de rodillas. Un sacerdote con el rostro a rayas rojas y blancas empuña un cuchillo y lo levanta para mostrarlo a la muchedumbre. Bruno desvía la mirada para no ver lo que está a punto de suceder, aunque no puede evitar oír el espantoso impacto del cuchillo al desgarrar la piel, abriendo un surco para separar la cabeza del cuello. Los vítores y el clamor del público no se hacen esperar cuando la cabeza rueda, dejando a su paso pequeños charcos de un rojo encendido.

Bruno tiene los ojos cerrados, un hombre con puños de fuego lo aborda:

—No tengas prejuicio en mirar; esa cabeza encarna tanto al sol como a la pelota rodante y al maíz recién cortado.

Sus palabras tampoco confortan al muchacho cuando un sacerdote con una guacamaya atada a la espalda coloca la cabeza cercenada sobre una charola.

Un segundo después, la gente da la espalda al recién decapitado para aplaudir a un músico con medio cuerpo de jaguar que, arrastrando la cola, agita su sonaja vigorosamente. Detrás de él, un chango con pedernales en los codos y rodillas toca su tambor acompañado por la música de cascabeles hechos de capullos rellenos con arena de hormiguero. Las notas de los palos de lluvia le agregan a la murga un toque cristalino, al igual que las percusiones hechas con puntas de obsidiana.

Los músicos avanzan seguidos por los danzantes en procesión, acompañados de algunas deidades esqueléticas que le abren paso a un personaje también vestido como jugador de pelota. Bruno siente de nuevo un nudo en el estómago cuando las notas alegres de la pequeña banda son sustituidas por un lúgubre tambor que en esta ocasión acompaña a un cantante afligido. Cuando ubica al dueño de la melancólica voz, no cree a sus ojos ya que se trata de un jaguar que, mientras interpreta una desgarradora tonada, se adentra en sus pensamientos para decirle:

—Soy el Corazón del Monte, la manifestación del corazón de la tierra y las cavernas, este canto es para honrar al Dios del Cero.

Bruno no le encuentra sentido a lo que escucha dentro de su cabeza, entonces, una mariposa con navajas de pedernal asentadas sobre las puntas de sus alas se posa en el hombro del muchacho para explicarle:

—Este hombre está a punto de ser sacrificado como una ofrenda a la deidad que rige el cero.

—¿El cero? —pregunta frunciendo el entrecejo.

—Al dios de la cifra cero.

El joven repara en la palma de la mano que el cautivo lleva estampada en su rostro. Entonces la mariposa agrega:

—El dios del cero es siempre representado con una palma sustituyendo su maxilar inferior, esa mano pintada en la cara del hombre que será inmolado indica que le removerán la quijada. De esta forma, él será la representación viva del dios.

Tras unos instantes repletos de gravedad, Bruno pregunta:

—¿Me estás diciendo que le arrancarán la parte inferior de la cara? Prefiero no pensar en el suplicio que este hombre está a punto de padecer.

La mariposa retoma el vuelo, y mientras se aleja su voz se escucha vagamente:

—No te aflijas, él pidió protagonizar esta expiación sabiendo que una vez superados el miedo y el dolor será investido como dios, lo cual es la máxima aspiración que cualquier criatura puede alcanzar.

36 - EL JUEGO

De pie frente a la cancha, Bruno observa perplejo los portaestandartes de los equipos que se encuentran a cada lado del área de juego. «Ya es una realidad», se dice a sí mismo. Tiritando, reconoce la bandera de su propio equipo: un jaguar con rostro solar y orejas de venado. La del equipo oponente tiene representado a un búho, el ave de rapiña que el dios Yum Cimih porta en su sombrero. Por fin se despeja la duda que tanto le abrumaba. Con gran alboroto, llega el equipo que representa a los infiernos, que a primera vista parecería una broma. «Es como una pesadilla», piensa, mientras observa como uno a uno se instalan del lado de su estandarte.

Lo que parece una pulga con rostro humano se presenta dando gigantes saltos. A cada paso que da, aumenta de tamaño y de volumen. Le sigue un hombre con cabeza, pico y garras de cuervo; sus alas negras brillan mientras las sacude vigorosamente. En el centro del campo aterriza un murciélago rojo.

—Observa su nariz erecta que brilla como piedra pulida. Es un instrumento de decapitación, lo que lo convierte en un jugador letal.

La voz le resulta familiar; es el Conejo, quien le señala las alas del quiróptero que brillan debido a su aspecto acuoso y que llevan huesos y mandíbulas incrustados. De las vacías cuencas de los ojos, se desprenden los globos oculares unidos a sus delgados nervios ópticos, lo cual le da un aspecto absolutamente grotesco.

El frenesí del público aumenta con la llegada de un lagarto con pico y cresta de águila que se arrastra al mismo tiempo que agita sus alas. «¿Quién podrá vencer a seres de semejante naturaleza?», se dice. El muchacho no sale de su asombro, cuando ve llegar al Jaguar-Harpía: una monstruosa criatura de cuyo vientre brota una espiral negra. El cuerpo de felino contrasta con su cabeza de pájaro, coronada por una diadema de la que cuelgan globos oculares. La serpiente que envuelve su cuello la hace muy intimidante.

Conforme han ido llegando, los participantes se empujan, se disputan el espacio, se escupen y se agreden. Ninguno presta atención a la llegada del sexto jugador con la apariencia de un ser humano en descomposición que porta la cabeza de un decapitado en el cinturón y cascabeles en los tobillos.

—Su nombre es Ah Puch, el Descarnado —le dice el conejo, que agrega—: Aquel que ejecuta una patética danza, es Kisín, el Flatulento. Los torpes movimientos de su baile hacen que se agite su pectoral en forma de perro e impulsan la salida, desde su ombligo, de una espiral mal oliente que enrarece el entorno. Su cuerpo cubierto de manchas negras conserva trozos de piel en estado de putrefacción.

De manera solemne, se acerca el último miembro del equipo, un ente que lleva su propia cabeza en las manos. De su espalda cuelga un ofidio de aspecto ígneo; el largo bastón que carga está cubierto de cuchillos de pedernal e innumerables ojos se encuentran adheridos a sus pulseras. Toca el turno a la presentación del equipo retador. Para Bruno no hay sorpresas, en su mente repasa los nombres de los cinco reyes: Jaguar Quetzal, Lago de Guacamaya Tortuga, Precioso Pecarí y Jaguar Serpiente. En contraste con la angustia del muchacho, ellos lucen impasibles y majestuosos.

Mientras Bruno lucha para contener su ansiedad, una alucinante criatura se manifiesta frente a él: Es una mujer cuyo cráneo se alarga y se afina para transformarse en el torneado cuello de un ave que lleva un pescado en el pico. Conocedora de sus pesares, se dirige a él con vehemencia:

—Los divinos señores solares de los antiguos reinos mayas son dueños de las tormentas y los relámpagos portadores del resplandor que crea los fuegos. Son también los amos de las aguas que prenden y renuevan el cielo y la tierra. Todos ellos tienen el poder de dirigir las guerras de estrellas desde sus tronos. ¿Por qué dudas si portas la parafernalia de reyes? Eres casi invencible.

Cuando la diosa calla, Bruno se percibe a sí mismo vistiendo una indumentaria diferente.

Ella agrega:

—Los trajes de los monarcas representan una particular concepción sobre el dominio del poder, ya que este es como un espejo humeante que refleja el orden del universo. Si observas su evolución durante el juego, los atavíos se transformarán constantemente, ya que el principio fundamental del poder es que se mueve, camina y se modifica.

Para terminar, le dice algo que por siempre quedará grabado en su mente:

—¡Los dioses caducan, los reyes nunca!

Cuando la fantástica criatura desaparece, el muchacho se encuentra al lado de Pakal, quien ha añadido a su vestimenta los atributos de jaguar, apropiándose así de sus valores. El clamor es ensordecedor, a Bruno le resulta difícil contener sus emociones cuando ve llegar a los señores de alto peinado con bandas en la cabeza. La intervención del conejo le ayuda a comprender:

—Ellos son: Hunahpú, el gemelo moteado con grandes círculos oscuros que cubren su cuerpo y mejillas (tanto sus orejas y astas son de venado). Junto a él, se encuentra su hermano, el gemelo Xbalanqué o Jaguar Nenúfar, que tiene parches de piel de jaguar en la quijada y en el cuerpo.

Bruno se siente todavía más fortalecido cuando percibe a un personaje parado a su lado. En una mano lleva una lanza y en la otra un escudo solar, de su tocado penden dos máscaras: una sobre la otra.

Con solemnidad lo retira de su cabeza para dirigirse a todos:

—Mi nombre es Búho Lanza-Dardos, persona divina, he sido armado con la lanza afilada del resplandeciente quetzal de fuego para velar sobre este equipo real.

La cancha del Juego de Pelota tiene como marcadores las cabezas de seis serpientes celestes que representan a los seis dardos de sol. Un hombre de grande y deforme cabeza con amplia frente y nariz de tapir se dirige a los jugadores:

—Este espacio es un espejo del camino elíptico del cielo por donde transitan y se desafían las estrellas, el sol y la luna. Esta cancha sagrada es la contraparte de los cuerpos celestes, un espacio de guerra y sangre, de espectáculo y poder.

Dos jueces de rostro espectral piden que los capitanes se presenten en el centro de la cancha, el líder de la selección del Xib'alb'a es el Hombre Cuervo. Es el capitán de su equipo, con su enorme estatura intimida a Bruno. El acuerdo es unánime, aquellos que logren pasar la pelota por alguno de los marcadores gana.

El balón de caucho pende de una larga cuerda que va siendo masticada por una rata, cuando al fin es completamente roída, la pelota cae en la cancha justo al lado de la pulga que la sujeta con sus patas para elevarse con ella. Desde los aires, la suelta sobre el hombre que lleva su propia cabeza en las manos y que, por tomar el balón, la lanza al prado, lo cual no afecta su buen desempeño. Con fuerza, lanza la pelota a mediana altura, donde se sostiene el murciélago rojo, quien, por atraparla con sus garras se impacta en el muro. Al caer, la bola golpea al Jaguar Harpía que —cegado por la furia— arremete contra el Hombre Cuervo. Se desata tremenda trifulca. El felino arpía pierde sus alas y la serpiente que se enroscaba en su cuello. Como queda fuera de combate, se hace necesario reemplazarlo. Su lugar es tomado por un Hombre-Balón, es decir una pelota con cabeza humana que lleva un tocado de nenúfares. Sus brazos y piernas son muy cortos lo que le permite rodar en todas las direcciones y rebotar a una altura considerable.

Se reanuda el partido, la adrenalina fluye en el cuerpo de Bruno cuando por fin recupera la pelota, con ella cruza la línea del centro, ya casi llegando al marcador se le acerca el Flatulento quien con su insoportable tufo lo aturde y marea, por lo cual pierde el balón.

Frustrado, en ese momento cae en la cuenta de que ni Pakal ni los gemelos han participado, ya que solo se han limitado a observar, como si estuvieran esperando algo. La contienda se torna lenta y aburrida. Las horas transcurren y nadie logra anotar. Decepcionado, el público va perdiendo interés. La única novedad es que la pulga tiene ya el tamaño de un perro. De manera casi imperceptible, los enemigos han sido sustituidos por otros jugadores: las deidades del Xib'alb'a.

—Ellos pretendían desgastarnos y confundirnos, sus predecibles artificios no lograron su cometido —comenta confiado Jaguar Serpiente.

Ya entrada la noche, el equipo del Inframundo cuenta con una alineación completamente distinta a la que inició el juego. El conejo los enumera:

—Yum Cimih, Señor Muerte; Kimi, Muerte; Hun Ahaw, El Señor Uno; los que caminan juntos son los jueces supremos: Hun Camé, Uno Muerte y Vucub Camé, Siete-Muerte y por último Ahaw Kin o Señor Kin.

Después de un fuerte suspiro, el roedor agrega:

—Todo fue una pantomima congruente con el temperamento de estas criaturas. La contienda definitiva va a dar comienzo.

Ya que la situación ha tomado un giro distinto, Pakal solicita la presencia de Bruno para encomendarle que sea el responsable de la integridad de Sabina. Esa noticia le quita al joven un peso de los hombros: «No solo ya no tendré que jugar, sino que estaré al lado de ella, para acompañarla y cuidarla», piensa, sintiendo que una gran alegría inunda su corazón.

—¿En dónde se encuentra? —pregunta, anhelante.

El joven rey le señala a una mujer instalada sobre un asiento de piedra. Eufórico, creyendo que para ellos todo ha terminado, sale corriendo a su encuentro. Mientras se aleja, escucha que se anuncia el nombre del capitán del equipo: K'inich Kan Balam II, El hijo de Pakal y Tz'ak-b'u Ahaw, tu hermana —afirma el conejo.

—¿Tengo un sobrino?

El conejo sonríe complaciente.

37 - ITZAMNÁAJ

Bruno se acerca a las gradas buscando a su hermana. No la encuentra, hasta que recuerda que tiene una nueva fisonomía. «Aún no me acostumbro a su nueva cara», se esmera. Pero no logra ubicarla, ya no se encuentra donde le había señalado Pakal.

Sin saber cómo sucedió, ambos hermanos avanzan sobre un sendero blanco y luminoso. Atrás y a lo lejos quedó el público agitado.

«¿En dónde están la cancha, los equipos y nuestros compañeros? ¿Hacia dónde conduce este sendero?», se preguntan los dos.

En un paraje floreado, una ardilla humeante les murmura:

—Este sitio es conocido como «Montaña de la Flor», lugar ancestral y paradisíaco, desde aquí podrán ascender hasta los cielos.

—¿Iremos al cielo? ¿Acaso estamos muertos? —pregunta Sabina nerviosa.

Nadie responde a la duda que los aqueja, confundidos se miran, su malestar es olvidado, debido a la llegada paulatina de cientos de abejas cuyo zumbido se vuelve ensordecedor.

La ardilla agrega:

—El sonido de las abejas dentro de la montaña transporta a las personas a la casa de los dioses.

Al parecer, todos los pequeños insectos se vuelcan sobre sus cabezas, lo que al principio percibían como un ruido molesto, se va transformando en una suave tonada, una profunda empatía va surgiendo entre ellos dos y los pequeños productores de miel. Sus zumbidos se revelan como una sonata de vida y movimiento.

Tanto Bruno como Sabina han traspasado el umbral que separaba a ambos reinos; el de los humanos y el de los insectos para penetrar en un mundo de armonía. Los hermanos se identifican con la naturaleza de las abejas como si pensaran o sintieran de manera semejante. Trascendiendo los límites de sus propios cuerpos los dos jóvenes se han metamorfoseado en insectos.

Comprenden que tanto las abejas como los humanos tienen las mismas preferencias, que sus cánones de gustos coinciden, pues comparten su afición por la suave fragancia de las flores y ¡qué decir de la miel!

Bruno y Sabina levantan el vuelo junto a miles de abejas, percibiendo la vibración de sus alas van tras ellas mientras liban de flor en flor, hasta que, saciadas, regresan con su valiosa carga. Al voltear, ambos contemplan los hilos dorados que han ido trazando en el paisaje.

Ya de regreso, entran junto con ellas al panal. En su interior, se hace patente la íntima conexión de las abejas con la fuerza solar. En medio de la oscuridad, se alimentan de luz, para, una vez ingerida, liberarla como miel, polen o cera: la luz materializada, la misma que ha de arder en los altares dedicados a los dioses.

La vibrante ciudad-colmena se desborda, los hermanos son mudos testigos de la incesante actividad, la armonía del enjambre es inspiradora.

Una abeja con características de jaguar se presenta ante los hermanos como Ah Mucen Cab, el gran guardián de la miel, y los invita a un altar repleto de velas encendidas en honor a Jo'obonil, dios de las colmenas y patrón de los apicultores:

—La abeja simboliza el calor de verano, todas y cada una tienen un punto en medio de sus ojos que evoca los ojos de los felinos. Ellas poseen virtudes como la paz y el orden y son enemigas de pesadumbres, por lo que quienes recolectan la miel no deben de acercarse a los panales si tienen pesares o enojos.

Un cortejo se cruza en su camino; sacerdotes alados honran a un grupo de abejas muertas, el jaguar-abeja explica:

—Debido a que las abejas son el símbolo de la fertilidad, al fallecer son decapitadas y escondidas bajo las piedras para que en el Xib'alb'a sigan perpetuando la vida. Posteriormente, son conducidas ante la presencia de Xunan Cab, la mujer insecto que se encarga del ceremonial. La abeja reina debe ser decapitada como sacrificio de regeneración para ser sustituida por otra de su mismo rango. De no ser así, la colmena está condenada a perecer.

Ah Mucen Cab prosigue con su voz de tenor:

—Una colmena, el lugar donde se encuentran los paneles de cría, es el reino oculto de la diosa de la fertilidad y se encuentra dividida en cuatro Muzencabob, que son los puntos cardinales asociados con las actividades de las abejas: El norte es el lugar donde buscan las resinas y se relaciona con la abeja blanca, el este es la dirección de donde viene la miel y se vincula con la abeja roja, hacia el sur colectan el polen y se asocia con abejas amarillas; el oeste es el rumbo por donde llegan las crías, se relaciona con las abejas de color negro.

Por último, son conducidos a un espacio en cuyo centro yace una gran escultura, Xunan Cab les explica que es la representación de los Bacaboob, los dioses de abejas y colmenas que sobrevivieron a un gran diluvio debido a que cuando las aguas crecieron decidieron salvarse bajando en cajas a las profundidades de la tierra. El jaguar-abeja descifra para ellos la inscripción que se encuentra al pie de la estatua: Xbalanqué o Jaguar Venado que con sus abejas guerreras armadas con cascos y escudos lucharon junto a su amo el Rojo Negro para liberar a nuestro reino de la gran destrucción.

—Xbalanqué ¿No es uno de los gemelos divinos? —pregunta Bruno atónito.

—Efectivamente, tanto él como algunos otros dioses poseen colmenares sagrados que comparten con los hombres para premiarlos con su dulce y dorada miel —responde Ah Mucen Cab.

Sabina y su hermano despiertan abruptamente tendidos sobre una pradera, en vano buscan las alas que han desaparecido. Han recuperado su tamaño normal, el ensueño terminó, ambos se interrogan si lo vivido realmente sucedió.

—¿Por qué habremos sido extraídos del torneo? —pregunta ella.

—No tengo la menor idea, yo creí que ya todo había terminado —responde su hermano.

—Yo igual ¿Y qué sigue ahora? —dice la joven sollozando.

Sabina y Bruno están consternados. Una luz cegadora rodea a una criatura que se manifiesta frente a ellos y los distrae de sus pesares. El resplandor que emana del ave con alas espectaculares les impide distinguir el rostro humano envejecido; su cabeza está coronada por la insignia de la oscuridad. Cuando al fin perciben con claridad al ave fantástica, esta cambia.

Su transformación no cesa, el viejo dios se convierte en una serpiente con patas de venado.

—El lucero que se enreda en su larga cabellera es la estrella de la tarde —afirma la elocuente libélula que los ha seguido.

—Se refiere a Venus —afirma Bruno recordando su experiencia frente al sacerdote astrónomo.

—El líquido rojo que emana de su boca lo señala como el Gran Destructor —agrega la pequeña alada.

Pasmados, los jóvenes tiemblan de emoción al escuchar su poderosa voz:

—Soy Itzamnáaj, el primer sacerdote que insufló su alma al universo, la energía generadora de vida, creador y destructor de mundos y pueblos.

El omnipotente dios no deja de transformarse, todo lo que va pronunciando desfila ante los ojos de los hermanos que se colman de indescriptibles imágenes:

—En mí, se funden los atributos del sol y de la tierra, la fuerza animal, la magia vegetal y el fragor de la muerte. Soy el crisol de todos los principios, la abundancia, la escasez, la obscuridad y la luz. Soy agua y cosecha, soy la serpiente celeste, las cuatro iguanas, los cuatro rumbos del universo que forman los pilares de la casa del cielo.

Sabedores del milagro que están viviendo, escuchan con fascinación cada palabra:

—Soy el artífice de las delicadas gotas del rocío que bajan de las nubes y que, suspendidas, cuelgan de flores y telarañas mientras pacientes aguardan para saciar la sed de animales y hombres. Yo aliento la capa de humedad que, en las madrugadas, acompasada al ritmo del cascabel de la serpiente, se extiende como un fresco manto sobre praderas y árboles. Soy venado, pez, jaguar, agua, fuego, hálito de vida y muerte.

Inmóviles admiran al dios omnipotente sentado sobre una franja de estrellas esculpida en una roca y ven a los cuerpos celestes que se van desprendiendo para formar parte de su cuerpo.

—¿Cómo debemos nombrarte? —pregunta Sabina intimidada.

—Aquí en el cielo, soy Wuqub Kaqix, o el ave Itzam, pero en el plano terrestre me manifiesto como el cocodrilo Itzam Kab Ayin.

—¿Por qué nos has atraído a tu presencia? —agrega Bruno con ansiedad.

—Los humanos ya no se inspiran en sus dioses ni nos consagran sus acciones y pensamientos. Hoy en día, la especia humana ignora el eterno y benigno poder de ríos, árboles, piedras, montes y vientos —responde con rostro severo.

Mientras se dirige a ellos adopta la forma de un árbol para continuar:

—Las vibraciones secretas de los objetos bañados por alientos invisibles que animan el universo han sido olvidadas —con una voz cargada de ira culmina—: Se desconoce la verdadera relación entre el hombre y el espíritu divino, poderoso, elevado y etéreo.

—Sigo sin comprender —interrumpe Sabina.

—Ustedes han sido llamados ya que los rituales dedicatorios para perpetuar el movimiento de los astros y la continuación de la vida en la tierra han dejado de practicarse. Por tanto, el cosmos está a punto de colapsar —responde el dios con mirada fulminante.

En ese instante, su aspecto se torna más humano para continuar:

—En un pasado no muy lejano a este recinto, llegaban los olores y perfumes de las flores y el copal que, elevados por el viento, nos veneraban y alimentaban.

Con voz nostálgica agrega:

—El hombre tiene que recordar que el propósito de la verdadera existencia no es el poder sino la comunión. Las criaturas deben de concentrarse en la iluminación del instante que trasciende al tiempo.

Aturdidos, Sabina y Bruno empiezan a perder concentración, el dios se transforma en un cocodrilo con enormes colmillos para continuar:

—El ser humano debe reunirse con el universo viviente, más no con su apariencia sino con su interior —los tonos verdes y azules de su piel rugosa evolucionan al ritmo de su respiración—. Es importante no perder la fe en el aliento primordial que anima a todas las entidades vivas, por tanto, hay que penetrar en la grandiosa rítmica del universo.

—No comprendo bien —pregunta Sabina tímidamente.

—Penetrar el flujo universal —responde el dios que retoma su forma de ave—. Los he traído aquí en este momento de algarabía en el Xib'alb'a, para que, durante el juego de pelota que atrae la atención de todos, ustedes se dirijan a un paraje lejano donde el Dios del Maíz se encuentra prisionero desde que los invasores blancos invadieron nuestra tierra.

—Pero no sabemos, no podemos —protesta Bruno, olvidando todo protocolo.

—Solo ustedes que nacieron en el siglo veinte pueden liberarlo.

Lanzando una mirada fulgurante a Sabina, agrega:

—Tú, como reina, eres el eslabón perfecto entre la humanidad actual y los ancestros.

Dirigiéndose a Bruno afirma:

—Tus poderes secretos pronto aflorarán a la superficie.

—Entonces, ¿De eso se trata? ¿De rescatarlo a él? —pregunta la joven.

—¿Por qué es tan importante este dios? —pregunta Bruno.

—Porque la humanidad fue creada con masa de maíz —responde el gran señor que al terminar se desvanece.

Los jóvenes tratan de discernir el profundo significado de las palabras del dios. Acompañado de un ensordecedor zumbido frente a ellos aterriza un mosquito de talla humana. Después de una caravana retira su frágil turbante emplumado. Al agachar la cabeza, su largo aguijón topa con el piso, lo que los lleva a estallar en carcajadas.

El insecto adopta un gesto solemne para explicar:

—Como dijo el señor Itzamnáaj, debido a que el ser humano fue hecho con masa de maíz, existe una muy importante deidad vinculada con él.

—Si llegamos a encontrarlo, ¿cómo sabremos si en verdad es él? —inquiere Bruno preocupado.

—Su apariencia es la de un hombre joven con una acentuada deformación craneal que se asemeja mucho a una mazorca de maíz y sus largos cabellos se equiparan con los del elote. Él es la imagen viva de los humanos.

—¿Cómo se llama? —pregunta Sabina.

—Su nombre real es un misterio y se le evoca con la palabra Nal —responde el mosquito.

—Eso no ayuda mucho ¿Hay algo más que debamos saber sobre él?

—De naturaleza acuática, recién nacido fue arrojado al agua donde fue rescatado por una tortuga.

—¿Por qué razón? —pregunta Sabina impactada.

—Su muerte y resurrección en el día de su natalicio son una parábola de muerte y vida que ejemplifica el plantado de la semilla en el suelo, ámbito del Xib'alb'a, donde sucede su germinación y eclosión.

Un hombre envuelto en llamas dice:

—Esta es la razón por la cual los gobernantes son la deidad misma del maíz que brota como sustento de su pueblo después de vencer a la muerte.

—Por eso son sepultados al interior de una pirámide, una alegoría donde su cuerpo representa a la semilla que desciende al Inframundo para combatir a las fuerzas oscuras y renacer triunfante como alimento —agrega Sabina emocionada, al recordar la explicación que le dio el arquitecto real.

—Esta planta, cuyas mazorcas son anualmente decapitadas, es regenerada y renovada con la ayuda de los dioses del viento y de la lluvia —afirma una espantosa cabeza que cuelga boca abajo entre las lianas de un árbol.

El mosquito gigante retoma la palabra:

—El dios del maíz, en su personificación como grano sembrado, realizaba ritos en el Inframundo viajando en una canoa conducida por los remeros gemelos. Cuando recorría los cuerpos de agua, fue sorprendido y encarcelado junto con otra reina.

—¿Quién? —preguntan los hermanos al unísono.

—La gran Abeja Reina, la diosa y madre de todas ellas se encuentra también en reclusión, por lo que la población de estos mágicos insectos se ha ido diezmando día con día —responde el mosquito con la voz apagada.

TERCERA PARTE

38 - EL MAÍZ

La sala del trono está animada por una intensa efervescencia, un gran coatí y seres con alas llevan y traen información. Los venados y colibríes esperan para recibir antenas y alas de las manos de Itzamnáaj. En un recinto aislado, a Bruno le parece reconocer a los gemelos divinos, quienes deberían estar participando en el juego de pelota.

Envuelta en una brisa suave, se presenta una deidad acompañada de un numeroso cortejo de enanos que llevan entre sus manos quetzales y guacamayas, así como códices, jades, tamales y textiles.

—Es el dios del viento que presenta sus ofrendas para el máximo señor —les revela a los jóvenes un pájaro diminuto.

De pronto, irrumpe una mujer de apariencia gloriosa con el pecho al descubierto, una larga falda contrasta con la representación de la media luna que se arquea sobre su espalda.

—Es una evocación de su fase menguante —asevera una joven con brotes vegetales que nacen de su frente.

—Si es la diosa lunar, ¿por qué se enrolla una serpiente sobre su cabeza? —pregunta Sabina.

—Simboliza el proceso cíclico de la naturaleza —responde la mujer planta, que agrega—, debido a que a ella se encomiendan las tejedoras, porta un huso provisto con hilo.

—Y el pájaro que carga? —pregunta Bruno.

—Es el pájaro Moan —responde la mujer.

—Estoy segura de que es el mismo pájaro que descansa en el sombrero de Yum Cimih —susurra Sabina a su hermano.

Bruno, al reconocer a la diosa, expresa emocionado:

—¡Es U'Ixik Kab! la misma que me rescató del cenote cristalino y me reveló la verdad sobre mi presencia en este reino!

—Ella es la contraparte femenina de Itzamnáaj —vuelve a explicar la mujer planta, al momento que la diosa lunar desaparece.

Una visión delirante distrae a ambos hermanos: De una banda celeste cuelga un perro sujetado de sus patas traseras, cuatro antorchas encendidas se encuentran adheridas a cada una de ellas. Con impotencia, los jóvenes ven incendiarse el extremo de su cola, el pobre animal saca la lengua en señal de sed.

Las palabras de un hombre ciego con desbordante tocado de plantas los toman por sorpresa:

—Suspendido de un cinturón de estrellas arde el Perro-Antorcha, este junto con el tlacuache robó el fuego a los dioses para llevárselo a los hombres, quienes le consideran un héroe.

—¡Igual que Prometeo! —susurra Bruno a su hermana.

—La presencia del perro felino augura estío y sequía —agrega el ciego, unos segundos después, la visión ígnea desaparece.

—¿Nos podrías hablar más sobre los perros? —suplica Bruno, amante de los animales.

—Ladran y dirigen sus aullidos a las almas que se escurren de los cuerpos de las personas dormidas —afirma el ciego mientras que una flor eclosiona en su tocado—. Muchos de ellos son sacrificados en rituales de petición de lluvia, otros son enterrados junto con sus amos fallecidos para que puedan guiarlos por su viaje en el Inframundo, al atravesar algún cuerpo de agua, el difunto monta sobre su lomo para que el perro lo atraviese nadando.

—¡También son fieles después de la muerte! —expresa Sabina, enjugando sus lágrimas.

Atraídos de nuevo a la presencia de Itzamnáaj, los hermanos escuchan su sentencia:

—El momento de marcharse ha llegado, ustedes descenderán de la misma manera que llegaron. Es decir, transitando como savia por el interior del árbol cósmico, que es el umbral para comunicarnos con el mundo terrestre.

El poderoso dios se eclipsa, Bruno y Sabina se miran con expectación, una pesada bruma los envuelve. Cegados, escuchan una voz que se escapa del interior de la nebulosa:

—En un pasado lejano. Debido a que nadie transmitía los deseos, pensamientos y sueños de los hombres, los dioses decidieron crear un emisario divino, por ello tallaron una flecha de jade, soplaron sobre ella para darle vida y esta voló por los aires; había nacido el Ts'unu'um.

La niebla se disipa y la llegada de un colibrí les hace comprender que él es el mensajero de los dioses. Mientras admiran su plumaje que brilla como gotas de lluvia reflejando al arco iris, perciben de nuevo al hombre ciego cuyo tocado ha estallado con similar colorido. Nuevamente se dirige a ellos:

—El imperceptible vuelo del colibrí le permite acercarse a las flores sin que se mueva ni un solo pétalo de ellas. Estas aves son el símbolo de la energía sexual del dios solar y la encarnación de las almas guerreras, por eso vuelan hacia atrás.

Distraídos, los hermanos han perdido la noción del tiempo sin reparar en que mientras permanecían inmersos en la belleza del colibrí, viajaban de regreso. Atrás, quedó el reino celestial, ambos añoran la sensación de paz que les invadió durante su estancia en el cielo.

Cuando comprenden que han sido arrojados a una caverna, lo único que los alienta es encontrarse de nuevo frente a K'inich Ahaw, el Sol Jaguar del Inframundo. En esta ocasión, su apariencia y su mirada son más humanas, su cabellera es más larga, al igual que sus uñas y colmillos, su tocado de reptil acentúa sus orejas de jaguar. A pesar de su expresión felina, en su rostro se esboza una sonrisa peculiar. Sin decir una palabra, asume su posición de cuadrúpedo y, agachando la cabeza, los invita a sentarse sobre su lomo. Tras emprender un nuevo recorrido, atraviesan bosques disecados, superficies inhóspitas, lechos secos de ríos, prados amarillos, flores marchitas, animales petrificados y huesos.

El paisaje se va volviendo más desolador, no hay señal alguna de vida.

—No teman, no hay peligro. Todos están apostando en el gran torneo —asegura K'inich.

—Gracias por decirlo —responde Sabina aliviada.

—No deben preocuparse. A ustedes nadie les extraña, ya que en su lugar pusimos a sus dobles. Ambos hermanos estallan en carcajadas.

Tras un insufrible galopar sobre su lomo, se topan con un inaccesible cerco de carrizos, troncos y espinas estrechamente entretejidos. Unos minutos después, aparece un ejército de tusas que lo roen por el centro hasta que logran pasar a través del enorme boquete que dejaron. Continúan caminando sobre piedras ardientes que paulatinamente se convierten en un denso pantano. No tienen otra opción más que sumergirse en él fuertemente agarrados de la cola de K'inich, quien avanza pesadamente.

Al ver sus caras negras, se animan mutuamente recordando viejas aventuras de infancia. Avanzan lo más rápido que pueden. Con sobresalto perciben el ruido de un caudal, aceleran el paso para al fin colmar la sed que lacera sus gargantas. Contrariados descubren que la cascada no es de agua cristalina sino de un espeso líquido rojo que lleva arrastrando ojos, huesos, piernas, manos y cabezas. No solo no pueden saciar su sed, sino que deben sumergirse en el acuoso torrente, la sensación es inmunda, el fluido es caliente y pegajoso, sin olvidar el penetrante olor.

—¡Nadar en sangre! —grita Bruno con disgusto.

—¡Esto es asqueroso! Miles de cabellos se enredan en mis piernas y brazos —afirma Sabina.

Con gran esfuerzo avanzan, la jornada es insoportable y les parece eterna; gradualmente, la roja corriente se va agotando. Por fin se incorporan, caminan pegajosos y malolientes, muertos de sed. Con repugnancia, sienten las costras de sangre seca y cabellos adheridos a su piel.

Sobre el suelo pedregoso yace una criatura original. Su cuerpo de un blanco brillante está cubierto por un exoesqueleto de apariencia firme y crocante, es como una coraza con escamas que remata en dos cabezas que se confunden con sus patas encorvadas como cuernos. El reflejo de sus ojos hipnotiza.

—¡Eviten mirarlo! —les advierte de inmediato K'inich—. Ese brillo en los ojos lo producen sus órganos sensores de luz. Su nombre es Dios Solar Siete Ciempiés Águila: Huk Chapaht Tz'ikiin Ahaw, es sumamente agresivo, ataca y consume animales más grandes que él. En sus innumerables patas se encuentra el veneno que lo convierte en una criatura mortal —prosigue agitado—; es un hechizo animado, una maldición que ha sido enviada para detenernos.

Al escucharlo, Bruno evoca las palabras que escuchó cuando, parado junto al sarcófago, un sacerdote hablaba sobre la misma criatura:

—Este animal representa la transformación y el renacimiento, por lo que el joven rey Pakal está representado sobre la tapa de su propia lápida emergiendo como una deidad juvenil de las fauces de un ciempiés con caparazón de huesos blancos.

El recuerdo es absolutamente real, un sortilegio se apodera del joven que no puede moverse, ¡El ciempiés lo ha hipnotizado!

De repente, la bestia se yergue como una abominable pesadilla. Su cuerpo se contonea avanzando hacia los hermanos mientras mueve sus patas con inquietante simetría. Está tan concentrado mirándolos que no percibe a K'inich que, de un salto colosal, le arranca la cabeza con sus poderosas garras. Mientras se retuerce en la tierra emitiendo agudos chillidos, un líquido negro y maloliente se esparce por el piso.

Con desesperación, Sabina trata en vano que Bruno reaccione. Horrorizada le pide ayuda a K'inich, quien le explica que el peligro ha pasado. Esta difícil experiencia la deja muy atormentada, ambos estuvieron a punto de perecer y siente miedo. Tras una larga reflexión concluye: «La muerte la conocí antes de nacer, es el estado en que me encontraba antes de llegar a esta vida».

Sin darse cuenta, piensa en voz alta:

—Lo peor fue mi temor atroz de perder a Bruno. Esa ha sido una obsesión en mi vida, que se vayan mis seres queridos primero. Si yo partiera antes, aquellos a quienes amo, sufrirían por mí. Esta vivencia me hace recordar que el cráneo es el desengaño, permanece oculto y se asoma por la boca cada vez que la gente sonríe para recordarnos que ahí está, cubierto por una delgada y frágil capa de piel.

Después de un largo y merecido descanso, K'inich, Bruno y Sabina retoman la caminata. En un oscuro paraje encuentran al dios, o al menos eso parece. Ambos perciben confusión en la expresión de K'inich Ahaw quien no solo se detiene, sino que retrocede:

—Hay algo diferente, no estoy seguro si el que está aquí es aquel a quien hemos venido a buscar.

La intervención de un anciano que lleva en la espalda un caparazón de tortuga permite a los hermanos comprender lo que está sucediendo:

—Ustedes han venido en busca del dios del maíz, que no solo simboliza el bien y la belleza, sino que le da orden a la existencia del hombre. De alguna manera lo han hallado, pero no como esperaban.

—¿Qué ha sucedido? —interroga frenético K'inich Ahaw— ¡Necesito una explicación ya que el tiempo apremia!

—El dios que ustedes buscan desapareció hace un tiempo inmemorable —continúa el anciano mientras K'inich vacila y está a punto de desmoronarse—, su decapitación y muerte a manos de los dioses del Inframundo le dio término solamente a una fase de su existencia ya que fue reconstituido como el Iximté o Árbol frutal de Maíz.

—¿Está muerto o no? —clama el Señor Jaguar impaciente.

—Esta planta mágica le dio forma a todo tipo de frutos fabulosos incluyendo al cacao. Por ende, la historia de este se entrecruza irremediablemente con la del Dios Maíz.

Los jóvenes se acercan a él y lo examinan meticulosamente: De la cabeza que se prolonga, florece una mazorca que brota de su corona.

—Me recuerda al peinado de Pakal. Ahora sé que lo trenza de esa manera para evocar al follaje del maíz —afirma Bruno con nostalgia. Al escucharlo, el corazón de su hermana se agita emocionado.

—¡Miren lo que nace en su entrecejo! Parece una planta de cacao... —exclama la joven.

—Efectivamente, es un retoño —responde K'inich—; La piel de su cuerpo es rugosa como la corteza de un árbol y de sus extremidades brotan frutos de cacao.

El caparazón en la espalda del anciano toma vida y la tortuga que en ella mora asoma la cabeza para decir:

—Ya que el cacao es un fruto sagrado, la acción de beberlo equivale a ingerir la carne y sangre del Dios Maíz. Esta es la razón por la que el perverso Yum Cimih lo guarda prisionero en este deprimente lugar.

Al sombrío paraje se acerca un ave de largas patas que carece de plumaje, su piel tatuada con coloridas flores les sorprende, esta se dirige a todos:

—En el palacio de la nefasta deidad, sus numerosas consortes e hijas se mantienen ocupadas día y noche moliendo cacao para servirle a su rey tazas del humeante y oscuro líquido. Así, al beberlo, ingiere la sagrada esencia del Dios Maíz, por eso está tan debilitado.

Al acercarse más, la melancolía del dios que parece no percibir su presencia invade a los jóvenes. Sus manos atadas a la espalda vuelven su frágil aspecto más conmovedor. Al cabo de un rato, levanta la cabeza para dirigirles una mirada indiferente.

Con un nudo en la garganta, Bruno trata de explicarle:

—Vamos a sacarte de aquí. Esta oportunidad es única y no volverá a presentarse, así es que debemos apresurarnos, todo volverá a ser como antes.

Su respuesta los llena de desasosiego:

—Fui semilla y entidad regeneradora. No sé si el milagro de la vida volverá a perpetuarse a través de mí. Por otra parte, no puedo irme dejando atrás a mis compañeros los dioses remeros quienes viajan entre el cielo y el Inframundo.

Su expresión se transforma al recordarlos:

—Ellos son mis avatares: el de la Espina Mantarraya, que porta el signo de Kin, es decir el día, y el Jaguar que lleva el símbolo Ak'ab, que representa a la oscuridad, sin olvidar a los otros tripulantes de la barca: la iguana, el chango y el perico, así como los poderosos remos.

Cuando Sabina y Bruno lo escuchan evocar al dios remero Jaguar que lleva el emblema de la noche, intuyen lo mismo.

Ambos escudriñan el paraje con la mirada, K'inich Ahaw ha desaparecido. Entonces, se miran sorprendidos:

—¿Crees que él es uno de los dioses remeros? —pregunta Bruno dirigiéndose a su hermana.

—¡Parece que sí! Nuestro guía y compañero de viaje, aquel en cuya piel poblada de estrellas me recosté ¡Es uno de los remeros divinos! —exclama ella incrédula.

El Dios Maíz parece recuperar su energía al continuar la descripción:

—Avanzando sobre la barca, ellos hunden sus remos y revuelven las aguas del cosmos del mismo modo que agitan las aguas del Inframundo al surcarlas.

—¿De manera simultánea en el firmamento y en el Xib'alb'a? —pregunta la joven maravillada.

—No puede ser de otra manera —afirma el dios quien va aún más lejos—: La acción de remar es una alegoría de las criaturas que logran penetrar la naturaleza de los árboles y plantas, recorriéndolos en su interior como si fueran su propia savia.

—Se hace tarde —replica nerviosa el ave tatuada.

—Tienes razón, hemos divagado mucho —responde Sabina—, pero ¿sabes en donde se encuentran los dioses remeros y los tripulantes de la embarcación?

—Sé que fueron recluidos en una caverna —responde el dios, que desesperado suplica:

—También tienen atrapada a la Señora de las Abejas ¡Hay que salvarla!

—Ya lo sabemos, también intentamos rescatarla —declara Bruno.

Abrumado, el dios esboza una sonrisa que expone su vulnerabilidad. Todos perciben la presencia de un ser muy particular, es un hombre cubierto de ramas y hojas; un árbol humanizado. Su mandíbula parece sustituida por raíces estilizadas y se funde en la corteza del tronco, sus ojos son pequeños y de mirada expresiva, su boca exhala un fresco aliento a bosque y humedad, sus pies y manos son de apariencia rugosa.

—¿Crees que si se le cae un dedo le volvería a crecer? —pregunta Bruno con picardía mientras se dirige a ellos.

Su larga cabellera entretejida con pétalos y hojas flota ligera, su voz semeja una brisa marítima:

—Soy una mandrágora, pertenezco al reino vegetal pero siempre añoré convertirme en humano, supliqué por noches y días enteros hasta que mis ruegos fueron escuchados.

—¿Sabes en donde se encuentran los...?

La mandrágora interrumpe a la joven con entusiasmo para decir:

—Claro que sé en donde se encuentran los dioses remeros y la tripulación, aunque también puedo hablarles del atroz encierro del que ha sido víctima la Reina Abeja —afirma orgulloso de poder ayudar—; Ahora camino libremente pero cuando nací, y vivía fijado al piso, mis raíces perforaron el techo de una gruta en donde todos ellos se encuentran prisioneros desde hace años. Pasé largas noches escuchando sus lamentos. A mi parecer, para ellos lo más doloroso era ignorar la suerte de su señor.

Gruesas lágrimas corren por el rostro del dios. Conmovido por el llanto del Dios Maíz, el hombre-árbol continúa:

—También fui testigo del cruel castigo infringido a la Señora de las Abejas, quien se encuentra aislada en una jaula de carrizo abandonada en una gruta helada.

—¿Por qué fue permitida tanta atrocidad? —El dios estalla en sollozos.

—Por suerte, cada mañana llega un abejorro para alimentarla con miel y darle esperanzas, pues de ella depende la sobrevivencia de la especie entera —concluye el hombre enramado.

Desde un oscuro recoveco se levanta una voz muy grave que se dirige al afligido dios:

—Divino Señor, hemos emprendido un largo viaje desde la superficie para liberarlo y devolverle su fuerza —Los hermanos se miran atónitos.

Las contundentes palabras cimbran el suelo:

—Yo, Chilam, profeta de la voluntad divina, poseo la magia de la palabra que desde las más antiguas eras estuvo dotada de extraordinaria fuerza mágica y ritual. Mientras lo escuchan, ambos admiran el atlético cuerpo desnudo que, al igual que su rostro, está pintado con rayas blancas y negras. A ambos les impacta el tocado con forma de un pez cuya cauda se prolonga cayendo a lo largo de la espalda del hombre hasta rozar el suelo.

Un jabalí sin pelaje que lleva tatuajes de estrellas sobre su piel blanca se acerca a los jóvenes para decir:

—Este sacerdote manipulará el tiempo-espacio sagrado transformando la naturaleza divina en realidad tangible.

Chilam agrega:

—El canto como lenguaje sagrado deberá fluir libremente a través de los diversos umbrales para lograr la comunicación entre el plano humano con el plano divino.

—¿Cómo será esto posible? —inquiere Bruno.

—Para alcanzar un diálogo entre humanos y divinidades, hay que desgarrar los vientos, pues las plegarias elevadas con auténtica fe llegan a mover espíritus, ayudan a liberar almas atrapadas y atraen a los ancestros.

La voz del sacerdote suena como el trueno:

—La verdadera oración penetra montañas y grutas, alimenta la tierra, los espacios salvajes y silvestres hasta alcanzar a los seres poderosos.

Sabina pregunta, curiosa:

—¿Orando se puede pedir la solución a problemas concretos?

—En cierta manera sí —responde Chilam—, por ejemplo, para saber la causa de algún dolor o el lugar donde se encuentra un alma perdida, se formula una pregunta, si no se obtiene respuesta favorable, se implora, se debate o se exige y en casos extremos se les engaña o insulta.

—¿A quiénes?

—A las entidades, la inflexión de la voz es esencial, se puede formular alguna petición iniciando con un susurro, hasta llegar a la interpelación o amenaza si es necesario.

—La palabra puede transformar las condiciones del mundo divino contagiándolo de naturaleza humana —agrega el jabalí.

Distraídos por el intenso intercambio, Bruno y Sabina no vieron llegar un ataque inesperado: En un abrir y cerrar de ojos, ha tenido lugar una tragedia: el Dios Maíz se encuentra herido de muerte, debido a que un ser de la oscuridad lanzó desde su tocado un haz luminoso de forma bífida, el proyectil asestó un fuerte golpe en el pecho del dios y lo partió en dos.

Mientras que, afligidos, los muchachos tratan de auxiliarle, un conejo con lirios en lugar de orejas les explica:

—Lo que escapa de la herida del dios son sus múltiples almas que son representaciones de su semilla-corazón unidas a la herida gracias a un cordón umbilical.

Sin esperanza alguna, Sabina se ahoga en llanto:

—Hemos fracasado, no fuimos capaces de protegerlo.

—Ustedes no son responsables de lo que está aconteciendo, simplemente el dios no se defendió de la agresión ni se encuentra luchando por su vida —responde el conejo-lirio.

Devastados, el roedor, Bruno y Sabina observan una estrella que humea sobre el bosque, el dios mortalmente herido levanta los ojos y la mira también.

—Parece que ha tomado una decisión —murmura el conejo con esperanza.

Caminando, se acerca una majestuosa criatura que llega para devolverles el sosiego, en su cabeza se hunden las raíces de una lujuriosa planta que se eleva hasta alcanzar a la estrella.

—Es el guardián de montes y arroyos —afirma la mandrágora.

Sin perder tiempo, la enorme criatura se postra frente al Dios Maíz para colocar sus manos en la herida. Este, aunque parece agotado, luce sereno y pide agua. Al cabo de unos segundos, la sangre se detiene.

El sacerdote se dirige al guardián de los montes:

—Pronto, hay que traerlo aquí a mi lado, debemos abrir un cerco sagrado.

Sin dudarlo, el gigante lo toma en sus brazos para, con esmero, colocarlo en un espacio delimitado por cuatro ceibas.

Alejados, los hermanos contemplan la escena mientras que el conejo enumera:

—A cada dirección corresponde un color diferente: A la ceiba del este le corresponde el color rojo, señal del amanecer del mundo, sobre la que se posará Kan Xib Yuyum: la oropéndula amarilla. La ceiba blanca, al norte, albergará a un cenzontle, la negra, al oeste, recibirá a un pájaro de pecho negro y sobre la ceiba amarilla, al sur, vendrá a pararse un ave de pecho amarillo. La ceiba verde ocupará el centro que marca el núcleo cósmico y es conocida como el árbol del espejo de obsidiana.

Curiosa, Sabina se acerca a esta última y al examinar su corteza distingue los rasgos de un rostro sabio y sereno, cuyos ojos se abren para dirigirle una intensa y tierna mirada Ella apoya su frente sobre el tronco mientras acaricia la rugosa superficie que se ablanda por las lágrimas de ambos.

—Llévate mi K'ina —murmura la verde ceiba.

—¿Tu K'ina? —responde la joven con asombro.

—Es la fortaleza, el calor, el respeto y el temor que poseemos todas las criaturas del secreto mundo vegetal —responde el árbol mientras que su espejo de obsidiana revela un corazón que late apasionado.

Enternecida por una criatura que pretende entregarle todo lo que posee, a Sabina le faltan las palabras. Rodea a la ceiba y la estrecha fuertemente en un abrazo compartiendo con ella la profunda emoción que la embarga, borrando las fronteras que separan al mundo humano del vegetal. Ambos permanecen entrelazados sellando así un pacto de fidelidad y respeto. Una ráfaga de viento aparta su cabello y mece a las ramas que acarician el rostro de la muchacha. Ella comprende que es tiempo de partir y se despide, alejándose con pesar.

—Ven pronto hermana ¡Apresúrate! —La voz de su hermano la saca de la melancolía.

Bruno le señala la aparición del diminuto personaje que emerge de una mariposa y que ha llegado para darle una noticia al Dios Maíz, a quien se dirige con gran respeto:

—Estoy aquí para hacerte saber que el gran guardián de las colmenas, Ah Mucen Cab, quien mora en Maben-Tun, el cenote anegado de miel, aguardó con paciencia mientras permaneciste en cautiverio, ya con la certidumbre de tu liberación, descendió del cielo junto con cientos de meliponas[22] a las que se unió un efervescente ejército de abejorros, zánganos, moscas, escarabajos libélulas y demás insectos. Armados con cascos y lanzas, formaron enormes enjambres para atacar con furia, logrando neutralizar a los centinelas que cuidaban a la reina y, por fin, fue liberada.

Con una expresión de dicha, el dios trata de incorporarse y afirma:

—Me has devuelto las ganas de seguir adelante ¿Cómo se encuentra la Abeja Reina?

—Ahora mismo se eleva en vuelo nupcial —responde la pequeña criatura.

La euforia que causa esta noticia es interrumpida por la intervención del chamán quien tajantemente ordena:

—Tenemos que marcharnos ¡El momento ha llegado!

Bruno y Sabina escuchan al sacerdote entonar cantos, pronunciar rezos y fórmulas incomprensibles que se tornan más y más intensos.

Con paso firme, se acerca un hombre de cuya nariz cuelgan tres falanges para explicarles a los hermanos lo que está sucediendo:

—Con la vehemencia de sus cantos, el sacerdote, nombrado Ah-men, desprende a la palabra y a sí mismo de su naturaleza pesada, al tiempo que realiza un viaje en espiral para increpar a los seres causantes del demencial encierro del Dios Maíz. De este modo, irrumpe en la intimidad de los dioses. Cuando el chamán invoque la unión de la sustancia roja con la sustancia

---

[22] Abejas sin aguijón.

blanca, lo hará para debilitar la fuerza nociva del rapto impuesto al dios y a sus compañeros de viaje.

Un sapo tatuado entra en escena, seguido de un pececillo que liba del lirio de su tocado, para hablar con los hermanos:

—Escuchen al chaman implorando la presencia de K'awill en su advocación de danzante sagrado para lograr una conexión con el cosmos.

—¿K'awill? —preguntan al mismo tiempo.

—K'awill es la encarnación del poder transformador de las plantas alucinógenas que permiten al hombre acceder a dioses y ancestros. Él es el guardián de la vida que reina sobre los cuatro cuadrantes del cosmos —responde el sapo.

Tras interminables horas de espera K'awill se manifiesta: El cuerpo humano contrasta con la serpiente que sustituye una de sus piernas, las pupilas son alargadas. En el lugar que corresponde a la nariz, le brota una larga trompa de reptil de la que nace un colmillo. De su frente surge un espejo con una antorcha de la que brotan hojas de maíz.

Bruno y Sabina admiran a K'awiil sin parpadear mientras que el sapo agrega:

—Con el auspicio del poderoso dios, las palabras del sacerdote se encadenan a ritmo precipitado y se suceden como cascadas, no dejando lugar ni a la interrupción ni al silencio.

Gruesas gotas de sudor bañan la cabellera y el rostro del chaman quien se sacude violentamente, al tiempo que interpela a las fuerzas oscuras:

—Frenesí Ebrio ¿Eres tú el Frenesí Lujurioso? ¿Eres tú el Frenesí Jaguar? ¿Eres tú el Frenesí de guacamayo? ¿Eres tú el Frenesí Venado? —El ambiente se percibe como un líquido denso.

Un pájaro con el pico en llamas aterriza junto a los hermanos, que, alarmados tratan de apagar el fuego hasta que comprenden que la flama encendida es parte de su naturaleza.

Con una delicada voz, el ave afirma:

—La presencia de K'awill alienta al Ah-Men a manifestarse de manera agresiva e irreverente, lo cual le permite «humanizar» a las deidades dotándolas de la sustancia densa y tangible de los seres mundanos y, al mismo tiempo, el sacerdote se ha impregnado de esa sustancia divina que lo convierte fugazmente en una deidad.

Los hermanos son testigos de las plegarias del Ah-Men que, enajenado, canta y ora en un derroche verbal que se prolonga por horas:

—¿Quién eres tú engendrador? ¿Quién eres tú? ¿El de las tinieblas? ¿Cuál fue tu árbol? ¿Cuál fue tu planta? ¿Cuál fue tu linaje? Ah Ci Tancas, Ah Co Tancas, Balam Tancas, Ah Mo Tancas, Ceh Tancas.

El sueño vence a los jóvenes. Al despertar, constatan la manera sorprendente en la que el dios del maíz se ha transformado. De su aspecto rejuvenecido resalta la tersa piel, su cabellera luce más larga y abundante. Como una cascada multicolor, una capa de plumas cae sobre su espalda, infinidad de criaturas pululan y se asoman por el plumaje que roza el piso.

Un pájaro carpintero que lleva un turbante cubierto con ojos se acerca para hablarles sobre la parafernalia de la deidad:

—La concha marina que porta en la cintura, representa a la parte femenina de la naturaleza. Así, el joven dios se ostenta como el Padre-Madre.

—Mira cómo se agita su faldellín de cuentas cuando camina —señala Sabina.

Un joven que en lugar de mano tiene la efigie de un personaje de larga nariz irrumpe para advertir:

—Junto a la ceiba verde, se encuentran ya los tripulantes: el Remero Mantarraya, que representa al día y a la presente era, la espina que atraviesa su tabique nasal es el elemento emblemático de los gobernantes mayas.

—Su tocado parece una fusión entre tiburón y cocodrilo —señala Sabina.

—Tiene la quijada inferior deslizada hacia adelante — afirma Bruno.

—Se dice prognata —corrige la joven.

—A su lado, se encuentra el dios Remero Jaguar, en su tocado porta el signo de la noche Akab, que representa a la era anterior —agrega la efigie narigona—, ambos remeros se complementan y confunden de la misma manera que la vida y la muerte, su avanzada edad los dota de la gran sabiduría necesaria para guiar las canoas.

Con un golpe de su bastón coronado con la efigie del dios K'awiil, el chamán fractura el suelo y la caverna comienza a inundarse. El agua fluye a borbotones arrastrando al Dios Maíz junto con la embarcación y sus tripulantes en un violento remolino que penetra al interior de la ceiba.

El silencio se impone.

—¿Cuál es su destino? —preguntan los hermanos al unísono.

—Entre los diversos ámbitos del universo: cielo, tierra e Inframundo, un constante flujo de energía divina hizo posible la existencia sobre la tierra. Hoy esa comunicación entre los tres planos es permanente, utilizando diversas vías entre las cuales destaca el árbol cósmico, al que también llamamos «El camino de los dioses» ya que funge como conducto entre las moradas de las divinidades y el mundo de los vivos y los muertos —al terminar la confusa explicación, Chilam se desvanece.

—No me queda claro —se cuestiona Bruno.

—Quiso decir que, a través de la ceiba, circulan entre cielo, tierra e Inframundo —le responde su hermana—, sin embargo, su destino es incierto.

—Me gustaría volverlo a ver —suspira él—. ¿Por qué será tan importante alcanzar la liberación de los dioses remeros?

El estrepitoso murmullo semejante a una ola crece con fuerza acompasando el brote de agua cristalina que inunda el hueco donde hasta hace unos minutos se elevaba la ceiba. En la superficie de la poza naciente flota un hombre acompañado por un pelícano que agitando sus alas mojadas se dirige a los hermanos:

—La acción de remar es transformativa, el tránsito de la barca por los diversos reinos cósmicos establece en ellos un orden.

El hombre de la barca se incorpora para continuar:

—Provistos de remos, transportan y guían a los recién fallecidos o bien a aquellos que están a punto de entrar al mundo de los vivos. Su tarea más importante es conducir en su canoa al maíz difunto por los ríos del Inframundo acuoso para acompañarlo en sus peripecias y velar por que su germinación sea exitosa.

Conforme se aleja, la voz del hombre se percibe como eco:

—En ocasiones especiales, les es encomendado depositar los huesos de los gobernantes fallecidos en un lugar predestinado para su resurrección —El nadador se pierde en la corriente.

Cuando los jóvenes se disponen a intercambiar opiniones, un águila con un gran par de orejas y que presenta plumas de quetzal aterriza frente a ellos, sin siquiera mirarlos se dirige al recoveco de una peña para extraer con el pico lo que parece un libro en forma de acordeón, con esmero lo extiende y lo deposita en las manos de Sabina agregando:

—Aquí encontrarán la historia del origen.

39 – LA HISTORIA DEL ORIGEN

Los hermanos no tardan ni un minuto para perderse en su apasionante contenido:

El principio del mundo sucedió en Cuatro Ahaw, Ocho Cumku[23], día en que se creó Winik que es la conciencia humana, cuyo símbolo calendárico es la veintena nombrada Winal.

—El mes maya —afirma Sabina.

Sobrecogidos por la belleza del libro hecho de papel de amate, los jóvenes intercambian miradas cómplices celebrando que ambos comprenden su lenguaje. Asombrados, escuchan la voz que escapa de las páginas del escrito:

—En la fecha 9Kan 12Kayab, treinta y cuatro mil años antes de la creación del mundo, se formaron los grandes ciclos del tiempo, poderosos dioses dotados de conocimiento y razón.

Una voz anciana le arrebata la palabra al primer narrador:

—Cada día es una divinidad que rige la vida de los hombres y los influye, los Dioses Tiempo no solo dinamizan al mundo, sino que penetran en los individuos para templar su K'ihn, es decir, forman su alma destino, su semilla-corazón[24].

La primera voz regresa:

—Las diversas unidades temporales son deidades.

—¿Eso significa que cada período de tiempo también es un dios? —pregunta Bruno.

—Así es. El transcurrir del tiempo es un elemento sagrado creado por los dioses —afirma la voz misteriosa—. Su trayectoria y sus ciclos son divinizados a través de un juego de espejos en el que los movimientos celestes en el espacio corresponden con la vida en la superficie de la tierra, por lo que el calendario es la deidad suprema. Este y el cosmos se estructuran a partir del arte combinatorio de números sagrados —responde la voz.

Una intervención femenina refresca el coloquio:

—Las cuentas calendáricas enlazan el presente de los escribas y los hombres con los remotos mitos de la creación —su tono aumenta al afirmar—: el calendario es una conexión entre el tiempo cósmico y el tiempo humano, se puede decir que es una puerta que le permite al hombre acceder a los misterios del universo.

—Haría falta un ejemplo para ayudarnos a comprender mejor —clama Bruno, que con agrado escucha la réplica de la voz femenina.

---

[23] 19 de agosto de 3114 a.C.
[24] Calendario Tzolkin de 260 días que hace referencia a los 266 días de embarazo y al intervalo de 260 días entre mudas de las serpientes.

—Los días del calendario son fisuras o canales que permiten interpretar tanto el presente como el futuro, así como las fuerzas divinas que rigen la vida del universo. Los días se suceden y se agrupan en grandes ciclos.

—¿Ciclos? ¿Las unidades temporales que son dioses? —se preguntan ambos jóvenes.

—Precisamente —sentencia una especie de coro que agrega—: Piktun de 2,880,000 días.

—Baak'tuun de 144,000 días— susurra otro grupo.

— K'atuun de 7,200 días— dice una voz solitaria.[25]

—Y Ha'ab de 360 días —concluye otra que afirma—: La visión de tiempo y espacio se debe a una proyección terrestre de las trece constelaciones pues los astros son agentes del destino humano.

Antes de darles tiempo para preguntar termina:

—Esto lo comprenderán cuando las estrellas sean sembradas.

Ambos jóvenes intentan, en vano, desentrañar el misterio de las extrañas aseveraciones.

Sabina toma el libro y continúa ella misma la lectura en voz alta:

—Junto con las deidades del tiempo, también fueron creados los dioses trillizos, además del dios Itzam Uch: Saurio-Zarigüeya, así como Waklajun Yo K'in: Dieciséis Atardeceres. Todos contribuyeron a la organización de la cuenta del tiempo.

—¿Los dioses trillizos? —recalca Bruno.

Una estruendosa voz responde dejándolos atónitos:

—En el año 9 IK 15 Heh[26], en un lapso de 20 días, de la Señora Bestia, nace una triada de dioses progenitores. El primero en nacer es entronizado en el cielo haciendo las veces de una deidad principal que precedía al sol. Una vez coronado, decapita al cocodrilo cósmico propiciando una inundación de sangre de la que surge el firmamento sobre el mar primitivo.

La conmovida voz de un anciano les contagia su emoción:

—Fue entonces que los dioses remeros depositaron las tres piedras en el corazón cósmico dando origen a la constelación Áak Ek, conocida como la Constelación Tortuga[27], cuya contraparte en la tierra son las tres piedras del fogón que arden en las cocinas.

—Al colocar las tres piedras en el centro del universo se creó el hogar — afirma Bruno.

—¿Cómo puedes tú saberlo? —le reprende su hermana.

—Esa revelación me la hizo el Conejo de la Luna, mencionó que los remeros participaron también en el cambio y la renovación de los fogones-corazón en distintos espacios de la geografía sagrada.

---

[25] Existen otros ciclos: K, lo equivalente a 20 Piktnes, es decir, 57 600 000 días, que equivalen a 160,000 años.
[26] Octubre 2360 a.C.
[27] El cinturón de Orión.

La joven continúa leyendo:

—Las tres gemas que forman la Constelación Tortuga —Áak Ek—, constituyen una nebulosa ardiente que porta en su interior el origen de la vida.

El tiempo transcurre, aunque ambos se encuentran exhaustos no logran soltar el libro, o quizás sea este quien no quiere que lo dejen.

El silencio es roto por un ser sin ojos que afirma:

—Soy el Dios Ciego, tienen que volver conmigo a la cancha.

—¡El Torneo! —dicen los dos al unísono.

40 - EL FINAL DEL JUEGO

Mientras que, confundidos y sin entusiasmo, van de regreso al juego, una criatura que tiene los ojos en el pecho los intercepta para llevarlos ante la presencia de Huk Sip Winik, el Señor de los Venados. Cuando llegan a su destino, ambos presienten que se encuentran frente al lecho de muerte del dios quien luce enfermo y agonizante, un grupo de venados de aspecto humano que portan las mismas marcas en las orejas y las antenas de su señor le rodean esperando el triste final.

El Dios Ciego les advierte:

—Ellos son los Sips, los espíritus venado quienes lamentan el atentado sufrido contra su dios por parte del Murciélago de la Lluvia quien ha intentado neutralizarlo.

—¿Por qué? —pregunta Bruno.

—Sin su injerencia, es imposible que el equipo de los monarcas gane el juego de pelota.

Como si pudiera ver, el ciego señala:

—La mujer que se aleja cabalgando sobre el venado de cuyo cuello cuelga una trompeta de concha parte desesperada en busca de ayuda.

Un hombre corpulento que ostenta una garra de felino brotando de su frente aparece haciendo que el venado que monta la esposa de Huk Sip Winik se detenga de manera abrupta. Ella, a punto de caer, le escucha sobrecogida:

—Detente señora, hemos traído para ti la esperanza y el consuelo. Debes saber que el Dios Maíz ha sido liberado —afirma con ímpetu mientras que extiende hacia ella su brazo con la palma de la mano abierta para depositar en la de ella los cabellos dorados de maíz que brillan con un enigmático destello.

Agradecida, ella le dice:

—Prepararé con ellos una pócima para que mi señor vuelva no solo a la vida, sino a la contienda que pronto comenzará.

Como un vértigo, regresa el recuerdo del juego de pelota. Un minuto después, Bruno y Sabina se encuentran frente a la cancha en el mismo instante en que la habían abandonado, y avanzan abriéndose paso entre el público. Los dos se impregnan de la intensidad del juego, la única novedad es que todo el equipo, tanto los reyes como los gemelos portan trajes de serpiente emplumada.

—Visten así para evocar a los remeros celestes que vencerán y capturarán a los dioses vivos de las viejas dinastías del Inframundo —declara el Dios Ciego quien los ha acompañado en su viaje de regreso.

El público da rienda suelta a su naturaleza salvaje. La pelota se ha regresado del aro dos veces, al observarla detenidamente ambos notan una protuberancia.

—¡El balón es el conejo enrollado! —afirma Bruno sorprendido.

—¡Y se niega a pasar por el aro cuando el equipo del Inframundo trata de anotar! —declara su hermana tras un breve momento de reflexión.

El equipo de los emperadores logra tres anotaciones consecutivas, todo parece marchar de maravilla hasta que uno de los jueces toma la pelota por las orejas y deja al descubierto el truco, lo levanta y lo expone: ¡Es el conejo!

Un escándalo explota. Como un torbellino entran las huestes infernales, haciendo prisioneros a todos los miembros del equipo de los reyes. Los atan de las manos y los expulsan del espacio ritual, lo más perturbador, es que ninguno opone resistencia.

El público se levanta y en loco frenesí sale detrás del séquito disfrutando del espectáculo que ha rebasado todas sus expectativas. Los eventos se suceden como una borrasca.

Sabina y Bruno, con el espíritu quebrantado, apenas logran respirar. Se mezclan entre esa muchedumbre que encarna todas las flaquezas. Vagan sin dirección, olvidando que también corren peligro. Se preguntan cuál será el destino de los reyes mayas, de Pakal y el de los gemelos divinos.

¡Imposible de creer! Después de largas horas de aflicción, se anuncia de manera estruendosa que todos serán inmolados, ¡Sacrificados!

—Oh dioses, pero ¿qué es esto? —se lamenta la joven que llora por Pakal—, temo que la realidad me engañe.

—¿Acaso será un sueño en el sueño? Esto es imposible de creer, lo que está sucediendo es mucho más incomprensible que todos los hechos fabulosos que hemos atravesado —clama Bruno con angustia.

—¿Cuál es el sentido de todo esto? —grita la joven angustiada.

Una mujer con el cuerpo hinchado, purulento y plagado de pústulas que se desbordan de gusanos despidiendo un olor insoportable se acerca a ellos lanzando una terrible sentencia:

—No todo tiene explicación, no todo obedece a un sentido, ni es justo o lógico ¡Aprendan a vivir con eso!

Lúgubres nubes planean calladamente sobre sus corazones. Ambos sollozan.

—¿En dónde está K'inich Ahaw el Sol Jaguar del Inframundo? —dice la muchacha.

—¿Estará Itzamnáaj enterado de esta atrocidad? —dice su hermano con la voz ahogada.

—¿No se trataba de un plan maestro? —reclama Sabina con los puños levantados dirigiéndose a entes invisibles que imagina.

Especulando, los hermanos encuentran consuelo mientras enumeran los distintos milagros que imaginan. El tiempo transcurre, nadie aparece para detener el agravio.

Una refrescante brisa acaricia sus rostros, murmurando palabras que los toman por sorpresa:

—La muerte es el peor desenlace posible para ciertos mortales que viven tratando de evadirla o de retrasar su llegada. Las personas la aguardan como una inevitable condena, como la mayor de las desgracias y su espera impregna algunas vidas de miedo y de incesante sobresalto. Un deceso significa en la gran trama universal tan solo un cambio de entorno o escenario, lo equivalente al entrar o salir de una habitación. La vida se prolonga en la muerte que es una fase del ciclo infinito. Origen y destino se unen.

—Entonces, ¿no somos polvo que se convierte en polvo? —pregunta Bruno.

Como transfigurada, Sabina se pone de pie para agregar con voz firme:

—De donde tú vienes, se considera que los seres humanos nacen manchados por el pecado original. La inocencia no existe —Bruno comprende que se dirige a él asumiendo el rol de Tz'ak-b'u Ahau, la consorte de Pakal—, la transgresión cometida por las madres al concebir a sus hijos es como una mancha que los afecta, se proyecta como una sombra en sus vidas que transcurren entre el miedo, el remordimiento y la culpa. Estos viven buscando el perdón o la expiación de sus pecados para alcanzar la salvación. La esperanza de gozar una eternidad gloriosa después de la muerte anima a muchas personas a vivir bajo preceptos muchas veces obsoletos, la obediencia incondicional es un precio justo que pagar durante su corta existencia mortal.

—¿De donde yo vengo? —protesta Bruno consternado—. ¿Acaso no eres mi hermana?

—Claro que lo soy, también te puedo hablar de otra manera de abordar la existencia en la que se persigue el bien colectivo y no la salvación personal, donde el concepto de pecado es desconocido —responde serena.

La apasionada conversación se ve interrumpida por el sonido de un lúgubre tambor que anuncia la inminente ejecución, su trágico tañido es un suplicio, cada golpeteo lacera sus corazones.

Frente al cadalso se presenta un hombre colosal con el cuerpo pintado de negro quien se dirige a la multitud:

—Soy Cráneo de Tucán.

Exaltados, los hermanos se abrazan al escucharlo interrumpir la ceremonia de inmolación. Con los ojos turbios y una voz que lastima los oídos, el hombre pintado hace invocaciones acompañadas de un extraño fragor. Con las piernas abiertas, extiende los brazos a los lados y los levanta uniendo las palmas de sus manos sobre la cabeza.

—¡Vengan a mí el rayo y el trueno!

Impactantes relámpagos negros se estrellan contra el piso que tiembla con fuerza.

—Que la nube roja colmada del granizo mortal vuelque su contenido sobre mí —con semblante crispado sentencia—: ¡Que vuelvan los días nefastos!

En unos segundos una tormenta de lodo que acarrea granizos como piedras se precipita. Las nubes rojas y negras toman la forma de aves que materializadas arremeten contra la muchedumbre atacándolos con sus afilados picos. Adoloridos, y en medio de gran confusión, los presentes se esparcen. Una vez que ha impuesto el desconcierto, el hombre poderoso se transforma en sangre coagulada y desaparece como una densa corriente absorbida por la tierra. Aprovechando el caos, los dos jóvenes se alejan del cadalso sin voltear, para no ser testigos del irremediable desenlace. Poco a poco la tormenta amaina. Desde un lugar apartado, los muchachos escuchan acongojados los aplausos y los vítores lanzados por el público sediento de sangre.

Mientras corren sofocados, la apresurada huida es interrumpida por la siempre grata presencia de la luciérnaga que les dice:

—Tienen que volver para que sepan lo que realmente sucedió.

Esperanzados y sin pronunciar palabra, dan la media vuelta. Avanzan imaginando todos los escenarios posibles, mas al llegar, se topan con algo totalmente inesperado.

Diseminados por el piso, yacen los cuerpos decapitados de todas las deidades del Inframundo. Incrédulos, los enumeran una y otra vez, pronunciando sus nombres:

—Yum Kimil, Kimi, Hun Ajaw, Hun Camé, Vucub Camé y Ahau Kin. Quizás nuestros ojos nos engañan —dice Bruno cabizbajo—. Debe ser una trampa, vámonos de aquí.

El conejo que siempre se manifiesta cuando más lo necesitan, los aborda pausadamente:

—¡Calma! les puedo asegurar que lo que ven es real, no olviden que los dioses caducan.

—Entonces ¿Mis compañeros de equipo están vivos? —pregunta Bruno anhelante.

—¿Y Pakal? —cuestiona Sabina sollozando.

Él asiente con la cabeza mientras les hace otra revelación:

—Gracias al auspicio de los Nueve Señores de la Noche, Bolontiku, que simbolizan las energías de la muerte, Cráneo de Tucán indujo la tormenta destructiva para provocar el caos.

—¡Lo sabía! ¡Todo fue un artificio! —dice Bruno sentándose.

El conejo prosigue tras un guiño:

—Mientras se oscurecía el cielo y la atención se centraba en la violenta tempestad, los trajes de serpiente emplumada que les habían sido retirados al equipo de los reyes mayas prisioneros les fueron ofrecidos a los arrogantes dioses del Inframundo. Estos asumieron que, al usarlos, los poderes y la energía de los príncipes les serían transferidos. Una vez terminada la borrasca, los verdugos hicieron su trabajo, ignorando la verdadera identidad de los portadores de los atuendos reales, confundiéndolos con los prisioneros enemigos e ignorando sus protestas decapitaron una a una a las deidades que gobernaban el Xib'alb'á.

Conforme las cabezas iban cayendo, la euforia y el clamor se convirtieron en gritos desgarradores, todas las criaturas huyeron despavoridas al comprender la realidad del drama que para ellos acababa de ocurrir.

—¡Sus dioses exterminados! ¿Qué será de ellos y de su oscuro y tenebroso mundo? —dijeron los hermanos, inmersos en una estrepitosa desbandada.

Desde el sentido opuesto, se acerca un hombre vestido como Zarigüeya Ooch que porta sobre su cabeza una mitra decorada con nudos que presagian sacrificio, en sus manos sostiene un abanico y un palo de lluvia. Una flor alada que gira en torno a la cabeza de los hermanos afirma:

—Es un Uuayayab, el sacerdote que personifica a las deidades de las tormentas y de las fuerzas telúricas, sobre su espalda porta los augurios del año.

Como poseído, el sacerdote levanta el palo de lluvia pronunciando una devota súplica:

—Gran Señor Chaak, tú que te alimentas del olor de la madera del lugar de la lluvia, ven y habita las ceibas de los cuatro rumbos, golpea las nubes con tus hachas y sonajas para que de ellas surjan truenos y relámpagos. —El Uuayayab pasa de la súplica a una orden contundente—. Desde la copa de cada uno de los árboles sagrados te transformarás en Yopaat, el rayo, sonido invisible que precede a la tormenta, mueve los corazones y despierta a las semillas.

Sobre las gigantescas ceibas, los hermanos descubren cómo se materializan aspectos desdoblados del dios de la lluvia.

Mientras el sacerdote los enumera, adopta en su mitra el símbolo de Seis Nubes, nombre del reino donde habitan y que las deidades llevan en sus tocados:

—Chaak Rojo del Oriente... Chaak Blanco del Norte... Chaak Negro del Oeste y Chaak Amarillo del Sur —Uno tras otro aparecen majestuosos.

Cuando los hermanos alzan la mirada, encuentran por encima de las copas de las ceibas a otros dos Chaak sentados espalda con espalda apoyados en una banda celestial. Al mismo tiempo, los testigos experimentan la misma visión: Chaak camina sosteniendo una antorcha, su pene se prolonga para formar el cuello y la cabeza de una garza que se despliega como una corriente de agua.

Suspendida sobre una nube del color de la ceniza, Chaak Chel, Arco Iris Grande, una anciana encorvada con tocado de serpiente enroscada que luce garras en lugar de pies, vierte su temible cántaro con los poderes destructivos de la lluvia. Mientras los hermanos la observan, descubren que la diosa de la humedad, la niebla, la tormenta y el rocío nuevo, es bañada a su vez por un aguacero mitad azul, mitad negro y su tocado se ha transformado en una garza que lleva un pez en el pico.

De las alturas, un espíritu coronado con jades desciende envuelto entre las curvas de otra nube con forma de serpiente. El sacerdote zarigüeya exclama:

—Comienzan ya a desprenderse los dioses pluviales que con la ayuda de plumas de guacamaya esparcirán sobre las nubes el tizne llamado Sabak: la semilla de la lluvia y el origen de los diluvios —sin medir el efecto de sus palabras agrega—: La fecha de hoy es Trece Oscuridad, que significa desequilibrio y tenebrosidad, prepárense para lo peor.

Un brutal estruendo aturde los sentidos de los hermanos, el cielo se enciende con mil relámpagos que impactan la tierra provocando un ruido ensordecedor, rayos y centellas envueltos por nubes tan negras como cuervos que viajan a sorprendente velocidad se ciernen sobre sus cabezas.

Un despiadado y desgarrador viento se levanta arrastrando todo lo que encuentra a su paso, acompañado de un agudo silbido que los paraliza aterrados. El gran diluvio que se anuncia.

Una resonante descarga que ilumina el cielo retumba en el suelo y las vibraciones suben hasta sus nucas, caen las primeras gotas como una sinfonía que va creciendo. Se transforman en furiosos proyectiles líquidos que duelen como punzadas cortantes. Los enormes granizos rebotan como canicas saltarinas.

No tardan en aparecer las impetuosas crecidas de agua, cuya corriente devora y arrastra todo lo que encuentra a su paso, incluyéndolos a ellos dos. En medio del caos, Sabina y Bruno, resignados, se toman de la mano para dejarse arrastrar por el helado caudal. Esta vez, el conejo no desaparece. Ambos lo toman por las orejas para fluir con él. Los tres permanecen largo rato a la merced del agua que serpentea entre árboles y construcciones. Lo que más les aflige es ser golpeados por algo o quedar rezagados. La fuerza de la terrible tormenta va en aumento, ellos se resignan a su trágico destino.

El tiempo transcurre y van perdiendo las fuerzas para mantenerse a flote. No les queda más remedio que asirse a un poderoso árbol cuya copa está sumergida hasta la mitad. Los minutos corren, su esfuerzo es en vano, el agua sube vertiginosamente.

Los hermanos se abrazan con fuerza para despedirse:

—Bruno, si vamos a perecer aquí, me alegra que estemos juntos.

—Aguanta, Saby, este no puede ser el final.

El sueño se apodera de ellos, una visión invade sus sentidos: un quetzal y una guacamaya, la encarnación del fuego y del sol entrelazan sus largos cuellos mientras unidos efectúan un vuelo real. El dios solar nace de los picos de ambos. El joven siente que se le escapa la vida, la hermosa visión lo ha hecho reaccionar.

Mientras sacude a su hermana, le dice:

—Tenemos que luchar para volver a estar con nuestros padres ¡Ellos nos esperan! Desesperados, gritan pidiendo ayuda.

Dos suntuosos quetzales, que vuelan sobre sus cabezas, acuden al llamado. Sin perder tiempo, escalan por su plumaje verde-azul y, así, colgando de sus dos colas, se elevan por encima del mortal diluvio que pronto queda atrás.

El conejo que cuelga del hombro del muchacho les cuenta un hermoso relato que escuchan mientras sobrevuelan la devastación:

—El quetzal K'uk o Qu nació en el momento en que los dioses Kukulkán y Tepeu lanzaron su soplo divino sobre el árbol Guayacán. Cuando sus hojas iban cayendo, tomaron la forma de esta vistosa ave sagrada que representa la fertilidad, la abundancia y el poder. Su canto se escuchaba a grandes distancias y era de una belleza indescriptible. Desde que el hombre blanco invadió nuestras tierras, el quetzal guardó silencio y no se le ha vuelto a escuchar. Solo cantará otra vez cuando nuestro suelo sea libre de nuevo, por lo que, llenos de esperanza, los dos quetzales acudieron a su llamado de auxilio.

Después de un plácido vuelo, son depositados en la cima de una montaña. Mientras tratan de descansar y de asimilar la difícil experiencia, les invade una profunda melancolía, en vano, Bruno trata de enjugar sus lágrimas.

—Recuerda hermano que el corazón y las lágrimas tienen vida propia.

Con los ojos anegados, él agrega:

—La vida no nos pertenece, somos nosotros quienes le pertenecemos.

41 – DESAPARICIÓN DEL XIB'ALB'A

Ninguno de los dos se atreve a moverse. La oscuridad y el silencio son absolutos e imponentes, los muchachos permanecen mudos y extraviados, contando cada segundo que transcurre. El hambre y la sed les hacen dejar el miedo atrás:

—Hermano, tenemos que hacer algo. Debemos salir de aquí.

—Tienes razón, al parecer nadie nos busca.

La esperanza les da valor y abandonan la oquedad que les sirvió como abrigo. La tenue luz que los baña les hace pensar que está amaneciendo. Gracias a la claridad, Bruno la mira asombrado y corre para estrecharla en sus brazos:

—Has recuperado tu rostro de antes, ¡la Reina Roja se ha ido!

Con alivio, la joven palpa su rostro. Mientras se inclina a pensar que todo quedó atrás, se pregunta si podrán volver a la vida de antes. «No soy la misma, piensa mientras su corazón se angustia recordando a Pakal, ¿Será que con mis rasgos mayas también él desapareció de mi vida?».

Un vacío y el desconsuelo se instalan en su pecho.

Mientras caminan buscando agua, a la mente de la joven acuden recuerdos que le hacen revivir viejas experiencias y descubrir verdades insospechadas: «Tz'ak-b'u Ahaw vive en mí, siempre estuvo conmigo. Desde mi más tierna infancia estuve rodeada de presencias que disputaban e invadían mi espacio, entidades ajenas a mi cotidianidad que me atormentaban noche y día. Se manifestaban, aún lo hacen, ya fuera en los rincones, detrás de las puertas, en mi hogar, o lejos de él, a plena luz del día o en las sombras. En ocasiones lánguidas sombras desfilan ante mis ojos, otras, su aspecto es tan terrenal que llego a confundirlas con mi entorno natural, a veces solo los escucho musitando palabras en lenguas incomprensibles, muchas otras penetran en mis sueños y me hacen pronunciar palabras incomprensibles. He llegado a palparles con mis manos y he sentido las suyas sobre mí, sus cuerpos han rozado el mío y he percibido sus florales aromas o sus abominables hedores. Las más de las veces, llegan a mí criaturas de luz, pero muchas otras también se acercan entes malévolos, sombríos, confusos e indescifrables que pretenden arrebatar mi energía, mi paz y mi sosiego. Fui presa del horror, de la angustia y del aislamiento, ya que nadie me creía. Todos en mi entorno trataban siempre de encontrar una explicación lógica de lo que me acontecía. Querían convencerse a ellos mismos de que todo estaba bien y de que yo imaginaba de más. Poco a poco, aprendí a cohabitar con esas presencias que, aún ahora, me hacen un fuerte efecto. Pero es gracias a esta experiencia mágica que he encontrado una respuesta.»

Los dos vagan sin rumbo. El paisaje es tan desolador como su sentir. Después de días interminables, perciben un zumbido familiar.

—¿Habremos encontrado algún indicio de vida? —pregunta ella emocionada.
—¿Estás oyendo lo mismo que yo?
—Sí, claro, ¡parecen insectos!
— Tú crees?

Conforme avanzan, aquel imperceptible balbuceo crece hasta convertirse en un alboroto ensordecedor. Frente a ellos se despliega un extenso paraje, sus pasos van acompasados por un sonsonete prometedor y no tardan en encontrar una gran cantidad de insectos que, curiosos, pululan alrededor de los asombrados muchachos.

—Mira, Saby, son cigarras, fíjate como van surgiendo de la tierra.
—Sí, ¡su canto me alegra mucho! ¡No estamos solos!
—Claro que no, recuerda que los insectos son los únicos sobrevivientes a los cataclismos.
—Tienes razón, he leído que las cigarras pasan diecisiete años bajo el suelo, una vez en el exterior, mudan de piel, revolotean por cinco semanas y mueren.
—Nunca creí que la compañía de simples cigarras llegara a conmoverme de esta manera, ¡cuán poco apreciamos y respetamos a las criaturas de la naturaleza!
—¡Mira esas piedras repletas de cucarachas!

Conversando, atraviesan un enjambre de moscas con alas verdes, azules, moradas, blancas y hasta naranjas.

No podían faltar los siempre agobiantes mosquitos que con sed revolotean sobre sus cabezas. En una superficie arenosa una interminable hilera de hormigas negras que llevan su preciosa carga se proponen reconstruir su hogar. Más lejos, en lo que parece un árbol petrificado, se encuentra una telaraña en espera de alguna apetitosa víctima.

Tras una larga jornada, una nueva melodía los anima:
—Son los grillos, acompañados por los sapos que son los músicos de Chaak, el dios de la lluvia —afirma el muchacho emocionado.
—Tienes razón, lo había olvidado —contesta su hermana—, ¿Qué milagro habrá hecho posible que estas criaturas siguieran vivas?

Posado sobre unas ruinas, un insecto emplumado le responde:
—Las semillas corazones de todas las criaturas son insectos, su variedad inmensa, sustancia divina de hombres, astros, meteoros, animales, plantas, rocas y elementos, se sintetiza en una multitud de seres tales como hormigas o abejas, magnífica explosión de vida. Los gérmenes, larvas, semillas, siempre en bulliciosa actividad colaboran para perpetrar y mantener este mundo. —Tras una pausa agrega—. He venido para conducirlos con los guardianes de las plantas, por favor síganme.

Con la esperanza renovada los dos avanzan siguiendo los hilos dorados que el insecto va tejiendo a su paso.

Dejando atrás una inmensa brecha, una mariposa vuela hacia ellos para darles una inesperada bienvenida:

—Los esperábamos antes, me alegro de que hayan llegado con bien.

—Estamos felizmente sorprendidos, aún no alcanzamos a comprender este afortunado milagro —afirma Bruno eufórico—, creímos que todas las criaturas habían desaparecido.

—Nuestro Señor de la Abundancia de Plantas y Animales —responde alegremente la mariposa con antenas de flor—, ordenó nuestra intervención para preservar de la gran destrucción al mayor número de criaturas posible, por lo que, al lado de los pájaros protectores de las flores, alzamos el vuelo con cientos de semillas, flores y larvas entre nuestras alas para evitar que perecieran como los demás. Ahora nos retiramos para que puedan descansar.

Ambos jóvenes intentar conciliar el sueño, el silencio que reina es interrumpido por Sabina:

—Mi mente no deja de darle vueltas a los sucesos recientes, el desenlace del juego de pelota fue demasiado simple.

—Yo pienso lo mismo, hay algo que se nos escapa —contesta Bruno.

—Nos hemos topado con elementos, entes y personajes que han resuelto situaciones de antemano perdidas, tengo la sensación de que algo o alguien nos estuviera manipulando como marionetas —agrega ella.

—Yo siento lo mismo —concluye él.

Mientras conversan, alguien los observa, se dan cuenta de que no están solos, ambos reconocen un rostro familiar, emocionados exclaman al mismo tiempo:

—¡Es la mandrágora!

—¡Sí, el hombre árbol, ¡el eslabón entre ambos reinos! —afirma la chica.

Llenos de júbilo se precipitan a su lado, la mandrágora sin darles tiempo de interrogarla responde con alegre semblante:

—Se me ordenó permanecer en el cerco sagrado y aquí me tienen.

Sin siquiera pedírselo, intenta disipar la suspicacia de ambos:

—Nadie maquina contra ustedes, ni mucho menos se pretende usarlos. Ahora voy a aclarar todas sus dudas.

Con entusiasmo se instalan cómodamente para escucharlo.

—El Xib'alb'a se compone de nueve estratos, cada uno presidido por alguno de los nueve Señores de la Noche conocidos como Bolontiku.

—Yo vi sus efigies plasmadas en los muros de la cámara funeraria de Pakal —afirma Bruno.

—Así es, ellos son los perpetuos centinelas de nuestro rey. Sin saberlo, ustedes dos tuvieron que completar nueve enseñanzas para poder acceder al Xib'alb'a, el último nivel del Inframundo.

Un chango cuya dentadura le llega hasta el pecho irrumpe para agregar:

—Eso mismo les pasa a todos los muertos, deben atravesar nueve etapas para purificarse.

— Ahora que lo pienso… es la misma cifra del novenario de los católicos —agrega Sabina.

Impaciente, la mandrágora retoma la palabra:

—Como les decía, los Bolontiku gobiernan en ciclos de nueve noches, y son los eternos adversarios de los dioses del Xib'alb'a. Por mala fortuna, hay quienes confunden a los Bolontiku con las deidades oscuras, aunque la realidad es muy distinta, ya que son entidades benéficas y benignas que actúan como guías e inspiradores.

Cuando el chango trata de intervenir, la mandrágora le hace perder el equilibrio agitando una de sus ramas para que lo deje continuar:

—Se trata de cuatro entidades femeninas y cinco masculinas que se aparecen en sueños como personajes que no hablan directamente, sino que inducen a la experiencia. De seguro ustedes han soñado más de una vez con ellos. El más poderoso de los Señores de la Noche es el dios del número nueve, quien simboliza la energía de la muerte y, al mismo tiempo, es el complemento dialéctico de las fuerzas vitales del cosmos; su mortal enemigo es Oxlahuntikú, el Dios Trece.

—¿Es gracias a los nueve dioses que pudimos superar los obstáculos? —pregunta Sabina.

—Así es, sin olvidar que ellos propiciaron la fuerte tormenta que acaparó la atención para exterminar a los dioses Xibalbanos. Los Bolontiku, cuyos nombres no pueden ser mencionados siempre estuvieron contra la crueldad, el orgullo, la vanidad y la soberbia de los dioses Kisin, Hun Ahaw, Ah Puch, Yum Kimil —concluye la mandrágora.

—Yo me los aprendí, presume Bruno: El del pie quebrado, El que vomita sangre, El esparcidor de cenizas, El petate viejo de los muertos, El que baja la cabeza.

—¿Han sido destruidos los nueve estratos del Inframundo? —pregunta su hermana.

—Por supuesto que no, solo se colapsó el último nivel, es decir, el Xib'alb'a, la vida continúa su curso normal en los niveles superiores —responde la mandrágora.

—¿Y en cuál de ellos nos encontramos? —interroga Bruno.

—Verán: Un árbol es la parte visible de un ser muy complejo, la otra fracción son sus raíces. Un pequeño trozo de tierra posee metros de ellas que forman una intrincada red —responde el hombre árbol.

—Pero eso nada tiene que ver con lo que te pregunté —protesta el muchacho.

Sin importarle que ambos hermanos estuvieran apoyados sobre su corteza, la mandrágora da la vuelta y avanza. Mientras ellos caen al piso, ella camina imperturbable. Los hermanos se ponen de pie y corren tras ella tratando de alcanzarla. Los tres recorren una inclinada y escarpada pendiente. Después de ascender varios metros llegan a una cueva. El hombre árbol los ha hecho entrar a un espacio en donde se aprecian metros y metros de todo tipo de raíces entrelazadas entre sí. El olor a humedad los invade. De diversos diámetros, texturas y colores, las raíces penetran el techo y las paredes de la caverna, algunas cuelgan libremente, otras se arrastran por el suelo, más allá se enredan como si se arrullaran, otras son tan largas que se pierden en la distancia. Una raíz de color rosado que pende sobre sus cabezas mueve los folículos como si fueran piernas, los más cortos parecen brazos.

Su lánguida voz se dirige a ellos:

—Soy la contraparte de un hongo rosado, nosotras las raíces formamos redes para intercambiar alimento o para enviar señales de ayuda.

Otra de porciones enormes continúa:

—Nosotras, las raíces de los árboles protegemos y ayudamos a las más jóvenes, al igual que a nuestros ancestros y vecinos, el deber de los más fuertes es proteger a los débiles. Somos el cerebro del bosque.

Los jóvenes hermanos se miran, aunque se sienten maravillados esperaban otro tipo de respuesta.

—¿En qué estrato nos encontramos? —insisten.

Impaciente, la mandrágora responde:

—Creí que para ustedes era evidente que nos hallamos en el nivel más cercano a su lugar de origen, y que, trepando por cualquiera de estas raíces, podrán volver a su hogar.

—Hermano, ¿Crees que será tan simple? ¿Quieres que nos retiremos así?

—Quisiera saber qué sucedió con lo que dejamos atrás, por otra parte, sé que tu corazón tiene dueño, así es que, vamos a esperar alguna señal.

Ruborizada, Sabina comprende que Bruno ha descubierto su secreto y se siente agradecida de que lo haya hecho:

—Tienes razón, ansío volver a verlo, no puedo pensar en ninguna otra cosa.

Optimistas, ambos deciden tomar un descanso, relajados y para matar el tiempo, hacen un recuento de algunas de las anécdotas que escucharon en sus años de infancia. Sabina comienza:

—Recuerdo cuando nos decían que los muertos no descansan si no se entierra su cuerpo completo en la tierra a la que pertenecen.

—Algo que contaba Tita se me quedó muy grabado: El difunto debe recuperar el aliento perdido de un susto, si no, el alma nunca saldrá de su tumba —agrega Bruno.

—Una historia en particular me horrorizaba: El muerto hace un recorrido durante el cual recoge la sustancia de sus posesiones, sus experiencias, su tiempo y su memoria —cuenta la joven.

—Para mí, la advertencia más tenebrosa fue eso de que había que matar a los muertos para que no regresen, pues sus esencias son peligrosas y se les debe facilitar su tránsito al destino que les corresponda, de lo contrario siguen vivos con otras formas y ocupan espacios distintos —comparte Bruno—, tampoco olvido aquello de los «malos aires», entidades que según nos decían, quizás, para espantarnos más, vivían en el monte y que, junto con las emanaciones de los cadáveres, son capaces de romper el equilibrio del cuerpo de animales y personas provocándoles una enfermedad fría.

—¡Qué horror! ¿Crees que después de lo que hemos vivido, estas y otras tantas historias que nos contaban sobre fantasmas y aparecidos fueran solamente anécdotas? ¿O realmente sucedieron? —interroga Sabina.

—Estoy convencido de que todo es real —afirma su hermano.

Mientras que Sabina duerme, su hermano permanece despierto, las horas transcurren y él pierde la noción del tiempo. Una voz lejana llama su nombre, un denso letargo lo invade. Atrapado entre sueño y realidad, un murmullo que se acerca poco a poco se transforma en voces aterradoras que lo perturban:

—El noveno día, el finado llega al Inframundo, y es entonces que se da la separación definitiva de las entidades y esencias que lo formaban.

Como si hubiera atravesado un pasadizo, el muchacho se halla en un intersticio donde ánimas translúcidas y transparentes, iguales a un velo de novia se funden a su cuerpo, lo estrujan, lo oprimen, lo ahogan mientras le susurran al oído:

—Los rezos del noveno día se llevan a cabo para entregar el espíritu del difunto a las ánimas, así toma su lugar entre ellas y abandona el mundo de los vivos.

Segundos después, Bruno se ha metamorfoseado en el espectro que se encuentra flotando en una habitación con olor a muerte, desde arriba observa a los deudos que rezan y lloran por el ser amado que acaban de perder. Una mujer seca sus lágrimas y les recuerda a los demás que, si el fallecido percibe la tristeza en los vivos, se resistirá a marcharse:

—Debemos de ser fuertes para ayudarlo a que, después de cuarenta días, logre abandonar el mundo de los vivos y pueda nacer en la comunidad de los muertos.

Una joven agrega entre sollozos:

—Demos a la madre tierra un tiempo de recuperación para que a ella retorne la fertilidad que perdió al incorporar en sus entrañas a uno de sus hijos.

La viuda suspira para tomar fuerzas y poder continuar:

—Hagamos el Llamado del alma y el Levantado de la sombra para que el aliento vital de mi esposo difunto sea recuperado y pueda desprenderse de la comunidad de los vivos.

Bruno permanece transfigurado en ese universo fantasmagórico del que no puede desprenderse. Pensamientos lúgubres se insinúan en su mente «¿Habré perdido la cordura y el control de mi mente? ¿O será solamente un mal sueño? ¿Permaneceré así por siempre?»

Atrapado en ese estado indescriptible, desde una oquedad, es testigo de una conmovedora escena: Gran cantidad de bebés y niños muy pequeños se alimentan de las mamas que penden de un árbol, una serpiente con la nariz enjoyada le explica:

—Estos niños murieron de manera prematura y son alimentados por el Árbol Nodriza, todos están en la espera de su turno para volver a nacer.

En repetidas ocasiones intenta despertar y no lo logra. Una profunda angustia lo invade, el grito sordo que no logra salir se ahoga en su garganta:

—Sabina ¿Dónde estás? ¿Escuchaste lo que me acaban de decir? ¿Por qué me dejaste aquí?

Poco a poco, pierde el hilo de sus ideas.

La serpiente continúa:

—Cada alma permanece en el más allá un tiempo similar al que pasó en la tierra involucionando hasta volver a ser embrión. En esta condición, aguarda su turno para, de nuevo, ser insuflado como el aliento vital en otro cuerpo.

Lágrimas negras escurren entre sus dedos, las mandíbulas apretadas estallan en sollozos al reconocer a su abuelo Eme, quien con su llegada le devuelve certidumbre. Con anhelo, Bruno escucha su voz melancólica:

—El olvido es la única forma definitiva de desaparición de los muertos. La muerte es la espiral del eterno retorno, el futuro del ayer: los tiempos de los sin tiempo.

La presencia de su bisabuelo, y el amor que de él emana, le ayuda a comprender que todas las personas, seres y entes visibles o invisibles que lo han acompañado a lo largo de sus múltiples existencias, han sido siempre las mismas almas, esencias y espíritus que se han manifestado en innumerables y diversas maneras. Juntos han formado un gran cortejo que se aleja, pero nunca se separa, unidos han atravesado por todo tipo de penurias y alegrías, otorgándose consuelo y abrigo a través de diversas generaciones y latitudes.

Paulatinamente, Bruno vuelve a ser él mismo, la noche de delirio quedó atrás. Temeroso, abre los ojos. Con júbilo encuentra la mirada de su hermana, ambos sonríen haciendo un acuerdo tácito para dejar atrás la caverna de las raíces, saliendo al encuentro de su destino.

Juntos avanzan por horas, quizás durante días. Con gran sobresalto, Sabina se detiene, el color rosado de su semblante abandona sus mejillas dando lugar a una palidez comparable a la de un cadáver. De entre los árboles surge una silueta familiar que Bruno no reconoce, su hermana paralizada por la emoción le cuestiona:

—¿Estás viendo lo mismo que yo?

El joven duda de sí mismo. En voz alta repasa los hechos recientes para poner orden en sus ideas:

—Ya que nuestro equipo nunca fue sacrificado, sí es posible.

—¿Verdad que sí? —responde ella ilusionada.

Los dos apresuran el paso. Cuando por fin se encuentran frente a él no pueden reprimir un grito de júbilo:

—¡Pakal!

Más luminoso que nunca, ambos lo contemplan en todo su esplendor, el rey lleva una corona elevada cubierta con un mosaico de conchas de la que penden plumas de quetzal y en su espalda lleva atado un espejo. En esta ocasión, luce diferente, completamente despojado de la esencia humana. Sabina se siente tan pequeña a su lado que desvía sus ojos en otra dirección. De manera discreta, Bruno los deja solos. La joven enamorada no encuentra un lugar adecuado para posar sus manos que sudan copiosamente mientras que él la inunda con la luz de su mirada para decir:

—Durante años lloré tu ausencia y te busqué por todos los caminos. El vacío y la insufrible pena de vivir alejado de ti me ha lacerado todas y cada una de las noches de mi triste existencia. Sé que mi presencia en tu vida hoy pudiera parecerte efímera, comprendo que olvidaste nuestra vida en común cuando juntos gobernamos el reino de Lakamha. Mi amor por ti trascendió el tiempo y la distancia. Estoy aquí para saber si después de aquel nuestro encuentro, en tu pecho ardió de nuevo la llama del amor. Si no es así, lo aceptaré y renunciaré a ti para siempre.

Al escucharlo, renace en ella aquel amor de adolescente que brotó el día en que fue llevada a su presencia por vez primera.

Tras un grave suspiro afirma:

—Mi amor por ti ha permanecido intacto.

Ambos se funden en un abrazo que dura una eternidad.

—Me haces tan dichoso, gracias por haber permanecido aquí cuando tú y tu hermano pudieron haber regresado a la superficie —afirma Pakal enternecido.

—Prefiero ser un fantasma viviendo a tu lado como un alma condenada que entrar al cielo sin ti, gracias a nuestro amor jamás seré un espíritu solitario —responde ella.

Mientras permanecen acurrucados, la joven esposa escucha los latidos de su corazón que se confunden con una voz que clama:

—La cuerda bajará del cielo, la palabra bajará del cielo.

42 - LA CUERDA BAJARÁ DEL CIELO

Lejos de los brazos de su amado, Sabina se encuentra recostada en un recinto desconocido, atroces dolores le asaltan, con la respiración entrecortada y bañada en sudor se sujeta de una cuerda retorcida que pende del centro del techo. Cada vez que una oleada de fuertes contracciones sacude su cuerpo, se aferra de la soga. La trémula voz de una anciana le dice al oído:

—La cuerda que cuelga del centro de la habitación es el cordón umbilical de la casa que es hogar y madre. Este punto indica el corazón de la morada, una metáfora del cosmos.

Sin prestar atención a palabras incomprensibles para ella, la joven piensa «¿Dónde están Pakal y Bruno?»

El denso vapor que la rodea le impide ver con claridad a las mujeres que le acompañan.

«Si esto es un sueño ¿Por qué el dolor es tan intenso?», se dice a sí misma.

La mujer mayor se dirige a las tres más jóvenes del grupo:

—Tanto el parto como la elaboración de textiles son las tareas esencialmente femeninas.

Sabina nota que, sobre su cabeza, la anciana lleva una pequeña serpiente enroscada. Con trémula voz la vieja afirma:

—El parto es el sacrificio ritual ofrecido por las mujeres con el objeto de renovar el ciclo humano de la vida.

Sabina toca su propio vientre abultado sin comprender lo que sucede mientras que la anciana señala una concha marina que lleva atada a su propio cinturón.

—Esta concha semeja la forma de la matriz que es el receptáculo de la sangre de dicho sacrificio.

Los dolores cesan momentáneamente, la joven parturienta observa con curiosidad las garras de jaguar de la anciana y el huso con espirales de algodón que lleva en su tocado. La anciana esboza una sonrisa mostrando una bóveda desdentada y agrega:

—El crecimiento del huso corresponde al desarrollo y crecimiento del feto, es la araña quien teje su cordón umbilical.

—¿Quién eres? —pregunta Sabina sin aliento.

La serpiente que rodea la cabeza de la anciana toma vida para responder:

—Ella es la Señora de la Luna, curandera, guía y patrona de las parteras y tejedoras.

La diosa levanta la cara. Mientras la escucha, la primeriza percibe la luna creciente que rodea su ojo:

—Soy la Mujer Sangre, yo inspiro la lujuria y el pecado carnal para alentar la procreación.

De nuevo la joven palpa su abdomen hinchado y pregunta:

—¿Me dices que estoy dando a luz?

Entre espasmos, a punto de perder la conciencia, la futura madre percibe una procesión de niños cargados por jaguares que desfila frente a sus ojos mientras escucha:

—Cuando un nuevo ser es traído al mundo, algo debe de ser ofrecido a los dioses de la muerte para preservar el equilibrio.

Sabina busca en vano a la persona que se dirige a ella. Al cabo de un rato, se da cuenta de que se trata de una serpiente dorada que se arrastra no lejos de su lecho.

—Al traer un recién nacido a esta tierra, es indispensable reemplazarlo en el mundo de los muertos, esto significa que el feto requiere de la muerte de un ser vivo para nacer. De no ser así, deberá llevarse a cabo un sacrificio ritual para compensar y retribuir la deuda de sangre que ha quedado pendiente con las deidades del Inframundo.

Otra sierpe que lleva todas las gamas de verdes en su cuerpo prosigue:

—Existen fetos particularmente agresivos y peligrosos que pueden causar enfermedades mortales a individuos sanos.

Un ejemplar amarillo con diseños y grecas azules la roza con su lengua al hablar:

—Para desarrollarse y nacer, el feto debe encontrar el acceso hacia algún espíritu que se encuentre ya en el mundo de los vivos. Aunque puede servirse de los espíritus de aquellos seres destinados a morir, algunos deciden tomar almas cuyo tiempo de partir aún no ha sido completado.

Mientras escucha, frente a su lecho posan una gran palangana sostenida por un incensario, lo que pareciera un aguamanos contiene el cuerpo sin vida de un bebé con cola de jaguar.

En su delirio, Sabina se estremece al verse rodeada de decenas de serpientes de asombrosos diseños y colores. Una en particular, con una lengua larga y sinuosa que culmina en tres apéndices puntiagudos se dirige a ella:

—Uno de los señores del Xib'alb'a llamado Cuchumaquic descubre el embarazo de su hija Xquic, también llamada Mujer Sangre, quien en realidad es la diosa de la Luna. Xquic había sido preñada por el escupitajo proveniente de un cráneo que se encontraba colgando de la rama de un árbol de guajes. Esta cabeza, pertenecía a Huh Hunahpú, que había sido vencido y decapitado por los dioses del Inframundo quienes abandonaron sus despojos en ese árbol, su saliva contenía tanto las semillas de la muerte como las de la vida.

La joven nota que el apéndice central de la lengua de la serpiente es el de mayor longitud y se orienta hacia arriba.

—El padre furioso y deshonrado por la preñez de su hija —prosigue el reptil—, ordena a las lechuzas mensajeras que extraigan el corazón de la joven y lo coloquen en un recipiente. Al enterarse, ella coloca en él un corazón de copal, que es la sangre de los árboles y lo quema.

Otra serpiente muy negra se apoya sobre las espirales de su propio cuerpo para continuar la narración:

—Hipnotizados por el copal ardiendo, los seres del Inframundo permiten a Xquic escapar para dar a luz a sus hijos los Héroes Gemelos en la superficie de la tierra.

«¿Qué estoy viviendo? ¿Un sueño? ¿un delirio? ¿Acaso algún recuerdo?», se pregunta Sabina en medio del fantástico relato.

Un ejemplar gris naranja concluye:

—Huh Hunahpú, el primer cazador, el dueño del cráneo decapitado, es el padre de los gemelos, así como la personificación deificada del maíz, una planta que encarna tanto los aspectos de la muerte como los de la concepción que culminan en la perpetuación de la descendencia. Como él y los ancestros muertos, la planta es enterrada en el Inframundo, su semilla contiene el germen de las futuras generaciones.

Incrédula, Sabina exclama:

—¡Los gemelos, hijos de la Luna y el maíz!

El follaje que rodea el lugar murmura:

—Ellos dos se encuentran íntimamente ligados ya que la luna, gran contenedora de agua, es vital para la fertilidad agrícola, rol que comparte con el Dios Maíz. Ambos se complementan mutuamente y visten la misma red que sostiene en el centro una concha, símbolo de la matriz —Sabina recuerda el cinturón que portaba la vieja partera de donde también pendía una concha—, por lo que los hombres representan las semillas del maíz, cuya forma evoca un cenote, contenidas dentro del glifo de la luna.

Una coralillo le susurra al oído:

—Se dice que el Dios Maíz tuvo que transformarse en venado para seducirla.

Dos mujeres se acercan y le ayudan a incorporarse.

—¿Por qué siento que me asfixio en este calor húmedo? —pregunta empapada en sudor.

—Porque este es un Pib-Na —responde la de edad madura.

«Un baño de vapor», dice para sus adentros.

Las serpientes han desaparecido, la partera más joven se para atrás de la futura madre para rodear su vientre apretándolo con sus brazos sin piedad. Mientras que Sabina se sostiene de la cuerda, se ve a sí misma parada sobre una montaña donde grandes fauces esqueléticas se abren tratando de engullir sus pies.

El profundo grito que desgarra su garganta es seguido por el llanto de un bebé.

La vieja partera chimuela extiende sus brazos para decirle:

—He aquí a tu hijo primogénito.

Una partera casi adolescente despierta a la nueva madre que se ha desmayado para explicarle que los bebes recién nacidos provienen de un mundo incierto y sagrado por lo que deben ser sometidos a rituales para separarlos de su ámbito anterior:

—Lo primero que hay que hacer, es segar el cordón que le ata a su madre.

En silencio, Sabina observa que para cortar el cordón umbilical se apoyan sobre una mazorca de maíz que se impregna con la sangre que escurre, la joven matrona agrega:

—Los granos sangrados se siembran y de la planta que de ellos brote será extraída la primera comida sólida del niño —bajo la mirada de la madre complaciente continúa—: Ahora le daremos un baño para purificarlo, quedará pendiente el sacrificio de un ave para que restituya simbólicamente a la madre tierra por el niño que fue arrancado de sus entrañas.

Sabina se despierta exaltada, aún se encuentra en los brazos de su esposo Pakal, quien le pregunta:

—¿Ya recordaste?

Con miedo a su respuesta su joven mujer lo interroga:

—¿Fue real?

—Lo que acabas de ver fue un sueño, una remembranza de un afortunado evento que sucedió realmente, pero hace mucho tiempo. En nuestra vida juntos me diste dos hijos maravillosos: K'inich Kan B'ahlam y K'an Joy Chitam.

—¿Por qué me atormentas así? ¿He sido madre? ¿Dónde están mis hijos? —responde ella mientras hunde la cara entre sus manos.

—Ellos siempre han permanecido a tu lado, pero con otros nombres y cuando llegue el momento adecuado, serás madre en esta etapa de tu vida —responde él, sintiendo un aguijoneo en la lengua.

—¡Quiero verlos! —grita desconsolada y perdida deambulando entre sueños y recuerdos.

—El momento llegará —responde Pakal tratando en vano de tranquilizarla.

Las escenas e imágenes del parto se convierten en una obsesión para ella. Desde entonces cada vez que ve una serpiente, no puede evitar asociarla con una cuerda, con el cordón umbilical y con aquellas horribles fauces dentadas que trataban de succionarla cuando estaba de pie sobre la montaña. Todas esas imágenes son alegorías del nacimiento, le han repetido tratando de consolarla. El vacío que le causa la ausencia de su hijo recién nacido la lacera de manera constante; ya nada la conforta.

Para hacer su desconcierto más profundo, con tristeza escucha lo que Pakal tiene que decirle:

—Antes de unirnos de manera definitiva, debemos recorrer nuevos senderos.

—¿Juntos? —pregunta ella a punto de desmoronarse.

—De forma separada —la joven esposa siente que avala una nube densa—, nos esperan misiones distintas pero complementarias.

—No quiero que te alejes —responde ella decepcionada y con la respiración entrecortada por el llanto.

—Tenemos que separarnos de nuevo, te prometo que será la última vez. Quiero que escuches con atención lo que tengo que decirte para hacerte más fácil la transición —responde Pakal implacable con la tierna joven.

—¿Qué transición? —pregunta ella desconsolada.

—El tiempo del mito; el instante en el que se originó el mundo, y el despertar de la civilización no sucedieron una vez y para siempre, sino que corren paralelos al tiempo humano y a veces se confunden.

Sabina fija los ojos en el espejo que Pakal lleva colgado de su espalda, reflejada en la clara superficie con forma de media luna, se proyecta la imagen de una mujer coronada de flores que se dirige a ella:

—El presente es un recuerdo vivo y se intuye un tiempo sagrado que vuelve periódicamente, un tiempo donde hombres y dioses se miran a los ojos.

El ave pequeña que la mujer del espejo lleva en su hombro interviene:

—Durante el sueño, así como en la existencia después de la muerte, se accede a un espacio en que los tiempos son simultáneos; el pasado y el futuro coexisten con el presente, solo importan la celebración de los rituales durante los cuales, los muertos se vinculan con los vivos.

Los jóvenes esposos admiran juntos la escultura de un rey que se encuentra en medio de una explanada, esta cobra vida para decir:

—Como asomados a través de un mágico umbral, en tiempo y espacio inmemoriales, los reyes fallecidos no se desvanecen en las tinieblas del Inframundo, sus espíritus inmortales aun habitan el espacio sagrado de la ciudad donde gobernaron y acompañan a sus descendientes que los veneran como antepasados divinos.

Cuando el rey se vuelve yerto como piedra, Pakal emocionado se dirige a ella:

—¿Ahora comprendes mi preciada joya? Tú también perteneces a este ámbito sagrado mencionado por el rey petrificado.

—No comprendo —responde ella desconcertada.

—Se considera como otra forma de nacimiento la coronación de un rey y su acceso al trono. La sorpresiva revelación no sorprende a Sabina, la asimila con facilidad ya que no le es completamente ajena.

Aunque se encontraba a una distancia considerable, Bruno logró escuchar la tortuosa conversación y se apura a preguntar:

—¿Por qué fui requerido si no llevo sangre real en las venas?

Una garza cuyo pecho está torneado como la silueta de una cara humana le responde:

—Los cuerpos de reyes y chamanes son los recipientes de la sacralidad de la vida ya que son portadores de la revelación divina.

—Y eso ¿Qué tiene que ver conmigo? —responde el joven presionando sus sienes.

—Tú eres el chamán, el único que puede abrir el portal —contesta el ave.

—¿Chamán, yo? ¿Quieres decir que tengo poderes? ¿Desde Cuándo? —inquiere Bruno con los músculos desperezados.

—Lo has sido en tus vidas pasadas y lo seguirás siendo en las futuras, tu poder es inimaginable —agrega el pájaro.

—¿Y por qué no tengo ningún recuerdo? —pregunta respirando con decisión.

—En silencio, con un respeto profundo, adentra la mirada en tu corazón cristalino como una cascada y encontrarás tu verdad. Nuevas revelaciones acudirán a ti, así como la fuerza necesaria para cumplir las tareas que debes completar. Tu presencia ha sido muy importante en este proceso y ahora que se acerca el momento crucial, debes estar alerta —responde el ave con silueta humana.

Pakal, que ha presenciado la escena en silencio, interviene:

—Tú eres el indicado, serás instruido para que lleves a cabo la gran ceremonia, pronto volverán tus recuerdos y lo único que tendrás que hacer es seguir tus instintos, pero antes, ambos —busca con la mirada a su esposa y la toma de la mano—, deberán partir para facilitar el gran renacimiento.

Los hermanos protestan en vano y lo abruman con preguntas.

De mala gana, deprimida, pensando en esos hijos que no recuerda y que quisiera volver a ver, Sabina debe separarse de Pakal para emprender una jornada a un destino incierto.

Mientras los dos jóvenes avanzan, se escucha un vigoroso estruendo. Al levantar sus caras, ven con terror que una piedra de tamaño regular viene en caída libre directo hacia sus cabezas. Por instinto, las cubren con los brazos y cuando está a punto de impactarlos, la roca levanta el vuelo.

—¡Es una piedra alada! —exclama Bruno, incrédulo.

La expresión del rostro de la piedra les parece poco amistosa, posee un brillo semejante al del oro, entre risas y temor, ellos deben hacer gran esfuerzo para comprender el relato de la roca con alas:

—Después del inesperado desenlace del juego de pelota y la destrucción del Xib'alb'a y sus dioses, los gemelos Hunahpu y Xbalanqué se encargaron de propiciar la divina unión entre la doncella Corazón de Maíz y el Cocodrilo de Estrellas con Lomo Pintado, lo que permitió el resurgimiento del agua y la salvación de casi todas las criaturas que en ella habitan.

Al escuchar esta buena nueva se estrechan agradecidos, en ese momento de euforia, se percatan de la inmensa laguna que se extiende frente a ellos, sin reprimir las ganas se precipitan en sus aguas tibias. Después de nadar un largo trecho, alcanzan una gruta de cuya bóveda cuelga un sin número de estalactitas que presentan una variada y sorprendente gama de colores. Ambos deciden explorarla hasta que se topan con una escena que les hiela el cuerpo. Su primer impulso es el de huir, pero una extraña fuerza los hace permanecer disimulados en un recoveco, petrificados de miedo.

Del otro lado del gran salón de la galería, se lleva a cabo lo que aparentemente es un cónclave presidido por lo que pareciera una deidad sentada sobre un trono tapizado con piel de jaguar. Bruno y Sabina se estremecen al reconocer a Yum-Cimih, el Señor de la muerte, la descomposición y la decadencia.

—¿No fue decapitado al final del juego de pelota? —pregunta Bruno fuera de sí.

Callados, ambos observan al dios, su semblante es diferente, el aspecto cadavérico lo ha abandonado, como antes, porta un sombrero de plumas y un humeante cigarro cuelga de su desdentada boca.

Soberbio, parece dar instrucciones a un grupo de otras seis deidades que se encuentran frente a él, tres sentadas en el piso y las otras suspendidas en el aire, todos tienen la palma de la mano abierta volteada hacia arriba sosteniendo un objeto irreconocible.

De exóticos rostros, todos poseen enormes ojos y rasgos animales, un único diente asoma de sus labios entreabiertos. Los siete dioses portan un braguero de felino y elaborados tocados. A los costados, un grupo de pumas con alas de mariposa los escuchan como si estuvieran hipnotizados, mientras que una tenue luz ilumina la escena.

—¿Qué significa esto? —pregunta el joven hermano afligido.

—¡No tengo idea! —responde ella cabizbaja.

Un cráneo con grandes colmillos yace en el piso, múltiples brotes de lirios emanan de sus órbitas oculares y de la abertura de los maxilares, con una voz grave rompe el silencio presentándose ante los dos jóvenes como el Señor de las plantas acuáticas y les explica el significado del ritual que se desarrolla frente a sus ojos:

—Los dioses se encuentran emitiendo un augurio ya que portan en sus manos el emblema de la prueba y el razonamiento llamado Tun.

Juntos escuchan al dios Yum Cimih que desde su trono se dirige a todos los presentes. Su voz, como un relámpago, retumba en las paredes:

—Estos son los comienzos de nuevos tiempos, somos parte integral de un organismo gigantesco.

—In lak'ech, yo soy tu otro tú —le responde una de las deidades.

—Haca Ken, tú eres otro yo —contesta Yum Cimih que después de una larga pausa agrega—: El destino del mundo no es eterno, llegará el tiempo en que la misma voluntad divina ordene su fin, el momento llamado Butik.

—La vida engendra a la vida, no habrá final —concluye el Señor de las plantas acuáticas.

Uno de los dioses que se encuentran flotando en el aire se desplaza hacia ellos. Cuando se acerca, los hermanos reparan en el tamaño desigual de sus ojos, así como en la gran espiral que hace las veces de boca, sin mayor preámbulo responde a cuestionamientos que ellos aún no alcanzan a formular:

—Es necesaria una inmolación periódica de los dioses, de esta forma se reitera el sacrificio mítico. Si los dioses no mueren, sus efectos portentosos en este mundo serían ineficaces.

Otra de las deidades deja escuchar su voz:

—La revitalización es tan necesaria como la alimentación que producen los sacrificios.

—¿Revitalizar? —preguntan ambos jóvenes.

—Cuando un dios es sacrificado, sus poderes se renuevan cobrando mayor vitalidad y fuerza —responde el Señor de las plantas acuáticas.

—Si un nuevo orden debe ser instaurado, es necesaria la presencia de las fuerzas del Inframundo para que se logre un equilibrio —agrega Sabina.

—Fue absurdo creer que podrían ser aniquiladas —concluye Bruno.

Las deidades desaparecen, todo es oscuridad con la excepción de un delgado rayo de luz que ilumina un lecho rocoso por el que deciden escalar. Dejando atrás el agua, trepan por un escarpado montículo.

—Me da la impresión de que estamos ascendiendo de estrato, tengo la sensación de que hemos dejado atrás otro círculo del Inframundo —comenta el muchacho.

—¿Te refieres a que hemos subido de nivel? —pregunta ella perturbada—, si dejamos atrás el Xib'alb'a ¿Volveré a ver a Pakal?

43 - HACIA EL MONTE MAHK

Exhaustos, después de ascender por la empinada cuesta caminan por una vasta meseta, dichosos admiran la planicie cuya extensión parece no tener fin.

—Por primera vez en mi vida aprecio en su esplendor todas las tonalidades del verde —afirma Sabina conmovida—: el que mira a la sombra, o a media luz, el verde fosforescente y aún mejor, el tornasoleado.

Las hierbas frescas crecen rodeando las piedras, el pasto y los arbustos los invitan a recostarse sobre su aterciopelada textura, una intensa euforia se apodera de ambos, juntos corren sobre la verde alfombra que se extiende bajo sus pies.

El destello que hiere sus ojos los atrae, al dirigirse hacia él, descubren un grupo de árboles cuyos frutos y racimos de color dorado irradian una luz propia que se proyecta en distintas direcciones mientras se mecen con languidez. Una tenue brisa comienza a soplar, el murmullo de los follajes que se frotan entre sí se torna en un particular lenguaje que les ordena:

—Que sus pasos los guíen hacia el Monte Mahk.

—¡Y nosotros que nos sentíamos libres! —afirma el joven muchacho contrariado.

Ambos se percatan de la presencia de un pequeño pájaro con una sola pata que les dice:

—El monte Mahk se encuentra en un paraje muy fácil de reconocer. Lo hallarán en un prodigioso valle que reconocerán por la particular combinación de un aire suavemente perfumado, flores y piedras preciosas.

El hablar vertiginoso del pajarillo los aturde:

—Ahí la tez de la montaña se revelará ante sus ojos.

—¿Estás diciendo que el cerro tiene un rostro? —pregunta la joven.

—Sí, y que lleva en él repetidas veces el signo del viento —responde el pájaro cojo.

—¿Y cómo reconocer el signo del viento? —cuestiona el hermano.

—Son dos líneas en sus mejillas, el embriagador aliento cargado de fertilidad que brota de sus labios es como una vaporosa bocanada que parece reventar como perfumadas flores —contesta el ave con gracia.

—¿Hay flores aquí? —preguntan los dos.

—Por supuesto que las hay, son todas únicas y perfectas ya que su alma se manifiesta a través del néctar y el aroma que emana —les dice el ave en medio de un suspiro.

Una babosa de cuernos multicolores que sale por debajo de una piedra agrega:

—Cuando fluye el perfume de las flores, exhalan su aliento vital, arrastrando con él la fuerza que reside en todas y cada una de ellas. Este soplo lleva la intensidad de la vida.

Ambos permanecen perplejos. Avanzan por horas hasta que llegan a una cuesta que abordan con pesar. La ascensión es lenta y abrupta. Sabina interrumpe el silencio:

—Yo creo que este es el Monte Mahk —señalando a lo lejos—, esas grandes cuencas pudieran ser dos ojos.

—Y esa hendidura horizontal parece ser una boca, junto a ella se dibujan dos líneas en el espacio que corresponde a las mejillas —señala Bruno—, creo que hemos llegado a nuestro destino.

Tras un breve descanso retoman el camino hasta que se topan con una concha de tamaño colosal, deciden asomarse al interior y descubren un acceso de nacaradas tonalidades que los invita a entrar. Entusiasmados, se aventuran por la espiral de sus escurridizos corredores. Conforme se adentran, el espacio se vuelve cada vez más estrecho y las curvas más pronunciadas. Cuando están a punto de renunciar y volver sobre sus pasos, acceden a una cámara interior donde yace una persona de aspecto joven. Su bondadoso semblante está coronado por una banda de flores. El pájaro cojo que los ha seguido afirma:

—El signo que lleva en la orejera es el signo del viento.

—Pero su boca no es humana, es como un pico —exclama Bruno.

—Es el Dios Ave —añade el pájaro— ¡El viento en persona!

De pronto los hermanos se encuentran en un exótico jardín, el Dios Viento que ejecuta una hermosa melodía al ritmo de su tambor se acompaña mientras baila y canta, embebidos admiran su armoniosa danza entre flores amarillas que exhalan volutas rojas. Pequeños pájaros vuelan en su entorno, rodean su cabeza y cantan con él mientras que en el aire flotan aromáticas vainas de cacao.

Mientras el dios agita una sonaja, los hermanos se preguntan sobre su verdadera naturaleza, una paloma que se posa sobre el prado deja escapar una delicada voz:

—No tengan duda, él es la divinidad del viento. Debido a su pico, es conocido como el Dios Ave, aunque también es el Señor de las flores aromáticas y de la música, que es una forma sonora del viento. Su cualidad más importante es propiciar en los seres el soplo —alma que mantiene la vida y que fluye por los labios que son las puertas del aliento.

Una densa bruma rodea al joven dios; los ojos de los forasteros lo buscan entre la pesada niebla, aparentemente ha desaparecido. Una parvada surge como un tornado desde el interior de una barranca.

—¿Acaso se ha ido? —preguntan ambos al mismo tiempo.

—Los pájaros que se han dispersado son desdoblamientos con apariencia de animales, una de las tantas formas que adopta la deidad —responde la paloma—. El remolino es otro de sus atributos, la presencia del dios se manifiesta a través de los grandes torbellinos y las trombas cargadas de fertilidad, movimiento perpetuo, vaivén de la vida que apela al sin fin del continuo engendramiento.

—Por qué hablaste de desdoblamientos zoomorfos? —pregunta Sabina.

—Son animales del viento todos aquellos que tienen una espiral en sus cuerpos tales como el caracol, la joya del viento que dentro de su concha enroscada posee una voz ululante, y que, al ser ejecutada como trompeta propicia la lluvia atraída por la voz del viento —explica la paloma.

Curioso, Bruno le pide más ejemplos, a lo que el ave responde:

—Encarnan al viento: los tlacuaches y monos con su cola enroscada, las serpientes que se mueven como remolino, las arañas que forjan su tela con diseño en espiral y la exponen al aire. Si observan bien, un gran número de insectos llevan el torbellino en los diseños de sus alas.

Distraídos con la conversación, no se percatan de que el dios se ha hecho presente muy cerca de ellos, la larga cabellera flota libremente, su aliento fluye como armoniosas notas de colores. Cuando habla, el breve espacio que los separa de él se impregna de un exquisito perfume:

—Soy el Señor del viento, las flores y la música, ustedes han sido atraídos a este lugar para completar la misión —les revela la joven deidad.

—¿Misión? —preguntan ambos contrariados.

—Debido a que ustedes estuvieron presentes en la liberación del dios del maíz, es su deber terminar la tarea, por lo cual irán al Lugar de las Siete Lagunas.

—¿Qué es lo que tendremos que hacer? —preguntan afligidos.

—Una vez que se encuentren en su destino, lo sabrán —responde el dios.

—¿Cómo haremos para llegar? —cuestiona ella angustiada.

—Yo mismo los conduciré al lugar indicado —contesta la deidad.

Antes de que el dios terminara de hablar, ambos se encuentran ya volando por los aires, aunque invisible a sus ojos, ellos perciben su delicada fragancia, la sensación es tan placentera que se sienten afortunados. De repente, la cálida corriente que los acarrea se detiene y los dos se precipitan en caída libre sobre una laguna.

La sensación de abandono es desoladora, sus cuerpos chocan con el agua hundiéndose irremediablemente sin poder evitarlo. Desesperada, Sabina intenta tomar la mano de Bruno, pero es en vano. Todo sucede en forma vertiginosa, ellos tratan de nadar hacia la superficie, pero una potente fuerza los jala hacia abajo. Después de tragar litros y litros de agua, por fin tocan fondo. Ambos notan que pueden respirar y que sus ojos distinguen todo lo que sucede en el fondo de la laguna. Al cabo de un rato, caminan sobre las arenas profundas de su lecho.

A solo unos metros, se encuentran con criaturas cuyo cuerpo humano está cubierto de escamas, las cabezas con forma de pez están coronadas por plantas acuáticas que hacen las veces de cabello, sus dobles branquias se abren y se cierran al vaivén de la corriente, mientras que sus bocas se alargan entreabriendo los labios para expeler pequeñas burbujas. Los cuatro hombres pez poseen descomunales ojos negros. De manera compulsiva, clavan sus frías miradas escudriñando cada rincón del arrecife. Juntos avanzan mientras una gran cantidad de criaturas nadan entre sus piernas.

Armados, acosan con arpones a lo que pareciera un tiburón de cuerpo extremadamente largo y cuyo maxilar inferior es una concha. La persecución se prolonga por horas, hasta que, la presa acorralada y rendida, deja de pelear por su vida. ¡Qué triste ser testigos de tan larga agonía!

El más alto de los hombres pez separa las fauces del tiburón muerto para dar paso a algo o alguien que muy lentamente va emergiendo de ellas. Lo primero que asoma es una espiga seguida de una cresta vegetal que corona una cabeza con fleco y abundante cabellera. Cuando por fin surge, Bruno y Sabina comprenden conmovidos que el Dios Maíz ha renacido.

Bruno señala a un personaje que observa la escena desde lejos:

—Estoy seguro de que se trata de Hunahpu, el gemelo que porta un bulto y una cerbatana.

—No me parece insensato, ya que se trata del renacimiento de su propio padre —responde Sabina.

Una vez completada su misión, los hombres pez se marchan acompañados de su cortejo de criaturas acuáticas, sin perder tiempo, Bruno y Sabina terminan de extraerlo de los despojos del escuálido, con extrema precaución, el muchacho lo toma en sus brazos. En ese instante, se acerca una mujer que solo viste brazaletes y collares, su pronunciada frente se alarga hasta formar el cuello de un ave que lleva un pez en el pico. La extraña criatura agita el agua con sus manos, cuyos dedos están pegados como aletas, provocando una suave corriente que los empuja hacia la superficie para finalmente arrastrarlos hacia tierra firme.

Casi con devoción, Bruno deposita la preciada carga sobre una duna. Sin saber qué hacer, dirige una mirada interrogante a la mujer. Su semblante apacible le da la certidumbre de que todo está bien, esta, por fin se decide a hablar:

—Mi nombre es Cresta de Cormorán.

—¿Qué haremos con él? —pregunta Sabina.

—El Señor del maíz solo tiene que descansar —responde Cresta de Cormorán que sin agregar nada, regresa al agua.

—¿Qué hacía el Dios Maíz en las entrañas de una ballena? —se preguntan ambos.

Una estrella de mar se dirige a ellos:

—Hace muchos años, cuando el Señor del maíz fue hecho prisionero, sus tres acompañantes: Xbalanqué, un hermano suyo, así como los señores Ix Kaq, garras sangrantes, y Kiq'r, el señor de los dientes, fueron asesinados y sus huesos lanzados a la laguna.

—Entonces, cuando el Señor del maíz desapareció en el cerco de las ceibas ¿vino a recuperar esos huesos? —interrumpe Bruno.

—Así es, pero se encontraban en el interior del gran escuálido que, nadando en el fondo del Inframundo acuático, se los tragó.

Tres jóvenes mujeres se presentan para vestir al dios con una falda tejida en forma de red sostenida con un cinturón de concha de color rojo coral. La más joven se dirige a ellos:

—Esta concha es el emblema del tiburón sin quijada llamado Xok, aquel que llevaba en sus entrañas al Dios Maíz. La hemos puesto en la cintura de nuestro señor para conmemorar su renacimiento en el Inframundo acuático.

—Esa concha la vi en un sueño, el de un parto —afirma Sabina conmocionada.

La segunda de las doncellas explica:

—La concha, símbolo de la matriz, colocada en la cintura del dios maíz lo convierte en el padre-madre, una valva idéntica cuelga del cinturón de la diosa de la Luna, su esposa, conocida como la Mujer Sangre, la progenitora femenina.

Sabina evoca el momento de su parto en que las mismas revelaciones le fueron hechas por la Diosa Luna en persona, el recuerdo del llanto de su bebé vuelve a sus oídos, es tan real que está a punto de salir a buscarlo, una profunda nostalgia la embarga. Melancólica, observa que las mujeres colocan en el pecho del joven dios una bolsa retacada con granos de maíz.

Una vez ataviado, rejuvenecido, la deidad voltea al rincón donde se encuentran los jóvenes hermanos y sonríe como si los hubiera reconocido, ese gesto le aporta a la nostálgica madre un incipiente consuelo, no tiene nada a qué aferrarse.

—Esta es la segunda ocasión en que vienen en mi auxilio —les dice el dios con naturalidad—, ustedes cosecharán grandes bendiciones pues sus corazones son puros y compasivos.

Con la voz entrecortada, Sabina pregunta:

—Y ahora, ¿Qué debemos hacer? ¿Cómo podremos protegerlo? ¿Está fuera de peligro?

Visiblemente agradecido responde:

—¡Mis viejos compañeros de viaje están aquí!

Con su dedo índice señala hacia los senderos líquidos. Una vieja barca se acerca.

—¡Son los dioses remeros! —exclama la joven.

—El tocado del remero mantarraya, es idéntico al tiburón sin quijada —dice Bruno— ¿Cómo se llamaba?

—¿Te refieres al tiburón Xok que fue sacrificado por los hombres pez para sacarle al dios de sus entrañas? —contesta su hermana—, con él viene otra persona que lleva unas varas retorcidas como un relámpago.

—Esas no son varas, son rayos, truenos y centellas que lleva el Chakob, protector enviado por Chaak, el dios de la lluvia —replica un pez con bigote.

Cuando la barca se detiene, sus tripulantes los ignoran, tan solo se concretan a esperar que el dios se instale para marcharse, cuando se alejan, abatidos, ambos hermanos sienten un hueco en el estómago.

—Solos otra vez —afirma ella.

—¿Cómo que solos? nos tenemos el uno al otro —protesta su hermano que, percibiendo su desasosiego, toma una decisión—: Debemos continuar, subamos a la capa inmediata superior.

44 - LOS INSTRUMENTOS MUSICALES

Esta vez, la cuesta no es muy pronunciada. Al acceder a una meseta se encuentran con una mayor actividad de insectos, la atmósfera es tibia y menos densa.

—Mis ojos ya habían olvidado esta claridad —afirma ella más animada.

—Tienes razón, cada vez hay más luz —contesta él, optimista.

Haciendo una pausa, ambos notan la presencia de un tucán que no oculta su entusiasmo al encontrarlos. Mientras habla, ellos admiran los colores del arco iris que engalanan su largo pico:

—Sean bienvenidos. Los esperaba con ansia para que, juntos, nombremos a los instrumentos musicales que desaparecieron.

—¿Nombrar? ¿Qué instrumentos? ¿Por qué son tan importantes? —interrumpe Sabina.

—Los instrumentos musicales son recipientes sagrados dignos de adoración —contesta el ave—, la voz de los dioses fluye a través de ellos.

A los oídos de los jóvenes llegan las diáfanas notas de una flauta.

—¿Dijiste nombrarlos? —pregunta Bruno.

—Los instrumentos producen sonidos no existentes en el mundo —afirma un tucán de plumaje blanco—. En tiempos remotos, los poetas los interpretaban para sostener diálogos musicales durante sus reuniones en las enramadas —agrega mientras agita un guaje relleno con semillas que sostiene con su pico.

«Es una sonaja», piensan los hermanos siguiendo el ritmo con la cabeza.

—Los tambores también solían ser símbolo de la poesía cantada —expresa un flamingo rosa que se separa de su parvada—, son ídolos sonoros habitados por seres divinos. Los oídos de ambos hermanos acogen los tañidos de un tambor que impregnan el ambiente con la algarabía de sus alegres notas.

Una majestuosa grulla agrega:

—Los sonidos y el ritmo son esenciales para entrar en contacto con el mundo espiritual, por eso la boquilla del caracol fue perforada con la magia de los insectos para que su sonido logre ser escuchado a grandes distancias.

Mientras que graves y prolongadas notas de una trompeta de caracol estremecen sus corazones, el tucán blanco retoma la palabra:

—Los vasos silbadores son indescifrables y mágicos ya que no requieren intérprete, Bruno siente dentro de sus oídos un ligero chillido, como si escapara aire de ellos.

—¿Cómo es eso? —pregunta Sabina que también escucha al aire dentro de su cabeza.

—Son vasijas que se rellenan con agua —responde el tucán—, gracias al movimiento y sin necesidad de soplar, de ellos brota un misterioso sonido. Lo último que nos falta encontrar es tierra de hormiguero para con ella rellenar cascabeles y palos de sonaja: símbolo del rayo que fertiliza la tierra.

—He encontrado algunos silbatos de hueso —agrega una grulla joven que sostiene dos de ellos con su pico.

Todos los instrumentos cuyo nombre fue pronunciado suenan como una sinfonía, como un eco lejano.

—Es el canto florido de los dioses que desciende de la esfera del sol —afirma el tucán de pico multicolor—, se hacen escuchar después de haber sido evocados. A las criaturas se les otorgó el don del habla para que nombraran, para eso fueron creadas, lo que es nombrado existe, cobra vida.

«Lo mismo sucede con los muertos», piensa Bruno al recordar a su Bisabuelo Eme y entonces, pronuncia su nombre.

Ya para terminar el espléndido ritual se acerca un sacerdote que en sus ropajes lleva la voluta de la serpiente de fuego, símbolo del quinto cielo, lugar donde se crean los cometas y los fenómenos celestes.

—¿Qué es lo que trae bajo su capa? —preguntan los hermanos.

—Su nombre es Tecolote Quetzal —afirma un águila arpía que aterriza junto al personaje—, carga un tambor hecho de un caparazón de tortuga atestada con semillas de maíz, que, al ser tañida con antenas de venado, recrea el momento en que Chakob perfora la superficie terrestre con la ayuda de un relámpago permitiendo el brote del maíz, pero ya no como una deidad, sino como una planta.

—Chakob ¿No es el que venía en la barca que recogió al Dios Maíz? —trata de recordar Bruno.

—Es el que llevaba una vara retorcida como relámpago —agrega Sabina.

Tecolote Quetzal golpea el tambor del que nacen notas sombrías.

—En el origen, desde de las lúgubres profundidades del mar primordial, la tierra emergió con la apariencia de una tortuga —afirma el águila arpía—, debido a ello, su caparazón representa la superficie terrestre.

En lo que pareciera el momento más intenso de la ejecución del tambor, caminando penosamente, se acerca una tortuga de enormes dimensiones. Chakob, asistente de Chaak, el dios de la lluvia, uno de los tripulantes de la barca del Dios Maíz le espera. Un terrible presentimiento invade a Sabina. Cuando la tortuga gigante llega al lado del Chakob, agacha la cabeza en espera de su destino. Con la mirada perdida en el horizonte y sin expresión en sus facciones, el ayudante de Chaak levanta el trueno, estirando sus brazos en lo alto y asiéndolo con ambas manos, atesta un golpe despiadado contra el caparazón de la tortuga. Petrificada de pena, un grito de dolor escapa de los labios de Sabina, involuntaria testigo quien intenta huir, lo que sucede enseguida los deja atónitos a ella y a su hermano: una planta de maíz erguida y majestuosa brota de la profunda hendidura hecha en el caparazón de la tortuga.

Tecolote Quetzal cae sobre sus rodillas exclamando con devoción:

—He aquí Na-te'-K'an: El primer Árbol Precioso, el maíz resucitado, alimento de la raza humana.

Un cortejo de señores vertiendo incienso en la tierra se acerca, Tecolote Quetzal afirma:

—El rito primero de la tierra conmemora la resurrección del maíz, el preludio a la creación de la raza humana.

Sabina se desvanece. Mientras se debate entre sus fantasías y la realidad del cruento sacrificio que acaba de presenciar se pregunta «¿Existe entonces una relación entre el nacimiento del maíz y el surgimiento de los seres humanos?».

Transfigurada, la tortuga reciente víctima del suplicio, se presenta frente a ella, quien aliviada escucha sus palabras:

—Al cosechar el maíz para el sustento, se conmemora el surgimiento de la raza humana, está escrito en los libros sagrados [28] —con desenfado la tortuga recita—: Después de que el maíz blanco y el amarillo fueron tomados del lugar de la hendidura llamado «Agua amarga», fueron molidos para formar a los primeros seres humanos.

—¿Estamos hechos de maíz? —pregunta con sorpresa.

—Tú lo has dicho, los gemelos son los avatares del maíz ya que su nacimiento marca la creación de los seres humanos.

Sabina abre los ojos, no hay rastros ni del sacerdote ni de la tortuga ni del Chakob. Un gran regocijo la invade, al compartir con su hermano las palabras que escuchó de la tortuga: «Estamos hechos de maíz».

Esa noche duerme inquieta, añora la presencia de su esposo y, lo único que le queda, es aferrarse a su recuerdo y ser paciente. Por la mañana, le cuesta trabajo despertar, una sensación de bienestar le impide despejarse, feliz y relajada disfruta de ese perfume tan peculiar que alimenta sus quimeras. La sensación de unos brazos que la rodean es tan real que decide permanecer así, sin moverse. En el oído en el que apoya su cabeza se repite un latido familiar, con pereza disfruta la suave textura que acaricia sus mejillas, completamente relajada, recarga su rostro para dejarse llevar por los movimientos ascendentes y descendientes de una respiración que envuelta en suave lienzo conforta su interior como un aire benefactor. Al moverse para cambiar de posición, sus manos se enredan con una espesa cabellera, no hay duda, Pakal ha regresado, ya sin temor de encontrarse con un lecho vacío, abre sus ojos que envuelven a su esposo con la luz de una mirada.

Emocionada, la joven enamorada se precipita para narrarle todo lo que les aconteció a ella y a su hermano, sonriente, Pakal le aclara:

—¿Ahora comprendes por qué era necesaria una separación?

---

[28] En el Popol Vuh

45 – EL COLAPSO

Después de varios días de merecido descanso durante los cuales los hermanos comparten con Pakal sus recientes experiencias y este aclara sus dudas, llega el momento para que el joven rey revele sus inquietudes, por lo cual se dirige a Bruno.

—Aunque para mi pueblo ustedes pertenecen a otra creación, necesito que me expliques el porqué, ni en tu apariencia ni en la de tu hermana, existe reminiscencia alguna de nuestra cultura, he notado que ustedes dos desconocen nuestras creencias y prácticas religiosas, lo más desconcertante para mí es la lengua en la que se comunican.

Mil pensamientos asaltan a Bruno que no sabe de qué manera dirigirse a él ni como expresar lo que tiene que decir, ya que, igual que en el pasado, el rey ha leído su mente.

—Para hacerte las cosas más sencillas, te haré preguntas concretas —sugiere Pakal.

—Mejor así —contesta Bruno aliviado.

—¿Qué lugar ocupan nuestras dinastías en tu era? Y nuestros linajes ¿supieron mantener su gloria y su poder? ¿Trascendimos más allá de las fronteras y del tiempo? —pregunta Pakal.

Su semblante refleja temor, como si intuyera lo que están a punto de revelarle.

Bruno se encuentra perturbado y no sabe por dónde empezar

—Si te lo pregunto en este preciso momento, es porque tenemos la oportunidad de volver a empezar para no repetir los errores, así que, por favor, Bruno, no temas y cuéntamelo todo —le ruega Pakal.

Convencido, Bruno afina su garganta:

—En la vida de los pueblos, los antiguos dioses agrícolas cedieron su lugar a aquellos que exaltaban la fuerza y la violencia de la juventud, así como la guerra y la muerte.

Sorprendido, Pakal pregunta:

—¿Por qué posees tanto conocimiento?

—Porque la historia es mi pasión. El imperio colapsó debido a que la profunda rivalidad y división entre los reinos dio por resultado su decadencia y desaparición, posteriormente, las gloriosas ciudades fueron abandonadas —responde Bruno.

Pakal no puede contener su emoción, densas lágrimas ruedan por su rostro, al comprender que ha perturbado al joven, le suplica que siga adelante.

—La sobre explotación de los recursos naturales y el cambio del clima provocaron que el pueblo perdiera la confianza en el poder de sus señores, incapaces de seguir convenciendo a los dioses de favorecer a sus ciudades —agrega Bruno.

—¿Cambio del clima? —pregunta el rey avalando un trago muy amargo.

—Sí y muy radical, se habla de una gran sequía, la selva tropical invadió las ciudades y cubrió sus magníficos edificios que fueron ocupados por agricultores —contesta Bruno conociendo el efecto devastador de sus palabras.

—¿Los palacios y las viviendas? —grita Pakal desolado.

—Desafortunadamente así es —agrega Bruno—. El colapso sucedió debido al fracaso para unificar a las ciudades rivales bajo un solo gobierno, lo que dio paso al caos, sin olvidar la vulnerabilidad ante la sequía y para empeorar la situación: la llegada de los europeos.

—¿De quién? —pregunta Pakal abriendo ampliamente sus ojos rasgados.

—Los hombres blancos y barbudos que venían del otro lado del mar, aunque se presentó una feroz resistencia por la parte de tus descendientes, el desenlace fue brutal y violento —responde el muchacho.

Con el corazón oprimido, Pakal externa otra duda:

—¿Los habitantes actuales son todos como ustedes dos o hay herederos de nuestros reinos?

—Existe una gran mezcla de razas y culturas, sin embargo, los indígenas viven en marginación y pobreza extrema ya que se les niega el derecho de ser y desarrollarse conforme a su idiosincrasia —contesta Bruno que percibe con pesar la manera en que el rey contiene sus lágrimas para no romper en llanto.

Al cabo de un tenso silencio, el muchacho se atreve a preguntar:

—Si en verdad es posible un nuevo comienzo ¿Sería factible que, en lugar de fomentar las conquistas, las guerras y las rivalidades, se apostara por el conocimiento, el arte, la sabiduría y la armonía?

—Y la producción de alimento —agrega un Pakal melancólico.

Al verle cabizbajo, Bruno decide revelar algo importante para él:

—Tu grandeza ha trascendido a los tiempos modernos.

—¿A qué te refieres? —interroga el rey.

—Se te reconoce como un gran rey visionario; constructor, escriba, matemático, eterno observador y admirador de las estrellas —afirma Bruno dejando fluir su memoria—. También es por todos sabido que fuiste un talentoso narrador y que en tus textos supiste introducir fórmulas y esquemas literarios nunca implementados por otras dinastías.

—Me alegra ser bien interpretado —contesta el rey con una sonrisa desangelada.

—Eso no es todo, se te reconoce la habilidad de dar a la historia nuevas dimensiones y estructuras cronológicas para enlazar sucesos míticos y acciones de tus antepasados con acontecimientos que realmente sucedieron durante tu reinado.

—También vislumbré escenarios del porvenir estableciendo disposiciones futuras que deberían ser cumplidas después de mi muerte —agrega Pakal, cuyos ojos se nublan—, aunque ¡jamás imaginé como terminarían las cosas!

Después de la intensa conversación, Pakal se retira para orar y hacer sacrificio.

46 – EL J'MEEN

La melancolía que flota en el ambiente se ve interrumpida por la inesperada aparición de un grupo de hombres con coloridos penachos de cuyas espaldas cuelgan caudas de plumas que rozan el piso, la algarabía que producen con su música invita a la pareja de hermanos a seguirlos hasta su destino que es una caverna de elevada cúpula.

El hombre que ofrece copal dentro de una efigie se dirige a ellos:

—Este incensario alberga elementos vivientes que guardan la esencia de las divinidades, una vez que arde se eleva como humo para unir el cielo y la tierra.

La luz de la llama les permite ver la frente del estrafalario personaje cuyas cicatrices forman un extraño diseño al igual que las aplicaciones de piel adheridas sobre sus mejillas.

—Mi nombre es Ciempiés de Fuego —afirma el hombre que, dirigiéndose a Bruno, agrega—: El momento de tu consagración ha llegado.

A la mente de Bruno vuelve el recuerdo de aquellas revelaciones hechas por Pakal respecto a sus poderes y su destino; «Aún no he comprendido el verdadero significado de ser chamán», piensa.

Conocedor de su incertidumbre, el hombre enigmático le invita a sentarse.

—Un chamán es la personificación terrestre del eje del mundo, aquel que unifica cielo, tierra e Inframundo —afirma Ciempiés de Fuego— y entre muchos otros atributos, poseemos el talento para abrir el portal.

—¿El Portal? —interroga el muchacho.

—La creación de un conducto hacia lo sobrenatural —contesta el chamán.

—¿Somos magos? —pregunta Bruno.

—No precisamente, a través de la meditación y gracias a fervientes plegarias podemos alcanzar un estado de gracia que nos permite movernos libremente entre este mundo y el más allá para entablar comunicación con dioses, espíritus y ancestros. Al ser generadores de poder, tenemos la facultad de conocer todas nuestras vidas, tanto pasadas como futuras y si lo deseamos circular por realidades alternas. Todos los reyes mayas son y fueron chamanes —responde Ciempiés de Fuego.

Una sacerdotisa con la piel pintada de negro se incorpora a la conversación:

—El J'Meen tiene la capacidad de externar su propio espíritu, y así, trasponer los umbrales imperceptibles para los hombres comunes.

Un tercer sacerdote, con una cabeza de tecolote como tocado, añade:

—No debes olvidar que, por poderoso que seas, es importante seleccionar y usar las palabras adecuadas para invocar y convocar a todos los seres del universo sin excluir a ninguno y menos aún, irritarlo.

Al escucharlos, se abre ante Bruno un inesperado panorama que lo intimida y seduce al mismo tiempo.

—¿Me será posible relacionarme con las entidades y fuerzas naturales? —pregunta, ebrio de entusiasmo.

—Ejercerás en todos los ámbitos y esferas, no solo con energía e intuición, sino con tacto —contesta la sacerdotisa.

—¿Qué tiene que ver el tacto? —pregunta Bruno confundido.

—Te pondré un ejemplo —contesta la mujer pintada de negro—, cuando requieras invocar al viento, debes considerar que es difícil satisfacer los deseos de los caprichosos y delicados céfiros, la sabiduría y fuerza de un J'Meen reside en su competencia para hablar con ellos, así como con las distintas fuerzas, siendo respetuoso pero exigente al mismo tiempo.

—Comprendo —responde Bruno, vislumbrando un panorama muy complejo.

—Siguiendo el mismo ejemplo —agrega la sacerdotisa—, deben de presentarse ofrendas en número y tiempo conveniente, de manera que los amos o espíritus poderosos, en este caso los vientos, se presenten en buena disposición.

Incrédulo, Bruno se pregunta si en verdad tiene las facultades para desarrollar tan numerosas y complejas capacidades.

47 - EL TEMPLO MONSTRUO

Un hombre diminuto se presenta con un cuenco colmado de hongos, extendiendo sus brazos invita al confundido muchacho a ingerirlos.

—Estos hongos poseen sustancias desconocidas para mí y no sé cuáles serán sus efectos —expresa Bruno con temor.

—Es necesario que el templo monstruo devore al J'Meen en su iniciación para dotarlo de poderes sobrenaturales —responde Ciempiés de Fuego—, te hundirás en sus entrañas. —Sin darle tiempo para protestar agrega—: No temas, yo te acompañaré en este viaje de iniciación.

Bruno decide entregarse por completo a la experiencia e ingiere uno a uno cinco hongos que, como le han dicho, debe masticar lentamente. Al terminarlos cierra los ojos, se relaja y aguarda.

Entre el J'Meen y Bruno ha surgido una intensa conexión de manera que lo que uno, el otro también lo percibe. Con sorpresa, el joven descubre que ambos escuchan los sonidos como si fueran una sola persona.

Juntos acceden por una construcción cuya fachada representa las facciones de un monstruo, al entrar por el hueco que representa la boca, el novicio repara en sus colmillos de piedra que lucen como filosas estalactitas y estalagmitas. Los muros están cubiertos de elaborados murales hechos con moluscos y fósiles.

—La presencia de seres marinos en estas paredes indican que, al morir, los gobernantes se dirigirán al mar primigenio, el lugar de origen de los seres sobrenaturales —le explica Ciempiés de Fuego.

Mientras escucha al chamán, Bruno siente que una fuerza invisible los empuja a descender por escalinatas resbaladizas como aceite, en medio de una completa oscuridad y a tientas acceden al núcleo de la construcción que carece de gravedad. Cuando por fin sus ojos pueden ver en la oscuridad, distinguen a un personaje con cabeza de jabalí. De su espalda nace una flor, cuyos granos se desprenden para caer graciosamente sobre el vientre de otro chamán que gravita tendido sobre su espalda. Recostado, fuma, mientras su rostro se llena de embeleso al admirar las flores que brotan de las semillas recién caídas en su regazo.

Cuando ingresan a una cámara aún más profunda, se encuentran con insólitas criaturas que efectúan acrobacias, un ser con cabeza de jaguar de la que brotan nenúfares y de cuyos brazos nacen tallos y hojas flota en torno del chamán y su aprendiz.

—Lo que vemos son chamanes transfigurados —insinúa Ciempiés de Fuego—, y en este instante somos partícipes de sus sueños que, casi siempre, son controlados por ellos mismos.

—¿Qué hacen aquellos hombres rodeados de espejos? —pregunta Bruno.

—Realizan prácticas de adivinación con la ayuda de semillas —explica Ciempiés de Fuego—, algunos otros practican la meditación en encierro, no lejos de aquí, algunos otros se ejercitan en el vuelo chamánico.

—¿Cuál es la práctica más difícil de lograr? —cuestiona Bruno.

—La que alcanza el Chamán Lirio cuyo espíritu exteriorizado durante el trance extático se transporta a otros mundos —responde el maestro—. En un estado de conciencia extraordinario, somos capaces de recorrer distancias increíbles y elevarnos por los aires.

Al percibir la aprensión de su aprendiz, Ciempiés de Fuego insiste:

—Vas a desarrollar la habilidad de transfigurarte en un sin número de entidades.

—¿Como cuáles? —pregunta Bruno con ansiedad.

—La que tú elijas, ya sea animal, rayo, cometa, arco iris o bolas de fuego, incluso serás capaz de ver o de encontrar cosas o personas perdidas —le responde el chamán que agrega—: Para que tu consagración sea concluida, es necesario que seas ingerido por la serpiente.

Bruno no puede reprimir un grito de pánico.

—¿Quieres decir que nos tragará vivos? —pregunta, lleno de zozobra.

—Por eso hemos llegado hasta aquí. El corazón de este templo es el lugar en donde mora la mágica sierpe.

Bruno retrocede con repulsión.

—Esto que sugieres es abominable —afirma el muchacho con angustia.

Ecuánime, Ciempiés de Fuego escucha su desahogo.

—No puedo ni quiero ser chamán, yo no nací para esto, no tengo la fuerza.

—El miedo y la duda son naturales —le asegura el maestro—, al vencerlos crecerá tu fuerza, te aseguro que tu integridad física no se verá comprometida.

—En verdad no quiero seguir adelante —suplica Bruno.

Después de horas y días enteros, poco a poco el desasosiego retrocede dando lugar a una fe imperturbable. Cuando Ciempiés de Fuego comprueba que Bruno está dispuesto a continuar, extrae de la oreja del futuro J'Meen algunas gotas de sangre que recoge en una concha marina mientras inicia su perturbadora invocación:

—O'Chkaan, venerable Entrada en la Serpiente permítenos acceder a tus fulgurantes entrañas, para ser imbuidos de tu sagrada esencia. Aparta tus fauces y así, una vez compenetrados con tu divina naturaleza seamos impregnados de tus poderes y tu sapiencia.

Una luz cegadora nubla sus ojos al tiempo que Bruno se desploma en un precipicio. Fuertes latidos lo cimbran, por un momento cree que son los suyos hasta caer en la cuenta de que brotan del corazón de la serpiente.

La caída se detiene en una cámara de paredes blandas, de apariencia y textura acuosa. El ambiente centelleante lo deslumbra y reconoce a Ciempiés de Fuego tan solo por su voz.

—Eres un ser privilegiado. Este sitio está vedado a la mayoría de las criaturas ya que solamente tienen acceso a él reyes y chamanes —afirma su maestro.

—Te bautizo como el señor Corazón del Cielo, Uk Ux Kaj, «El de un pie, de una pierna» —clama Ciempiés de Fuego—, tu nuevo nombre hace alusión al poder esencial que se manifiesta en el centro, el eje divino que comunica cielo y tierra en torno al cual giran el tiempo y la creación —lo que agrega el maestro cimbra por completo al muchacho—: Eres el elegido para abrir el portal con el objetivo de integrar a dos mundos opuestos y separados.

La oscuridad y el silencio que rodean al ahora llamado Corazón del Cielo generan angustia en él; una sensación de abandono y soledad le asaltan.

Un segundo después, Corazón del Cielo permanece pasmado por una angustiante visión; frente a él se levanta una alucinante serpiente que despliega su cuerpo en todo su esplendor. Su apariencia voraz es impactante, y aunque parece que lo va a arrasar, el joven chamán no se mueve ni un solo centímetro; impotente, ve a la gigantesca serpiente crecer hasta alcanzar la estatura de una casa. Cuando abre las fauces para devorarlo, de su interior surge un rabioso personaje cuyo cuerpo se asoma hasta la cintura. Con salvaje expresión en el rostro, empuña una lanza que apunta directo al pecho del joven. Cuando está a punto de clavarla en su corazón, las miradas de la sierpe y de Corazón del Cielo se cruzan, el muchacho reconoce en el semblante del guerrero su propia cara, y comprende que su atacante es él mismo con todas sus debilidades. En el momento en que la serpiente sagrada le ha expelido de sus entrañas, lo ha obligado a enfrentar a su propia naturaleza.

Desbordante de valor, exclama:

—Yo, Corazón del Cielo, chamán y guerrero, acepto con humildad la misión que me ha sido encomendada.

Los dos chamanes dejan atrás el templo monstruo, en silencio penetran a una caverna para orar y hacer sacrificio. Antes del amanecer, Ciempiés de Fuego se acerca a Corazón del Cielo tomando con ambas manos una barra ceremonial de piedra tallada en forma de serpiente para depositarla en las suyas.

—Este emblema de poder —expresa Ciempiés de Fuego—, conserva la energía que le ha sido transmitida por todos los reyes y sacerdotes que la han empuñado, hoy te la entrego para que lleves a cabo la sagrada tarea.

De la más profunda oscuridad, surge un gran número de personas que en unos segundos los rodean, conmovido, Corazón del Cielo reconoce a sus abuelos, sus tíos, sus antepasados y muchas otras personas que se han ido ya.

—La presencia de los antepasados no es un simple recuerdo, sino presencia viva, ya que ellos están en todos los tiempos —le dice al joven un sacerdote con tocado de buitre—, siguiendo la llamada de quienes les han precedido, las almas emprenden el camino ya recorrido por sus ancestros.

48 - EL ALTAR

Las tinieblas han quedado atrás, las vibrantes experiencias han transformado a Bruno para siempre, la presencia de su hermana es el ancla que lo ata a su pasado. Ella intuye el cambio contundente que se fraguó en su interior, sin cuestionarlo en absoluto, se atiene a seguir las instrucciones que el joven chamán le dicta:

—Tenemos que improvisar un altar, el cual nos ayudará a expandir y elevar el poder espiritual de nuestro acto creador.

Firme y seguro, Bruno, ahora Corazón del Cielo se expresa con mayor ímpetu que antes, parece inquebrantable. «Su fortaleza nos sostiene a ambos», piensa Sabina en su fuero interno.

—Busquemos varas e improvisemos una mesa —le dice Corazón del Cielo a su hermana—, para formar un altar, el Ka'an che', es decir el Árbol celestial.

Contagiándola con su entusiasmo, levanta las manos para mostrarle algo:

—Estas lianas servirán para sostener nuestra plataforma colgante, el U Hol Gloriyah, la Plataforma del Cielo.

—Manos a la obra —responde ella.

—Los círculos que hemos formado con las enredaderas son llamados Speten Ka'an —aclara su hermano.

Cuando Sabina alza la vista, admira los nudos y la gran trama hecha con lianas y enredaderas, que parecieran cuerdas vivientes. Observando desde esa perspectiva, regresa a ella el recuerdo de los cordones umbilicales que vio durante el sueño de su parto. Por encima del complicado entretejido de ramas, percibe una banda celeste de la que pende otra cuerda de diferente color y textura por cuyo interior circula el líquido vital que ella es capaz de distinguir a través de sus paredes translúcidas.

Un pájaro que vuela en círculos sobre la cabeza de la muchacha se dirige a ella:

—Su nombre es U-Hol, la cuerda celestial que brota del ombligo del cielo para que dioses y ancestros nazcan en este mundo. Su extremo opuesto, es decir, su cauda es siempre acogida por las fauces del Inframundo el Ixtabi Ka'an.

«¿Será que el alma desciende de los cielos?», se pregunta.

Sabina vuelve al lado de su hermano que con férrea voluntad ata a la cuerda colgante una vela hecha con cera extraída de un viejo panal, al tiempo que describe:

—Este cirio simboliza el agujero en el cielo a través del cual cruzan el sol, la tierra, la luna y las estrellas desde su plano propio hacia otros horizontes —con una voz llena de pasión agrega—: Este hueco sagrado y universal llamado Hoyo Glorioso, es el centro de los cielos y de la tierra, es el portal, es decir, el comienzo del sendero hacia el más allá. A través de él arriban de otro tiempo y espacio las corrientes que mueven al mundo, pero sobre todo fluye el Itz.

—¿El Itz? —pregunta ella sin comprender.

—Sí, su nombre ritual es Y-Itz Ka'anil, la sustancia sagrada del cielo, la materia mágica que el J'Meen envía a través del portal.

— ¿El J'Meen? —pregunta la joven sin comprender.

—El chamán —responde el muchacho—. Cuando el portal es abierto en la tierra, simultáneamente es abierto desde el lado opuesto, en la morada de los dioses, entonces, se lleva a cabo un intercambio de Itz que circula en ambos sentidos.

—¿Para qué sirve el Itz? —cuestiona Sabina.

—Es alimento para dioses y hombres —viendo la cara de confusión de su hermana, le aclara—: Itz son secreciones de objetos consideradas sustancias preciosas tales como el rocío matinal, el néctar de las flores, la savia de los árboles, el copal, el sudor, las lágrimas, la miel, la cera derretida de la vela, el óxido de metal y la leche

Satisfecha con la explicación, Sabina pregunta:

—¿Qué sigue ahora?

—Las velas colocadas en la plataforma colgante arderán, ya que la cera derretida propiciará el encuentro e intercambio de sustancias mágicas —responde Corazón del Cielo.

Dicho esto, el joven Chamán desaparece por un rato y regresa con un mazacote de tierra mojada para moldear una cabeza. Una vez terminada, marca la frente de su obra con una insignia.

—He tratado de formar un incensario con la efigie del monstruo de la tierra, en su frente he plasmado el glifo K'in, símbolo del sol —explica Corazón del Cielo. Dicho esto, coloca en la base del incensario una concha, una espina de mantarraya, un trozo de tela y flores—. Esta es la insignia cuatripartita, cuyos elementos la vinculan con los tres ámbitos del universo, los tres planos cósmicos —explica mientras enciende el copal que depositó en el fondo.

Mientras Sabina contempla a su hermano Corazón del Cielo, llevando a cabo el ritual con devoción y fe, lágrimas de emoción resbalan sobre sus mejillas. También conmovido, el joven chamán se percata del llanto de la joven, entonces, con esmero, recolecta las saladas gotas dentro de un trébol de cuatro hojas cuya carga preciosa coloca sobre el altar:

—Una lágrima tuya será el vínculo más adecuado para llegar a los dioses —afirma con la voz entrecortada.

—Antes de comenzar el ritual —afirma Ciempiés de Fuego quien reaparece inesperadamente—, debes recordar que la entonación de los cantos es el elemento más efectivo para acceder a otros mundos, permite que tu intuición te guíe para escoger las palabras y la música adecuadas, ya que ellas mismas son espíritu.

—¿Qué palabras pronunciar? ¿Qué cantos debo entonar? —responde el joven afligido.

—Los cantos se sueñan —responde Ciempiés de Fuego—, son fragantes como las flores o el incienso, tanto la belleza de su aroma como su duración e intensidad permiten una acumulación de fuerza que precipitará el resultado que deseas alcanzar.

Dicho esto, Ciempiés de Fuego guarda silencio y se dirige al altar donde coloca algunas piedras mágicas, después remoja sus dedos en las lágrimas contenidas por el trébol para cargarse con su fuerza espiritual y es entonces cuando comienza a entonar plegarias acompasadas por una música de pasmosos tonos graves y lentos que inunda la atmósfera con su magia y su perfume. Unos segundos después los cantos fluyen de la garganta del joven chamán, la voz de su maestro se desvanece, solo resuenan los cantos de Corazón del Cielo quien escucha a Ciempiés de Fuego hablarle dentro de su cabeza:

—A partir de este momento me encuentro asimilado en ti, la incorporación en el otro yo es una realidad, hoy constituimos una sola identidad, la transmutación del sí mismo en el ajeno.

Corazón del Cielo alza su poderosa voz:

—Dentro de este espacio sagrado invoco a las deidades protectoras y a los cargadores en los extremos del mundo. Desde este altar Ka'an Che, El Árbol Celestial suplicamos a nuestros padres y nuestras madres que una vez más insuflen a todas las criaturas con su fluorescencia, el hálito sagrado, soplo divino, viento blanco ya que la fuente de vida fue arrasada desde las tinieblas —gruesas perlas de sudor escurren por sus sienes—. Estamos aquí con humildad y reverencia para ofrecerles lo único que poseemos: savia, sangre, rocío, sudor, néctar de flores, lágrimas, cera y miel. Frente a los ojos maravillados de Corazón del Cielo y su hermana Sabina, los preciados bienes contenidos en una humilde tabla son succionados por una energía que arrasa con todos ellos.

49 – VÍA LÁCTEA

Sabina que acaba de presenciar la fusión del gran Chaman en el cuerpo de su hermano Corazón del Cielo, no logra asimilar el portento del que fue testigo. Su única compañera es la Luna, quien comparte su hogar cósmico con un conejo. En un parpadeo, el astro desaparece dejando un angustioso vacío, los ojos de la joven la buscan en vano mientras su desconcierto aumenta. Al cabo de un rato una mujer que despide un brillo cegador se acerca caminando, en sus brazos lleva a un conejo, Sabina nota que tanto la majestuosa señora como el roedor portan un collar idéntico, la blanca tez del enigmático personaje se torna aún más resplandeciente cuando se dirige a la muchacha:

—Los luceros son los ojos del cielo y el collar de flores que engalana al sol.

—Las flores de la sierra también son estrellas —responde la joven.

—Y ellas brillan en mi jícara, ya que la tierra es la imagen reflejada del cielo.

Al escuchar estas palabras Sabina confirma lo que sospechaba, es la Señora Luna que con su mano señala al firmamento:

—En la vía láctea se encuentran comprendidos todos los símbolos de la creación. En ella se despliega como un libro, el mapa cuyas constelaciones revelan la historia del Génesis plasmada en el rostro de la fría oscuridad —afirma la diosa con el rostro impávido—. Los astros, prototipo de los guerreros, penetran en la tierra para fecundarla y nutrirla con la ofrenda de su sangre y corazones —la joven escucha clavada en el piso—, este ciclo de muerte y resurrección de los astros es igual al ciclo del maíz en el momento en que es decapitado y su grano se siembra en el interior de la tierra donde renace al igual que la Estrella Avispa[29].

—¿Qué va a suceder? —pregunta Sabina.

—Tú eres el nexo entre el altar terrestre construido por Corazón del Cielo y el milagro que está a punto de suceder en la vía láctea, serás testigo de algo que va a ocurrir simultáneamente tanto en el Rostro del Cielo como en los otros planos —responde la diosa.

—¿Te refieres a cielo, tierra e Inframundo? —pregunta la muchacha.

—Tú lo has dicho, ya que los portales al otro mundo están representados en el cielo nocturno.

La diosa y el conejo se eclipsan, Sabina es succionada por un torbellino que la arrastra y la levanta para ser depositada en un jardín silencioso. Aturdida, permanece un rato en el suelo, la sensación de vacío la confunde más, entonces decide levantarse a caminar. A tan solo unos pasos, se topa con un bracero que arde, un guajolote que ha sido sacrificado se encuentra tendido sobre las brasas, la cabeza del ave cuelga hacia atrás y en el pecho abierto, del

---

[29] Venus.

cual emergen fuego y humo han sido colocadas tres piedras del fogón. Los dos hombres que flanquean la escena perforan los lóbulos de sus orejas con una gran espina, la sangre que escurre se transforma en grandes volutas que se elevan y se funden con las espirales etéreas del bracero, Sabina las sigue con la vista y fija sus ojos en el cielo donde se desvanecen. Al mirar el intenso azul, evoca al universo infinito, se compenetra con él, las barreras de su cuerpo se expanden, no hay fronteras entre ella y la inmensidad. Con la fuerza de su intención se conecta con el cielo que ahora se encuentra ya bajo sus pies.

El silencio envuelve a la joven. Al mirar hacia abajo, se siente al borde de un precipicio, no se atreve a dar un solo paso, el miedo atrofia sus piernas, los pequeños luceros que parpadean le permiten distinguir la estrecha franja que la sostiene: es una banda formada por resplandecientes cuerpos celestes, suspendida, flotando entre las estrellas. En vano busca a la Luna que la ha abandonado a su suerte.

Sabina trata de controlar sus pensamientos, repasa una y otra vez las palabras de la diosa: ella es un vínculo, algo tiene que suceder. En ese instante, decide serenarse, una sensación de bienestar se instala en ella mientras aguarda. Al cabo de un rato, su paciencia es recompensada: surcando los cielos se acerca una barca cuyos remos se hunden en las profundidades de la bóveda celeste que se agitan como espesas aguas oscuras plagadas de nebulosas y estrellas que se apartan para abrirles paso. La joven se queda sin aliento, entonces la familiar voz del conejo la gratifica:

—El principal tripulante de la barca es el señor supremo Itzamnáaj —afirma emocionado—, el Chaman original, que, acompañado de los dos remeros se dirigen hacia la Constelación del Pecarí que contiene el corazón de la creación donde serán colocadas las tres piedras, el emblema del fogón indígena y del hogar que hoy renacen aquí en Na Hochan, el Lugar de los Cinco Cielos [30].

Sabina observa la escena sin parpadear. Los participantes oran al tiempo que, taladrando sobre un madero, encienden el primer fuego y colocan tres piedras. La joven comprende que en realidad son estrellas; al contemplar su fulgor, recuerda el libro que narraba la historia del origen:

«En toda cocina indígena arde día y noche un fogón con tres piedras encendidas que son los apoyos sagrados del fuego, por lo tanto, cada vez que una mujer lo inflama, está evocando el momento en que estas fueron colocadas en la Constelación Tortuga, el momento de la creación». Entonces piensa: «¡Las tres piedras del fogón son las tres estrellas del Cinturón de Orión! ¡Bruno tiene que saberlo!»

Exaltada rememora las revelaciones hechas por el Dios Maíz el día de su primer encuentro:

«Los dioses de la barca hunden sus remos para revolver las aguas del cosmos del mismo modo que remueven las del Inframundo asegurando así el

---

[30] Esto sucedió originalmente en la fecha 13.13.13.0000 4 Ahaw 8 Kumk'u.

renacimiento del maíz difunto, entonces, de manera simultánea emergen los cerros en la superficie de la tierra y el Monte Sagrado empieza a parir la multiplicidad de las criaturas procedentes todas de sus respectivos padres, madres.»

Mientras que Sabina navega entre sus recuerdos creyendo que todo ha terminado, sucede el mayor de los portentos: el Dios Maíz se levanta renaciendo de la Constelación Tortuga, para después erguirse convertido en el Primer Árbol Precioso:

—¡La vía láctea toma la forma del Dios Maíz que se manifiesta en su forma de árbol! —afirma Corazón del Cielo que aparece de pie junto a su hermana—, él es el primer padre conducido en la canoa al lugar de la creación —sostiene emocionado—, lleva las semillas en su pecho y con ellas plantará las cuatrocientas estrellas [31] —con gravedad agrega—: Los dioses escribieron estos actos en el cielo, con la intención de que todas las criaturas puedan leer y comprender que así comienza el movimiento circular de las constelaciones, el mismo que sostiene la bóveda celeste hasta el fin de los tiempos y hasta la próxima creación.

---

[31] Pléyades.

50 – UN MUNDO NUEVO

Sabina abre los ojos en una habitación desconocida que recorre con la mirada: el techo no es muy alto, una hendidura en el muro hace las veces de ventana, se encuentra recostada en un lecho cuya base es de adobe, la cubren delgadas mantas de algodón y unas sandalias aguardan al lado de la cama. Cuando decide abandonar el cuarto, se abre frente a ella un amplio y luminoso espacio repleto de plantas y flores, alegres cantos de aves regocijan su corazón, en el centro del lugar se levantan, majestuosas, tres enormes ceibas, yaxche, con algunas prendas colgando de sus ramas al igual que collares de jade, flores y espejos, los árboles con sus troncos cubiertos de espinas lucen como personas vestidas para una ocasión especial. Un anciano que merodea se detiene para decirle:

—Su nombre es tan importante como su apariencia, es el Árbol del Mundo.

Un resplandor se apodera de la mente de la joven que pronuncia su nombre en silencio: «Es Wakah-Chan, ¡El Cielo Levantado!». Entonces a su mente vuelve la afortunada imagen del Dios Maíz en el momento en que se irguió en la Vía Láctea como el primer árbol precioso.

Mientras se pregunta en dónde se encuentra, se distrae con algunos guajolotes que deambulan picoteando el suelo. Al fondo hay una milpa, mientras camina hacia ella se dice: «Ahora que conozco los significados secretos y sagrados de una planta de maíz, la aprecio y venero.»

Después de contemplar el maizal decide dar un paseo, por su camino se cruzan hombres, mujeres y niños: blancos, de piel morena, dorada, cobriza y qué decir de los variados tonos de ojos y cabelleras. De nuevo, se siente perdida. «¿Qué sucederá esta vez?», se pregunta a sí misma intrigada.

La voz de Bruno interrumpe sus reflexiones:

—¿Dónde te habías metido? ¿Te has dado cuenta de que hemos vuelto a nuestro hogar? —afirma curioso.

—¿Estás seguro? ¡No reconozco nada! —responde incrédula.

—Efectivamente, algo cambió, me siento intrigado, pero he visto a Papá, por eso estoy convencido —responde Bruno, cuyas palabras hacen un efecto maravilloso en la joven.

—¿Papá? no soportaría una broma —agrega esperanzada— ¿Es cierto?

Bruno simplemente la anima a seguirlo, su entusiasmo es tan contagioso que por un momento ha hecho olvidar a su hermana la punzada que lleva en el corazón: el vibrante recuerdo de Pakal lacera sus sentidos, no puede evitar pensar que por el hecho de haber regresado a su lugar de origen jamás volverá a verse reflejada en sus ojos.

Caminan entre altos muros de piedra, ambos se sienten atraídos por las notas de una música pegajosa, sus pasos los conducen por un invisible sendero de sonidos crecientes que culminan con todo su esplendor en una plaza donde un nutrido grupo tañe sus tambores de diversos tamaños y formatos, acompañados de dulces acordes de flautas y caracoles.

—¿En verdad crees que hemos vuelto al pueblo? —interroga Sabina—, observa esos cráneos alargados hacia atrás y aquellos cuyas cicatrices en el rostro forman espirales.

—Tienes razón, estas personas lucen distintas —responde Bruno—, nada es igual, ni el ambiente, ni las calles y menos esa música.

Ambos circulan entre la multitud, el misterio crece al prestar atención a la muchedumbre, algunos lucen pintura facial, otros tatuajes, perforaciones, orejeras, narigueras, ninguna de sus joyas parece familiar. Hombres y mujeres visten túnicas, otros, capas, algunos pantalones y sandalias, aunque la mayoría camina descalza.

—Quizás pertenecen a algún gremio, por eso parecen diferentes —afirma Bruno, tratando de animar a su hermana, aunque su reflexión no lo convence ni a él mismo, los dos saben que algo no encaja.

La incertidumbre aumenta al contemplar a un grupo de mujeres que canta una extraña canción. De sus bocas asoman dientes con incrustaciones de piedras, otras muestran sin recelo sus dientes limados o pintados.

Un hombre maduro se acerca a ellos entre curioso y divertido:

—¿Son forasteros? Para nosotros, los extranjeros pertenecen a otra creación.

—Podría decirse —responde Bruno que busca los ojos de su hermana con una mirada cómplice—. Perdón por entrometerme —le pregunta al hombre sin recato—, ¿por qué esas mujeres tienen los dientes arreglados?

El hombre esboza una amplia sonrisa dejando al descubierto sus dientes limados para responder:

—Las intervenciones dentales las llevamos a cabo en nuestras bocas para igualar el aspecto de la dentadura, pero, sobre todo, porque modulan la entonación vocal.

Una joven que ronda por ahí y que ha escuchado la pregunta de Bruno se acerca para agregar:

—No hay que olvidar que la boca es el umbral del aliento vital y, al permitir que este transite, fluye la palabra.

Esta revelación los convence de que no se encuentran en su tierra natal, mientras se alejan de la pareja, dan vuelta en una esquina donde reconocen la avenida principal que recorrieron cientos de veces a lo largo de sus vidas y que los conducía hasta su hogar. El desasosiego se instala en ellos.

Mientras avanzan en silencio, se asoman al quicio de una puerta donde se encuentra algo similar a un altar en donde una familia presta atención a las palabras de un hombre con el rostro pintado de negro y que viste una túnica bordada. Ese encuentro lo consideran como un mal presagio, pero su curiosidad rebasa la desconfianza y se acercan para escuchar. Muy pronto, caen en la cuenta de que la familia ha venido a consultar la suerte que se le augura al recién nacido que porta la orgullosa madre.

El sacerdote se dirige a ellos:

—Este niño ha nacido bajo el signo de la lagartija que es vaticinio de fortuna por lo que tendrá riquezas.

—¿Está seguro? —pregunta la madre anhelante.

—No hay duda ya que a una lagartija que vive recargada en la pared siempre le llegan moscas o mosquitos hasta la boca, esto quiere decir que encontrará prosperidad sin mucho trabajo, además de que posee la agilidad y la fuerza del reptil.

Unas puertas más adelante el par de jóvenes curiosos descubren un patio atestado de flores cortejadas por mariposas de múltiples tamaños y colores, el adolescente que se espanta las moscas con una vara dirige a ellos su rostro tatuado para invitarlos a entrar:

—Pasen para conocer su destino.

— Y… ¿Cómo es eso posible? —pregunta Sabina.

—Echando semillas de colorín y de maíz sobre un petate, la adivina recibe señales divinas —afirma el niño con expresión de astucia—. Gracias a palpitaciones en su propio cuerpo, ella puede descifrar los designios de los dioses en los días parlantes del calendario. Los hermanos agradecen la invitación y se retiran para reanudar su marcha, vagando sin rumbo fijo, para después alcanzar la vereda que conduce a su hogar.

—Es exactamente igual que antes —dice Bruno.

El jardín cuajado de plantas rebosa de belleza y armonía. Los entusiastas ladridos de su perro y su cálida recepción no solo los transportan a los agradables momentos de antaño, sino que les confirman que están de vuelta a su hogar. Los hermanos evocan la historia de Argos, el fiel perro de Hércules que muere de alegría cuando este regresa después de una larga ausencia.

Cuando entran a la casa que les parece ajena, Sabina afirma:

—Es aquí en donde desperté hace unas horas.

—El añorado olor a comida y el calor de hogar invade sus sentidos. Sentado en una mecedora, con el periódico en las manos encuentran a su padre, relajado y distraído como de costumbre, considerando un milagro el poder estar a su lado otra vez. Ambos se precipitan para estrecharlo:

—¡Papá! —gritan al unísono, apretándolo tan fuerte que los tres caen al piso con todo y silla, un estallido de carcajadas acompaña la celebración de tan anhelado encuentro.

Divertida, recargada en la puerta de la cocina con los brazos cruzados, la conmovida madre contempla la escena, los hermanos corren para alcanzarla disputándose por llegar primero.

—¿Por qué están tan efusivos? —pregunta—: ¿Cómo te fue en el examen, hija?

Al escuchar esa pregunta, ambos comprenden que sus padres jamás notaron su ausencia.

La madre extiende su mano para darle un libro a Bruno, diciendo:

—Por fin lo encontré, estaba revuelto entre otros papeles.

—Gracias mamá —responde Bruno sin recordar por qué estaría buscando ese texto.

Sin agregar nada, lo toma en sus manos y se dispone a leerlo, pensando que en su contenido puede haber una respuesta a la situación inexplicable en la que se encuentran.

—Ven hermana, vamos a echarle un vistazo.

Curiosos y ávidos, hojean el libro cuyo título es *Nah Otoch*, la casa. El joven lee en voz alta las primeras líneas:

—Toda morada posee una fuerza vital, es un microcosmos contenedor de fuerzas naturales.

—No recuerdo este libro —afirma Bruno pensativo.

—Yo tampoco —dice la muchacha—, sigamos leyendo.

—En las proximidades de las casas, la milpa, que es una señorita con sus cuatro esquinas delimitadas, se encuentra bajo la tutela de los dioses de los cuatro extremos del mundo. Erguidas sobre terrenos donde antes solo la naturaleza reinaba, las casas son el hogar de otros seres, sus legítimos dueños, por lo tanto, los habitantes comparten sus viviendas con entidades de naturaleza no humana, todas y cada una de ellas son nombradas «da Casa del Lugar de la Dualidad».

Bruno detiene la lectura para afirmar:

—Definitivamente no lo reconozco, ni siquiera es mío.

La voz de su madre los llama para acercarse a cenar y deciden no hacerla esperar. Cuando se dirigen al comedor, se topan con un altar lleno de flores y cerámicas bellamente pintadas, ambos se miran sin encontrar una respuesta a lo que está sucediendo.

Los dos deciden no alterar a sus padres. Sabina le pregunta a su mamá si quiere que lleven los platos y cubiertos a la mesa, ella responde desde la cocina:

—Cenemos aquí, en mi lugar predilecto, el centro del hogar.

Cuando Bruno y Sabina entran a la cocina no pueden creer la petición de su madre:

—Hijo, ayúdame a reavivar la llama del fogón, ya sabes que nunca debe de extinguirse. Cuando descubren las piedras trillizas que sostienen al comal, ambos están al borde del colapso. Profundamente afectados los dos fingen durante la cena que consiste en un menú a base de productos de maíz. Lo único que les da certidumbre en una situación de extrema confusión es la presencia amorosa de sus padres, cuyo cariño es como un ancla a la que se aferran para no ser arrastrados en la vorágine de la desesperación.

Mas tarde, los hermanos intercambian inquietudes:

—El altar del comedor no lo recuerdo —dice Sabina.

—Y qué me dices de las tres piedras del fogón de la cocina. Lo único que tengo claro es que ellos sí son nuestros padres —responde su hermano.

—Algo ha cambiado —dice la joven—, debemos averiguar más, pero ¿Cómo? ¿Dónde?

La noche transcurre poblada de presencias extrañas. Con los primeros rayos del sol, Sabina corre hacia Bruno:

—Hermano, despierta que no he podido dormir, se me ocurre que hay un solo lugar en donde podremos encontrar las respuestas que buscamos.

Los dos salen a la calle con los primeros rayos del sol, cuando llegan a su destino, acceden a uno de sus edificios favoritos que aún conserva su arquitectura colonial, la biblioteca aún se encuentra cerrada y para esperar a que la abran recorren el recinto.

—Los murales son completamente distintos —afirma Bruno intrigado.

Las horas parecen eternas hasta que, por fin, la gran biblioteca abre sus puertas. Ansiosos, los hermanos se dirigen al bibliotecario para pedirle un ejemplar de *La visión de los vencidos*, cuando este afirma no conocerlo, ellos reprueban su falta de conocimiento:

—Busque bien por favor, su autor es León Portilla —afirma Sabina impaciente.

—¿León qué? —pregunta un joven ofuscado.

—¡Qué ignorantes! —le dice Bruno a su hermana.

Bajo la mirada impotente del bibliotecario de pequeña estatura, Bruno toma el catálogo que revisa desesperado, comprobando que ni él ni Sabina conocen un solo autor ni libro clasificados en él.

El pobre hombre guarda silencio y les permite que recorran todos los estantes, hasta que, en un mueble colocado en el lugar protagónico del recinto, descubren un impresionante acerbo de códices indígenas prehispánicos.

Sabina se dirige al joven custodio de los libros:

—Por favor, discúlpenos, estamos muy exaltados.

—Ya lo creo —responde el joven de rasgos indígenas.

—¿De dónde han salido estas decenas de códices? De todos es sabido que fueron arrasados y quemados por los conquistadores —pregunta Bruno confundido.

—Y los pocos que se salvaron se encuentran lejos y resguardados en sitios lejanos e inaccesibles —agrega Sabina.

Visiblemente molesto, el bibliotecario responde:

—¿De qué están hablando? Les puedo asegurar que los códices jamás fueron destruidos, ¡en mi familia hemos custodiado estas reliquias por generaciones! —Fulminante agrega—: Les voy a pedir que abandonen este recinto ahora mismo.

—Por favor no te exaltes —suplica la joven—, estamos confundidos y tratando de encontrar una respuesta, permítenos permanecer otro rato, a lo que él, de mala gana, accede. Al azar toman un libro, un tratado sobre construcción con adobe, Bruno lee el prefacio en voz alta:

—La naturaleza se vale de la geometría para manifestarse. Algunas culturas la consideran como un lenguaje divino. Un ejemplo sería el patrón impreso en la piel de la serpiente de cascabel, cuya secuencia en el rombo central llamado Canamayté inspira diseños constructivos e incluso textiles, se trata de la concepción de la naturaleza como un texto, también se puede citar al petate que reproduce en su tejido la geometría sagrada, la forma de serpientes enlazadas que permite el circular armonioso de energía donde solo el rey o maestro pueden sentarse.

—¡Una manera ritual de abordar la arquitectura! —comenta Bruno.

—En nuestro centro ceremonial, no muy lejos de aquí —interviene el bibliotecario—, el complejo arquitectónico está orientado para marcar días importantes en el calendario solar, como por ejemplo el solsticio.

—Este libro, como todo lo que hemos experimentado, nos confirma una vez más que mi hermano y yo fuimos enseñados a percibir a la naturaleza como un sistema de cuerpos inertes y sin alma —afirma Sabina emocionada—. Hoy sé que podemos dialogar con ella, pues sentimos, respiramos y vibramos igual que las criaturas de todos los reinos, incluyendo el mineral. Nunca más separaré el sueño de la imaginación.

—Y qué decir de los entes sobrenaturales, los seres fluidos con territorios que se mueven e invaden los de otros —agrega su hermano casi con nostalgia.

Mientras conversan, los tres jóvenes se relajan. Buscando un acercamiento, Sabina pregunta:

—¿Cómo te llamas?

—Mi nombre es Sak K'uk, Quetzal Blanco.

Al escuchar su nombre en maya, Bruno formula otra pregunta:

—¿Existirá algún texto sobre el descubrimiento de América?

—Recuerdo algunos sobre descubrimientos, pero nada con el nombre que mencionas —responde Sak K'uk.

—¿Me puedes facilitar algún libro sobre la Conquista? —solicita Sabina.

—¿La Conquista? —contesta el bibliotecario extrañado.

—O alguna biografía de Cortés, Hidalgo o Morelos? —inquiere Bruno.

—Desconozco a esos personajes —responde el hombre agobiado.

—Sak K'uk, no pretendemos agobiarte —le dice Sabina—, por favor permíteme hacerte una última pregunta:

—¿Sabes algo sobre el colapso Maya?

Estas palabras provocan en Sak K'uk un estallido de cólera, y les ordena de manera tajante que abandonen el lugar.

Cabizbajos, se retiran bajo un cielo lluvioso. Antes de doblar la esquina, Quetzal Blanco los alcanza para decir, con la respiración entrecortada:

—Creo que he comprendido lo que está pasando y les extiende un libro, diciendo:

—Por favor, léanlo y los espero aquí mismo mañana al amanecer.

Bajo el cobijo de un árbol, Sabina devora las líneas de la publicación titulada *Gonzalo Guerrero*, mientras que su hermano aguarda impaciente.

—¿Cómo un libro tan modesto nos puede dar una respuesta? —reclama a su hermana.

—Creo que lo he comprendido todo —responde Sabina—: Hace lo que yo calculo 500 años naufragó cerca de nuestras costas un barco extranjero, los únicos dos sobrevivientes fueron arrastrados por las corrientes, días después, fueron hechos prisioneros por los naturales del lugar muy cerca de un adoratorio consagrado a la Luna. Sus nombres eran Jerónimo de Aguilar, sacerdote y Gonzalo Guerrero, soldado.

—¿Y eso qué? —rezonga Bruno de mala gana.

—Mientras que el primero fue hecho esclavo —continúa Sabina—, Guerrero se adapta a la cultura, aprende el idioma, abraza la religión y los dioses. Tiempo después toma una esposa con la que procrea tres hijos. Cuando son avistadas las naves de los invasores, es decir, los españoles, Gonzalo Guerrero, armado y vistiendo a la usanza maya, orgulloso de lucir la barba que enmarcaba su rostro tatuado dirige la resistencia contra el enemigo repeliéndolo exitosamente.

—¡Un español dirigiendo al ejército maya! —comenta Bruno conmovido—¿Y entonces?

—Los grandes reinos mayas eran aliados y lucharon unidos, no había diferencias ni disputas entre ellos, por lo tanto, no se consumó ninguna conquista por parte de los españoles; la cultura se conservó intacta —concluye ella entusiasmada.

Bruno deja de escuchar a su hermana, y a su mente regresa aquella conversación que sostuvo con Pakal, pidiéndole que se fortaleciera su reino evitando las pugnas internas y las guerras fratricidas. Se atreve a soñar que fue él quien influyó para que se diera este vuelco de la historia. Al cabo de un rato deja de divagar para de nuevo prestar atención a la conversación con Sabina, que agrega:

—Aunque el contacto entre las dos culturas sí se dio.

—¿A qué te refieres? —insiste Bruno, tratando de retomar el hilo.

—¿No recuerdas las personas rubias y barbadas que cruzamos? —comenta Sabina.

—Tienes razón, ¿y qué tal las mujeres con dientes pintados y limados? —contesta él.

Después de esa revelación, de regreso a su hogar, para ambos las cosas toman otra dimensión y adquieren un nuevo sentido.

Exhaustos, los hermanos se recuestan y tratan de dormir, Sabina siente gran efervescencia en su mente, recuerda que la cama es nombrada Wayib en maya: lugar de sueños o residencia de un sobrenatural. Con esa idea rondando en su cerebro entra en un estado de vigilia. Creyendo estar despierta, se ve a sí misma frente a un gran árbol herido, de la profunda hendidura que la ceiba tiene en el centro de su tronco brota el tiempo en forma de sangre. Poco a poco, el árbol se levanta transformándose en cocodrilo, las placas dorsales de la bestia son al mismo tiempo las púas de la ceiba que crece hasta que su parte posterior llega al cielo transformada en follaje. De nuevo la joven tiene esa inolvidable sensación bajo sus pies como cuando caminó sobre la Vía Láctea y despierta con sobresalto. Es inútil volver a dormir, prefiere armarse de paciencia para esperar el amanecer.

Tras una noche llena de incertidumbre, los hermanos se levantan antes de la salida del sol. Aunque llegan antes de lo acordado, Sak K'uk también se encuentra ahí.

—¿Listos? Por favor, vengan conmigo —saluda con entusiasmo.

Tras una ardua marcha por el bosque y la selva, ascienden bordeando una cascada para dirigirse a lo que el joven maya llama Centro Ceremonial. Desde un mirador natural, los tres se detienen para admirar la vista espectacular: Una ciudad construida en una meseta estrecha, rodeada de montañas, acantilados profundos y ríos que limitan la superficie ganada por el hombre, protegida al sur por un terreno elevado y al norte por un acantilado.

Sabina y Bruno sienten una profunda familiaridad con el lugar, mudos de emoción admiran la belleza y el esplendor que les rodea mientras escuchan a Sak K'uk señalar con orgullo:

—La calle principal es aquella en la que aterrizan los dos puentes que cruzan sobre el arroyo.

En el lado sur de la plaza se levanta una plataforma. Desde ella se desplantan dos edificios de aspecto prehispánico. El sol que se levanta hace resaltar en todo su esplendor el contorno de la crestería de un templo, cuyo juego de sombras le da una perspectiva tridimensional. Maravillados, Bruno y Sabina exclaman en coro:

—El templo de la Cruz de Palenque.

—Estamos en Lakamha que significa «El lugar de las grandes aguas», en el reino de B'aaknal, «Lugar de huesos»— explica Sak K'uk.

Cuando alcanzan un punto más alto, admiran una hermosa y efervescente ciudad por donde circula mucha gente. Las casas se alternan con la arquitectura monumental, así como con espacios ceremoniales, donde sobresalen múltiples terrazas de diversos niveles sin olvidar las espectaculares plazas abiertas.

El conjunto está delimitado por montañas con un sin número de escalinatas. Del lado opuesto del terreno se precipitan una serie de cascadas, que es por donde accedieron.

—El grupo de templos que se aprecia en medio del espacio ritual es en donde se llevan a cabo las ceremonias que nos vinculan con los dioses —aclara Sak K'uk—, aquel patio hundido representa la superficie de un cuerpo de agua que es al mismo tiempo un portal que asoma hacia otros mundos, ahí la gente nada a través del incienso en el éxtasis de la danza.

Con estupor, Bruno y Sabina reconocen el Templo de las Inscripciones, no les queda la menor duda: Se encuentran en lo que conocen como Palenque.

Sin darles tiempo a cuestionarlo, Sak K'uk les invita a continuar el recorrido, caminan por corredores, atraviesan pasajes subterráneos, cámaras oscuras y abordan escaleras interminables, entran y salen por diversos edificios. Al final de la pesada jornada, entran en una habitación medianamente iluminada donde un hombre de larga cabellera y con la frente tatuada les dirige su mirada enigmática para darles la bienvenida:

—Los estaba esperando —les dice como si supiera la maraña que habita en sus mentes—, estoy dispuesto a aclarar todas sus dudas.

Los hermanos se sienten confortados al saber que alguien comprende su confusión y que quizás sepa la respuesta a todo ese embrollo.

—Hace cientos de años, nuestro reino se encontraba dividido en diversos señoríos que rivalizaban entre sí, tales como: Tikal, Calakmul, Yaxchilán, Toniná, Copán, Quriguá y claro Lakamha.

—Para nosotros Palenque —agrega Bruno emocionado.

—Los reyes competían entre sí para ampliar sus rutas comerciales —agrega el hombre con un profundo suspiro—, pero, sobre todo, para salvaguardar y extender sus fronteras, su gran ambición era la conquista del mayor territorio posible y el sometimiento de otros reinos, aunque fueran hermanos.

Tras colmar la sed de sus invitados el sacerdote continúa:

—Las guerras y la sequía estuvieron a punto de terminar con nuestra civilización.

Bruno no puede dejar de cavilar y desea con todo su corazón que su modesta intervención en aquella plática con Pakal haya surtido efecto. Cada palabra dicha por su anfitrión resuena en sus oídos:

—Fue debido al cambio súbito que se operó en el rey visionario llamado Pakal, quien comprendió que solo dejando atrás las rivalidades se podría consolidar un imperio poderoso e invencible. Entonces se propuso hacer treguas para convencer a los otros monarcas de que estas luchas fratricidas cesaran y lo logró.

Conmovida, Sabina escucha el nombre de su amado y sigue con emoción cada detalle del intenso relato:

—Pakal tuvo la premonición de una aniquiladora invasión extranjera, una tragedia que fue evitada gracias a que él promovió la cohesión de los grandes reinos. Estos dejaron de ser ciudades, estados independientes y, una vez unidos forjaron una sola y única nación. Por lo que cuando los primeros navíos invasores fueron avistados en las costas, la unión y la fidelidad a un mismo estandarte hizo posible que salieran airosos en la resistencia frente a ellos —explica el sacerdote que se retira de manera discreta.

Las reiteradas evocaciones de Pakal provocan en Sabina una profunda impotencia y un gran dolor.

«Aquí y ahora es solo un héroe legendario, lejano de mí y de todo lo que me rodea», piensa con amargura.

Mientras le abruma la melancolía, Bruno se acerca a ella para decirle:

—Tengo la certeza de que, cuando Pakal y yo sostuvimos aquella conversación sobre la suerte del imperio maya en los años posteriores a su muerte, abordé el tema del gran colapso. ¿Tú crees que gracias a esa plática él se haya propuesto rectificar las cosas y por lo tanto se haya cambiado la historia?

—Creo que estás siendo pretencioso —contesta ella.

Después de su intenso encuentro con el sacerdote abandonan el recinto y regresan sobre sus pasos, el sol comienza a ocultarse, la magia del ocaso se intensifica con el lánguido sonido de un caracol que los remonta a mágicos recuerdos. De todas las direcciones surgen ríos de personas que se dirigen hacia la gran plaza. Al mezclarse entre ellos, los escuchan expresarse en lenguas completamente desconocidas. Instalados desde un punto estratégico observan: en la atmósfera flota un ambiente festivo y ritual al mismo tiempo. Las horas transcurren, ambos notan que los participantes están organizados en diversos contingentes que se distinguen por sus atuendos y estandartes.

—¡Parece una confederación de naciones! —afirma Bruno conmovido.

Un hombre con pantalón y camisa blancos porta un tocado de plumas que descienden por su espalda, flecos de piel rematan su larga capa, con sus mocasines levanta el polvo mientras baila al ritmo de los cantos de su gente.

—Sus movimientos evocan el vuelo del águila —afirma Sak K'uk—, muchas de estas etnias se expresan con danzas de diferentes estilos coreográficos tradicionales.

—¡Sí! me recuerda a los pueblos de norte! —contesta Bruno.

—En esta área se han instalado las naciones Sioux, Comanche, Apache, Kiowa, Cherokee, Navajo y Cheyenne que han estado llegando durante las últimas semanas —explica Sak K'uk—, todos han viajado durante meses para estar aquí esta noche.

Durante horas admiran a los diversos contingentes llegar y tomar sus lugares. Las danzas ejecutadas al ritmo de cantos tradicionales o acompañadas por tambores percutidos rítmicamente, y en sincronía con los cantadores, embelesan sus corazones.

Sak K'uk haciendo alarde de su sapiencia describe las características y orígenes de las diversas delegaciones:

—Del norte vienen los iroqueses —estira su brazo para señalar—: los que ven descender de aquel lejano montículo se llaman Cunas, con sus piernas y brazos envueltos en bandas.

Curioso, Bruno se acerca al hombre que con sus cantos ha dirigido una danza colectiva. Los participantes que se entregaron con vehemencia a sus plegarias pertenecen a diversos grupos.

El chamán afirma:

—Las danzas grupales tienen la función de cohesionar a todos sus seguidores y promueven la unión interétnica, danzar es orar —el hombre desaparece entre la multitud.

Los tres amigos se sientan para escuchar las ricas descripciones de Sak K'uk:

—Aquellas personas con un estandarte colorido son los aimaras.

Señalando un enorme grupo que se encuentra mucho más lejos agrega:

—Los quechuas enriquecen la armonía del ambiente con sus flautas de 30 cañas.

—¿Y esos de cabeza rasurada? —pregunta Sabina.

—Son los yaguas que desde el Putumayo avanzan descalzos vistiendo un humilde paño —responde Sak K'uk.

—¿Por qué portan arcos y cerbatanas? —inquiere Bruno.

El guía improvisado evade la pregunta, lo que inquieta profundamente a sus nuevos amigos.

Los tres deciden dar una vuelta por los diversos campamentos que poco a poco se han instalado.

—Aquellos que cubren su cabello con plumones blancos y que con grandes púas de madera atraviesan sus labios, narices, mejillas y barbillas, son los yanomamis —explica Sak K'uk—, los cuidadores de la selva, que han llegado del Cono Sur.

Al penetrar en un lecho rocoso, descubren a un grupo de personas que enciende múltiples fogatas, con atención los hermanos escuchan al bibliotecario:

—Los hombres que forman una corona sobre sus cabezas con círculos de plumas de papagayo pertenecen a la cultura Cayapós.

—Qué suerte presenciar este espectáculo inimaginable —agrega Sabina impactada al admirar el disco de madera con el que los cayapós estiran sus labios inferiores.

Al abandonar la gruta caminan por un sendero que los conduce a un cenote donde han acampado los Uros, «La gente del Agua».

—Ellos habitan las islas que son grandes nidos de pájaros flotantes en un enorme lago —comenta Sak K'uk—, lejos de los grandes glaciares.

—¿Será el Titicaca? —pregunta Bruno sin encontrar respuesta.

Protegidos dentro de una vistosa gruta con enormes estalactitas verdes y azules se encuentran los ayacuchanos, «Los de Alma Púrpura».

—Observen a las mujeres que muestran sus faldas de hasta dieciséis vuelos —comenta Sak K'uk—, este pueblo antecedió a los Incas.

Al regresar al campamento se cruzan con un conjunto de personas que van armadas.

—Son conocidos como mapuches —afirma Sak K'uk—, procedentes de Wajmapu que significa «Toda la Tierra», su lengua es el mapudungun. Ellos han llegado hasta aquí tras los pasos de su líder llamado Lonko —lo que agrega se cierne como una amenaza para los hermanos—: Con sus arcos, flechas y boleadoras se preparan para la batalla.

—¿Luchar? —pregunta Sabina exaltada.

Ignorando la inquietud que ha generado en sus amigos, Sak K'uk continúa:

—Admiren la riqueza de sus mantas de guanaco bordadas con dibujos geométricos.

Con la cara pintada y adornados con plumas, los mapuches bailan calzados de mocasines, sus excéntricos movimientos imitan al ñandú acompañados por esa música lastimera que los ejecutantes arrancan al tambor y a las flautas.

La caminata continúa, sus pasos los llevan al pie de una cascada donde se despliega un campamento de tamaño mediano.

—Estos pueblos proceden tanto de los bosques tropicales del sur como de las grandes cordilleras volcánicas que se levantan en tierras fértiles al sur del continente, con ellos converso en guaraní —susurra el guía.

—¿Son de oro sus tocados y narigueras? —pregunta Bruno.

—Sí, de oro macizo —responde el joven maya—, al igual que los aretes, pectorales y las bandas que rodean sus brazos. Ellos pertenecen a la cultura

Kogi, los hermanos mayores de la humanidad —Sak K'uk agrega bajando la voz—: proceden del denominado «Corazón del Mundo», se atribuyen a sí mismos la responsabilidad sagrada de cuidar el planeta.

—¿Qué mastican? —pregunta Sabina.

—Hojas de coca —responde Sak K'uk.

Sak K'uk se trepa a un árbol para observar a lo lejos, cuando desciende afirma con emoción:

—Han llegado los incas, constructores de Cuzco y Machu Picchu, he reconocido sus sombreros y capas de lana de llama.

Mientras avanzan la mezcla de voces y música altera la paz de sus oídos.

—Bajo aquellas techumbres descansan los moches —señala el guía—, procedentes de la misma región que los lambayeque, chimu, paracas, huari, junto con los extraordinarios chavín, constructores del Obelisco.

En un discreto enclave, un animado grupo se refresca bajo la sombra de árboles gigantescos.

—Aquellas mujeres y sus magníficos sombreros con plumas erguidas son originarias de la tierra de Taraco —les dice Sak K'uk—. Se dice que ellos son los creadores de las secuencias de líneas rituales trazadas en el desierto, senderos de procesión hacia lugares sagrados.

Los hermanos reconocen la plaza principal donde se han instalado los tiwanaki.

—Son los habitantes de una isla mística con escultura monumental —afirma Sak K'uk.

—Quizás se refiere a la Isla de Pascua, susurra Sabina.

Por el lado de las cascadas recorren los campamentos de grupos que se alistan para el gran cónclave, mientras Sak K'uk los enumera, un sobresalto embarga a Bruno y Sabina.

—Aquí se instalaron los cochimies y los seris que vienen del norte —frente a sus ojos se despliega un verdadero mundo de personas—: procedentes de la Costa Oeste están los tlapaneacos —los hermanos se sienten confortados—, del centro arribaron pames, otomíes, mazahuas y matlatzincas.

—¡Nosotros nacimos en las mismas tierras que ellos! —agrega ella muy contenta.

—En estos techos improvisados se alojan los popolocas, mixes, triques.

—Reconozco sus atuendos rojos —afirma Bruno.

Incansable Sak K'uk continúa:

—Ya formados avanzan los amuzgos con sus bellos bordados, les siguen los zapotecos y chinantecos.

Alineados para avanzar, el silencio comienza a reinar entre sus filas, Sak Kúk murmura:

—He aquí los pimas y yaquis. Aquellos son los tarahumaras con sus mantas blancas y procedentes de las montañas de la costa oeste: los coras.

—Miren esas personas, vestidos con sus maravillosos bordados —señala Bruno.

—¡Son huicholes! —responde Sabina maravillada por sus atuendos.

Sak K'uk prosigue:

—La cultura que por su asistencia es la más ampliamente representada es la nahua, unificada por su lengua, aunque no conforma una unidad política, debido a que sus miembros habitan en diferentes regiones. De la costa noreste llegaron los totonacos y tepehuas y, originarios del oeste, las naciones huasteca y popoloca.

Después de un merecido descanso para comer, Sak K'uk continúa con su descripción:

—De tierras cercanas llegaron esta mañana los grupos lacandón, chontal, zoque, chole, tzeltal y tzotzil —los hermanos reconocen sus atuendos—, sin olvidar a los tojolabales, chujes, jalaltecos, mames y motozintlecos —Bruno y Sabina se sienten en casa—. Para terminar: aquellos que se encuentran alejados de los demás pertenecen a la indómito Estado purépecha.

Después de escuchar tan detalladas descripciones, Bruno pregunta:

—¿Con qué objetivo se ha convocado este concilio de naciones?

—Pronto lo sabrán.

Con gran solemnidad, todos toman sus lugares, aguardando algo o a alguien. Las oraciones pronunciadas al unísono se escuchan como una conmovedora e intensa plegaria que inunda el ambiente de paz y devoción, una súplica que, dirigida a los dioses, se eleva junto con el incienso en una sola voz, en un mismo idioma:

—No acabarán mis cantos, no morirán mis flores, yo, cantor, los elevo, así llegarán a la casa del ave de plumas de oro —pronuncia un orador.

La oscuridad de la noche no les permite distinguir al personaje que se ha presentado en la cúspide del templo para dirigirse a los presentes:

—A través del tiempo hemos logrado cumplir nuestra misión que ha sido la de preservar intactas nuestras culturas, es decir la lengua, la religión y las tradiciones de este mosaico de naciones para que se mantengan en armonía con las fuentes eternas de vida que se manifiestan en la tierra, el cosmos y el Inframundo. De esta forma la mente individual se unifica con la universal alcanzando la sabiduría de la gran realidad.

El que habla levanta la voz:

—Próximamente se cumplirán quinientos siete años de resistencia ininterrumpida que hemos pagado con incontables vidas de nuestros hijos y hermanos, su sacrificio nos ha hecho preservar nuestra identidad. Una vez más, hemos de presentar batalla, sabiendo que no será la última, jamás lo será, cada vez son más los invasores que pretenden apoderarse de nuestra herencia, nuestra fuerza es la unidad. Si es necesario, pereceremos defendiendo a nuestros dioses. ¡Nuestra dignidad jamás será doblegada!

El sonido de los caracoles resuena como un himno que glorifica sus palabras. Una absoluta e impresionante oscuridad se apodera del ambiente.

—Por qué no hay ningún fuego que alumbre? —susurra Bruno.

—El grupo de los nahuas llevará a cabo la ceremonia del Fuego Nuevo que simboliza el inicio de una nueva era para que nuestro rey llegue a convertirse en el nuevo sol maya —afirma Sak K'uk con voz baja.

Los primeros rayos del alba iluminan los rostros pintados y las armas que todos y cada uno portan.

Inmóviles, Sabina y Bruno permanecen al lado de las escalinatas de la gran pirámide por donde desciende el orador.

Distraídos por las fogatas que se extinguen, ninguno de los dos repara en el momento en el que este se ha colocado en medio de ellos. Su atuendo es la evocación de un árbol, el Señor es la Ceiba: una banda que lo cubre cae hasta las rodillas semejando el tronco del Árbol Cósmico, el gran penacho hace las veces de fronda donde se posa el ave celestial. Con sus brazos extendidos, los toma a ambos por los hombros.

Bruno casi se desvanece al escucharlo cuando se dirige a él:

—Corazón del Cielo: sin ti, esto nunca hubiera sido posible, tus reflexiones me ayudaron a cambiar nuestro destino.

Cuando la luz baña su rostro, Sabina reconoce su mirada. Casi sin aliento exclama:

—¡Pakal! Estás aquí conmigo.

El rey toma las manos de su amada para posarlas en las palmas de dos jóvenes que se encuentran a su lado:

—Aquí están. Son tus hijos: K'inich Kan B'ahlam y Kán Joy Chitam.

Al mirarlos, la reina se reconoce en sus miradas, todo el amor, toda la añoranza y los recuerdos le caen de un solo golpe:

—Hijos míos, no sé cómo he podido vivir lejos de ustedes, nunca más quiero que vivamos separados —afirma casi sin reconocer su propia voz.

Cientos de luciérnagas entretejen el cabello de Tz'ak-b'u Ahaw con cintas de colores vivos que iluminan con sus propios cuerpos. A cada uno de sus hijos le da una hebra de sus cabellos impregnados con luz de luna llena.

Mientras avanzan para dirigir al cortejo, un ave se abalanza sobre ella emitiendo un sordo sonido gutural. Al momento en que el pájaro abre el pico, ella percibe el vaho de su espantoso aliento. Sus tres lenguas filosas como cuchillos le dejan una herida en la mejilla.

—No te aflijas, es el pájaro fantasma que como siempre será tu guía —afirma con desenfado un conejo de grandes orejas negras.

FIN

AGRADECIMIENTOS

Un reconocimiento para Jean-Luc, Sabina y Bruno, incansables cómplices de mis locuras y a todos mis amigos que siempre me han sabido escuchar.

Gracias a Maricruz Patiño por sus consejos siempre acertados y por su paciencia.

Una mención especial para Jérémy Anaya Lemonnier que generosamente ha aceptado desplegar su talento para así enriquecer mi trabajo.

Los quiero a todos.

BIBLIOGRAFÍA

Arellano Hernández, Alfonso. 2001. "Las guerras venusianas entre los mayas". *Revista Arqueología Mexicana*, n.°47, ene.-feb.: 36-41.
Arlon, Penélope. 2003. *Enciclopedia de los pueblos del mundo*. Editado por Carolina Reayo. Madrid: Editorial Espasa.
Armijo Torres, Ricardo. 1999. "Nuevo hallazgo en Comalcalco, Tabasco". *Revista Arqueología Mexicana*, n.°37, may.-jun.: 71-72.
Arroyo, Bárbara. 2016. "Descubrimientos recientes en las tierras bajas de Guatemala". *Revista Arqueología Mexicana*, n.°137, ene.-feb.: 20-25.
Ayala F., Maricela. 2010. "Bultos sagrados de los ancestros entre los Mayas". *Revista Arqueología Mexicana*, n.°106, nov.-dic.: 34-40.
Ayala F., Maricela. 2012. "Tiempos mesoamericanos. Calendarios mayas". *Revista Artes México* n.°107, sep.: 18-25.
Baudez, Claude Francois. 1996. "La casa de los cuatro reyes de Balamku". *Revista Arqueología Mexicana*, n.°18, mar.: 36-41.
Baudez, Claude Francois. 2002. "Venus y el códice Grolier". *Revista Arqueología Mexicana*, n.°55, may.: 70-79.
Baudez, Claude Francois. 2003. "T de Tierra... y otros signos que la representan". *Revista Arqueología Mexicana*, n.°60, mar.-abr.: 54-63.
Baudez, Claude Francois. 2007. "Los dioses mayas, una aparición tardía". *Revista Arqueología Mexicana*, n.°88, nov.-dic.: 32-41.
Baudez, Claude Francois. 2012. "Las batallas rituales en Mesoamérica, *parte 2*". *Revista Arqueología Mexicana*, n.°113, ene.-feb.: 18-29.
Barros de Villar, Javier. 2016. "Sobre la influencia geométrica de la piel de serpiente en la arquitectura maya". *Más de México*. https://masdemx.com/2016/12/canamayte-piel-vibora-cascabel-geometria-maya/.
Benavides Castillo, Antonio. 2017. "La isla de la Jaina y las figurillas de la costa Campechana". En *Mayas, el lenguaje de una belleza*, 55-60. Ciudad de México: INAH.
Bernal, Guillermo. 2001. "Glifos y representaciones mayas del mundo subterráneo". *Revista Arqueología Mexicana*, n.°48, mar.: 42-47.
Bernal, Guillermo. 2010 "Los escenarios del porvenir". Cómputos futuristas en Palenque". *Revista Arqueología Mexicana*, n.°103, may.-jun.: 45-48.
Bernal, Guillermo. 2011. "K´inich Janahb ´Pakal II. Resplandeciente Escudo Ave-Janahb. (603-683d.c.)". *Revista Arqueología Mexicana*, n.°110, jul.-ago.: 40-45.
Bernal, Guillermo. 2012 "La historia dinástica de Palenque. Principales acontecimientos y genealogía de sus gobernantes". *Revista Arqueología Mexicana*, n.°113, ene.-feb.: 62-69.
Bernal, Guillermo. 2014 "L´homme, Le Temps, Les Astres". En *Mayas: Révelation d´un temps sans fin*, 38-43. París: Imprimerie Graphius.
Bonfil Batalla, Guillermo. 2006. *México profundo. Una civilización negada*. México: De Bolsillo.
Both Arnd, Adje. 2008. "La música prehispánica de México". *Revista Arqueología Mexicana*, n.°94, nov.-dic.: 28-37.
Boucher Le Landais, Sylviane. 2014. "Vasijas estilo códice de Calakmul. Narraciones mitológicas y contextos arqueológicos". *Revista Arqueología Mexicana*, n.°128, jul.-ago.
Bruce Robert D. 1991. *Maya Art. Splendor and Symbolism*. México: Bancomext.
Calvin E., Inga. 1997. "Where the Wayob live: "A Further examination of Classic Maya Supernaturals". En *The Maya Vase Book, n.°5*, editado por J. Kerr, 868-879. New York: The Kerr Collections.
Calvin E., Inga (comp.). 2004. *Guía de estudio de jeroglíficos maya*. Foundation for the Advancement of Mesoamerican Studies, Inc. http://www.famsi.org/spanish/mayawriting/calvin/glyph_guide_es_i.pdf.
Campana Luz, Boucher Sylviane. 2002. "Nuevas imágenes de Becán, Campeche". *Revista Arqueología Mexicana*, n.°56, jul.-ago.:64-69.
Carrasco, Ramón. 2014. "La Vie, la Mort, Les Ancêtres et les Dieux". En Mayas, Révelation d´un temps sans fin. París: Imprimerie Graphius.
Cheng, François. 2007. *La escritura poética china*. Valencia: Editorial Pre-textos.
Cheng, François. 2013. "Cinq Méditations sur la Mort, autrement dit sur la Vie". París: Editorial

Albin Michel.

Cheng, François. 2013. *El diálogo, una pasión por la lengua francesa*. Valencia: Editorial Pre-Textos.

Chilam Balam. Año desconocido. *La leyenda del Colibrí*.

Códice Florentino. 2003. "Libro X, capítulo XXIX". *Revista Arqueología Mexicana*, n.°60, mar.-abr.: 48.

Coe, Michael. 1966. *The Maya*. New York: Praeger Publishers.

Coe, Michael. 1973. *The Maya Scribe and His World*. New York: The Grolier Club.

Coe, Michael. 1978. *Lords of the Underworld, Master Pieces*. Fotografías de Justin Kerr. Priceton: The Art Museum/ Princeton University.

Coe, Michael. 1989. "The Hero Twins: Myth and Image". En *The Maya Vase Book No. 1*, editado por J. Kerr, 161-183. New York: The Kerr Collections.

Coe, Michael. 1995. *Breaking the Maya Code*. Joseph W. Ball& other.

Craveri, Michela. 2010. "Adivinación y pronósticos entre los mayas actuales". *Revista Arqueología Mexicana*, n.°103, may.-jun.: 64-69.

Craveri, Michela. 2014. "Le Popol Vuh et L´art de la Parole dans le Monde Maya" en *Mayas Révélation d´un temps sans fin*, 101-106. París: Imprimerie Graphius Group.

Cuevas, Martha y Jesús Alvarado. 2012. "El mar de la creación primordial. Un escenario mítico y geológico de Palenque". *Revista Arqueología Mexicana*, n.°103, ene.: 32-37.

Davidoff Misrachi, Alberto. 2002. *Arqueología del Espejo. Un acercamiento al Ritual en Mesoamérica*. Ciudad de México: Planeta.

De la Garza, Mercedes. 1995. *Aves sagradas de los Mayas*. Ciudad de México: UNAM.

De la Garza, Mercedes. 2000. "El juego de pelota según las fuentes escritas". *Revista Arqueología Mexicana*, n.°44, jul.-ago.: 50-53.

De la Garza, Mercedes. 2002. "Mitos mayas del origen del cosmos". *Revista Arqueología Mexicana*, n.°56, jul.-ago.: 36-41.

De la Garza, Mercedes. 2010. "El universo temporal en el pensamiento maya". *Revista Arqueología Mexicana*, n.°103, may.-jun.: 38-44.

De la Garza, Mercedes. 2012. "El tiempo del mito". *Revista Artes México* n.°107, sep.: 36-43.

De la Garza, Mercedes. 2014. "El carácter sagrado del xoloitzcuintli entre los mayas y nahuas". *Revista Arqueología Mexicana*, n.°125, ene.-feb.: 58-63.

De la Garza, Mercedes. 2014. "Les Médiateurs du Sacré", Rois, Pretres et Chamanes". En *Maya: Révelation d´un temps sans fin*, 17-19; 56-64. París: Imprimerie Graphius.

De Landa, Fray Diego. 1978. *Relación de las cosas de Yucatán*. Ciudad de México: Porrúa.

Díaz Gisele y Alan Rodgers. 1993. *The Codex Borgia, A Full -Color Restoration of the Ancient Mexican Manuscript*. New York: Dover Publications.

Díaz-Bolio, José. 1987. *The Geometry of The Maya and The Rattlesnake Art*. Mérida: Área Maya.

Dupey G., Elodie. 2015. "De vírgulas, serpientes y flores, iconografía del olor en los códices del centro de México". *Revista Arqueología Mexicana*, n.°135, sep.-oct.: 50-55.

Dupey G., Elodie. 2015. "Olores y sensibilidad olfativa en Mesoamérica". *Revista Arqueología Mexicana*, n.°135, sep.-oct.: 24-29.

Dupey G., Elodie. 2018. "Vientos de creación, vientos de destrucción. Los dioses del aire en las mitologías Náhuatl y Maya". *Revista Arqueología Mexicana*, n.°152, jul.-ago.: 40-43.

Espinoza P., Gabriel. 2018. "Animales y símbolos del viento entre los Nahuas". *Revista Arqueología Mexicana*, n.°152, jul.-ago.: 46-51.

Fash, William. 2011. "K´inich Yax K´uk Mo´, resplandeciente quetzal guacamaya". *Revista Arqueología Mexicana*, n.°110, jul.-ago.: 35-39.

Filloy Nadal, Laura y José Ramírez. 2012. "El tablero del templo de la cruz de Palenque. Historia de una restauración aplazada". *Revista Arqueología Mexicana*, n.°113, ene.-feb.: 70-77.

Filloy Nadal, Laura. 2015. "El jade en Mesoamérica". *Revista Arqueología Mexicana*, n.°133, may.-jun.: 30-36.

Freidel, David y Charles Suhler. 1998. "La ruta de la resurrección de los reyes". *Revista Arqueología Mexicana*, n.°34, nov.-dic.: 28-37.

Freidel, David, Linda Schele y Joy Parker. 1999. "El cosmos maya, tres mil años por la senda de los chamanes". Ciudad de México: Fondo de Cultura Económica.

Galindo Trejo, Jesús. 2010. "El tránsito de Venus por el disco del sol de 2012". *Revista Arqueología Mexicana*, n.°103, may.-jun.: 49-51.

García, Ana y Tiesler Vera. 2011. "El aspecto físico de los dioses mayas". *Revista Arqueología Mexicana*, n.°112, nov.-dic.: 59-63.

García de León, Antonio. 1993. *Resistencia y Utopía*. Ciudad de México: Ediciones Era.

García González, Miguel. 2015. "Efluvios mensajeros. el copal y el auhtli en los sahumadores del Templo Mayor". *Revista Arqueología Mexicana*, n.° 135, sep.-oct.: 44-49.

Gómez. G., Luis A. 2008. "Los instrumentos musicales prehispánicos". *Revista Arqueología Mexicana*, n.° 94, nov.-dic.: 38-46.

Gómez, Oswaldo y Milan Kovak. 2016. "Las relaciones entre Tikal y Uaxactún, investigaciones actuales". *Revista Arqueología Mexicana*, n.° 137, ene.-feb.: 38-45.

González Cruz, Arnoldo. 2011. *La Reina Roja*. Ciudad de México: INAH.

Gorza, Piero. 2014. "L´homme Maya actuel et les Rites". En *Maya: Révelation d´un temps sans fin*, 107-114. París: Imprimerie Graphius.

Grube, Nikolai. 2006. *Los mayas. Una civilización milenaria*. Barcelona: Editorial H.F. Ullmann

Grube, Nikolai. 2010. "Augurios y pronósticos en los códices mayas". *Revista Arqueología Mexicana*, n.° 103, may.-jun.: 34-37.

Grube, Nikolai. 2011. "La figura del gobernante entre los mayas". *Revista Arqueología Mexicana*, n.° 110, jul.-ago.: 24-29.

Grube, Nikolai y Werner Nahm. 1994. "A Census of Xibalba. A complete inventory of Way Characters on Maya Ceramics". En *The Maya Vase Book, n.° 4*, editado por J. Kerr, 686-712. New York: The Kerr Collections.

Hermann L., Manuel. 2011. "La serpiente de fuego en la iconografía mesoamericana". *Revista Arqueología Mexicana*, n.° 109, may.-jun.: 67-70.

Hermes. Trismegisto. 2003. *El Kybalion*. Trad. por Manuel Algora. Barcelona: Ed. Luis Carcamo.

Hernández D. Verónica. 2010. "El culto a los ancestros en la tradición de tumbas de tiro". *Revista Arqueología Mexicana*, n.° 106, nov.-dic.: 41-46.

Hill Bone, Elizabeth. 2016. *Ciclos de tiempo y significado en los libros mexicanos del destino*. México: FCE.

Houston Stephen y Sara Newman. 2015. "Flores fragantes y bestias fétidas. el olfato entre los mayas del Clásico". *Revista Arqueología Mexicana*, n.° 135, sep.-oct.: 36-43.

Houston Stephen y Sara Newman. 2019. "Plumas de quetzal". *Revista Arqueología Mexicana*, n.° 159, sep.-oct.: 24-25

Houston, Stephen y Taube Karl. 2010. "La sexualidad entre los antiguos mayas". *Revista Arqueología Mexicana*, n.° 104, jul.-ago.: 38-45.

Hubert, Henri y Marcel Mauss. 2016. "Ensayo sobre la naturaleza y función del sacrificio". *Revista Arqueología Mexicana* (ed. especial), n.° 70, oct.-nov.: 25.

Jansen, Maarten y Gabina Pérez. 2002. "Amanecer en Ñuu Dzavui. Mito mixteco". *Revista Arqueología Mexicana*, n.° 56, jul.-ago.: 42-47.

Johansson, Patrick. 2003. "La muerte en Mesoamérica". *Revista Arqueología Mexicana*, n.° 60, mar.-abr.: 46-53.

Johansson, Patrick. 2004. "La relación palabra-imagen en los códices Nahuas". *Revista Arqueología Mexicana*, n.° 70, nov.-dic.: 44-49.

Johansson, Patrick. 2019. "Año uno ácatl, 1 caña (1519). Un encuentro de dos epistemes". *Revista Arqueología Mexicana*, n.° 159, sep.-oct.: 13-17.

Kerr, Justin. 1989. *The Maya Vase Book, a corpus of Roll out photographs of Maya Vases*. Vol. 1-6. New York: Kerr Associates.

Kettunen, Harri y Christophe Helmke. 2010. *Introducción a los jeroglíficos mayas*. Traducido por Verónica A. Vázquez y Juan I. Cases. México: Wayeb.

Klein, Cecilia. 2002. "La iconografía y el arte mesoamericano". *Revista Arqueología Mexicana*, n.° 55, may.: 28-35.

Lacadena, Alfonso. 2014. "Le Langage Rituel dans les Textes Glyphiques Maya". En *Mayas Révélation d´un temps sans fin*, 71-76. París: Imprimerie Graphius Group.

Ladrón de Guevara, Sara. 2000. "El juego de pelota en el Tajín". *Revista Arqueología Mexicana*, n.° 44, jul.-ago.: 36-41.

Lok, Rossana. 1987. "The House as a Microcosm: Some Cosmic Representations in a Mexican Indian Village". En *The Leiden Tradition in Structural Anthropology. Essays in Honour of P. E. de Josselin de Jong*. Editado por Rob de Ridder y Jan A. J. Karremans, 211-233. Leiden: Brill Academic Pub.

López Austin, Alfredo. 1963. "El hacha nocturna". *Estudios de Cultura Náhuatl*, n.° 4: 179-185. http://www.historicas.unam.mx/publicaciones/revistas/nahuatl/pdf/ecn04/047.pdf

López Austin, Alfredo. 1996. "Los rostros de los dioses mesoamericanos". *Revista Arqueología Mexicana*, n.° 20, jul.-ago.: 6-19.

López Austin, Alfredo. 2004. "La magia y la adivinación en la tradición mesoamericana".

Revista Arqueología Mexicana, n.°69, sep.-oct.: 20-29.

López Austin, Alfredo. 2016. "Cosmovisión de la tradición Mesoamericana (1a parte)". *Revista Arqueología Mexicana (ed. especial)*, n.°68.

López Austin, Alfredo. 2016. "Cosmovisión de la tradición Mesoamericana (2a parte)". *Revista Arqueología Mexicana (ed. especial)*, n.°69.

López Austin, Alfredo. 2016. "Cosmovisión de la tradición Mesoamericana (3a parte)". *Revista Arqueología Mexicana (ed. especial)*, n.°70.

López Austin, Alfredo. 2018. "Cosmogonía y geometría cósmica". *Revista Arqueología Mexicana (ed. especial)*, n.°83, dic.

López Austin, Alfredo. 2019. "Presentación". *Revista Arqueología Mexicana (ed. especial)*, n.°86, jun: 8.

López Austin, Alfredo y Erik Velázquez García. 2018. "Un concepto de dios aplicable a la tradición maya". *Revista Arqueología Mexicana*, n.°152, jul.-ago.: 20-27.

Love, Bruce. 2008. "El códice París". *Revista Arqueología Mexicana*, n.°93, sep.-oct.: 66-73.

Lozoya X., Javier. 1995. "Arqueología de la tradición herbolaria". *Revista Arqueología Mexicana*, n.°14, jul.-ago. 1995: 3-9.

Mac Leod, Bárbara y Dennis E. Puleston. 1979. *Pathways into Darkness, The Search for the Road to Xibalbá*. Austin: University of Texas.

Martel Díaz-Cortez, Patricia. 2004. "La magia de las palabras en el ritual de los bacabes". *Revista Arqueología Mexicana*, n.°69, sep.-oct.: 34-39.

Mc Anany, Patricia. 2010. "Recordar y alimentar a los ancestros en Mesoamérica". *Revista Arqueología Mexicana*, n.°106, nov.-dic.: 26-33.

Miller, Mary Ellen. 1993. "The Image of People and Nature in Classic Maya Art and Architecture". En *Ancient Americas, Art from sacred landscape*, 158-169. Chicago: The Art Institute of Chicago.

Miller, Mary Ellen. 2002. "Reconstrucción de los Murales de Bonampak". *Revista Arqueología Mexicana*, n.°55, may.-jun.: 44-54.

Moller, Mayo y Edwin Barnhart. 2008. *Palenque as never seen before: Visto como nunca antes*. Tuxtla Gutiérrez: Consejo Estatal para la Cultura y las Artes de Chiapas/ Virtual Archaeologic.

Nájera C, Marta I. 2012. "Tiempos rituales, rituales del tiempo". *Artes de México* n.°107: 44-51.

Nájera C., Marta I. 2018. "¿Tenían los mayas un dios del viento?". *Revista Arqueología Mexicana*, n.°152, jul.-ago.: 60-67.

National Geographic. 2013. "Secretos de los mayas". *Revista National Geographic*, n.°33, 2.

National Geographic, 2016 "El imperio perdido de los mayas". *Historia National Geographic*. https://historia.nationalgeographic.com.es/a/imperio-perdido-mayas_10728/1.

Neurath, Johannes. "Envoltorios sagrados y culto a los ancestros. Los huicholes actuales y el antiguo reino del Nayar". *Revista Arqueología Mexicana*, n.°106, nov.-dic.: 41-46.

Ortiz Lanz, José Enrique. 2017. "Miradas cruzadas". En *Mayas. El lenguaje de la belleza*, 27-32. México: INAH.

Paz, Octavio. 1950. *El laberinto de la soledad*. Ciudad de México: FCE.

Paz, Octavio. 1987. *El peregrino en su patria. Historia y política de México*. México: Fondo de Cultura Económica.

Peniche Barrera, Roldán. 2015. *Mitología maya*. Mérida: Ed. Dante.

Pereira Grégory. 2014. "La Mort et les Rites", en *Mayas Révélation d´un temps sans fin*, 258-269. París: Imprimerie Graphius Group.

Pereira, Grégory. 2014. "La Mort et Les Rites Mises en Scene. funéraires dans lesBasses Terres Mayas". En *Mayas: Révelation d´un temps sans fin*, 76-81. París: Imprimerie Graphius.

Pereira, Grégory. 2017. "Bioarqueología de las prácticas funerarias". *Revista Arqueología Mexicana*, n.°143, ene.-feb.: 50-55.

Pérez Suárez, Tomás. 2007. "Dioses Mayas". *Revista Arqueología Mexicana*, n.°88, nov.-dic.: 57-66.

Pierrebourg, Fabienne y Humberto Ruz Mario. 2014. *Nah Otoch*. Izamal: Secretaría de Educación del Estado de Yucatán, UNAM.

Pinedo Erick. 2013. "Muerte de un rey, nacimiento de un Imperio". *National Geographic en español*, n.°33: 38-47.

Pitarch, Pedro. 2013. *La palabra fragante, cantos chamánicos tzeltales*. Ciudad de México: Libros de la Espiral, Artes de México.

Pompa y Padilla, José Antonio. 1995. "El embellecimiento dentario en la época prehispánica". *Revista Arqueología Mexicana*, n.°14, jul.-ago.: 62-65.

Prieto, Guillermo. 2013. "Secretos del otro mundo maya" *National Geographic en español*, n.°*33*: 48-71.

Proskouriakoff, Tatiana. 1985. *Historia maya*. Ed. Por Rosemar y Joyce. México: Siglo XXI.

Quenon Michel y Genevieve Le Fort. 1997. "Rebirth and Resurrection in Maize God Iconography. En *The Maya Vase Book, n.°5*, editado por J. Kerr. New York: The Kerr Collections.

Quintal Avilés, Ella F. 2014. "Les Mayas Actuels et les Rites. Basses Terres". En *Mayas: Révelation d´un temps sans fin*, 114-121. París: Imprimerie Graphius.

Rilke, Rainer M. 2009. *Elegías de Duino*. México: Ediciones Sin Nombre.

Rivera Zamora, Alejandro y Joäo Pedro Cappas e Sousa. 2009. "Las Abejas y la Miel en los Códices Mayas (Códice Madrid o Tro-Cortertesiano)". *Blog de Apicultura Profesional*. Último acceso el 03/08/2020. https://www.oocities.org/sitioapicola/notas/codicesmayas.htm.

Robisek, Francis y Donald M. Hales. 1981. *The Maya Book of the Death: The Ceramic Codex*. Charlotteville: University Museum of Viriginia.

Robisek, Francis y Donald M. Hales. 1982. *The November Collection of Maya Ceramics. Maya Ceramic Vases from the Classic Period*. Charlotteville: University Museum of Viriginia.

Rodríguez Arellano, Martín. 2014. *Las flores del jaguar*. El barrio antiguo. http://www.elbarrioantiguo.com/las-flores-del-jaguar/.

Rojas S., Carmen. 2007. "Cementerios acuáticos mayas". *Revista Arqueología Mexicana*, n.°83, ene.-feb.: 59-63.

Rossi, Franco D., Heather Hurst y William Saturno. 2016. "El taller de los sabios. La producción de murales y códices en Xultún, Guatemala". *Revista Arqueología Mexicana, n.°137, ene.-feb.*: 68-75.

Romero Blanco, Karina. 2017. "Textos de introducción: secciones y piezas". En *Mayas, el Lenguaje de la Belleza. Miradas Cruzadas (Exposición)*. Ciudad de México: Museo Nacional de Antropología, INAH.

Romero, Laura Elena. 2018. "Los malos aires". *Revista Arqueología Mexicana*, n.°152, jul.-ago.: 68-72.

Ruz Mario, Humberto. 2012. "El futuro del ayer: los tiempos de los sin tiempo. Espiral del eterno retorno". *Artes de México*, n.°107, sep: 66-78.

Ruz Mario, Humberto. 2017. "Lenguaje voluble, belleza inmutable". En *Mayas, el Lenguaje de la Belleza. Miradas Cruzadas, 37-44*. Ciudad de México: Museo Nacional de Antropología, INAH.

Saravia, Albertina (ed.). 1973. *Popol Vuh, antiguas historias de los indios quichés de Guatemala*. Ciudad de México: Ed. Porrúa.

Saturno, William y Karl Taube. 2004. "Hallazgo: las excepcionales pinturas de San Bartolo, Guatemala". *Revista Arqueología Mexicana*, n.°66, mar.-abr.: 34-35.

Schele, Linda y Mary Ellen Miller. 1986. *The Blood of Kings. Dynasty and Ritual in Maya Art*. New York: The Kimbell Art Museum.

Scheffer. Lilian. 1989. *Grupos indígenas de México*. Ciudad de México: Ed. Panorama.

Solanes, María del Carmen y Enrique Vela. 2000. "Atlas del México prehispánico". *Revista Arqueología Mexicana* (ed. especial), n.°5.

Sotelo S., Laura. 2012. "El arte de medir el tiempo". En *Artes México*, n.°107: 14-17.

Soustelle, Jacques. 1940. *La Pensée Cosmologique des Anciene.s Mexicaines, (Represéntation du Monde et de l´espace)*. París: College de France, Chaire de Antiquités Américaines, Fondation Loubat.

Stone, Andrea y Marc Zender. 2011. *Reading Maya Art" A Hieroglyphic Guide to Ancient Maya Painting and Sculpture*. Londres: Thames y Hudson.

Stross, Briand y Justin Kerr. 1990. "Notes on the Maya Vision Quest through Ene.ma". En *The Maya Vase Book, n.°2*, editado por J. Kerr, 349-359. New York: The Kerr Collections.

Stuart, David. 1989. "Hieroglyphs on Maya Vessels". En *The Maya Vase Book, n.°1*, editado por J. Kerr, 149-160. New York: The Kerr Collections.

Taladoire, Eric. 2000. "El juego de pelota mesoamericano. Origen y desarrollo". *Revista Arqueología Mexicana*, n.°44, jul.-ago.: 20-27.

Tate, Carolyn. 2000. "Writing on the Face of the Moon. Women as Potters, Men as Painters in Maya Classic Civilization". En *The Maya Vase Book, n.°6*, editado por J. Kerr, 1056-1068. New York: The Kerr Collections.

Taube, Karl. 1994. "The Birth Vase. Natal imagery in Ancient Maya Myth Ritual". En *The Maya Vase Book, n.°4*, editado por J. Kerr, 652-685. New York: The Kerr Collections.

Taube, Karl. 1996. "Antiguos dioses mayas". *Revista Arqueología Mexicana*, n.°20, jul.-ago.: 20-29.

Taube, Karl. 1996. "Los héroes gemelos y la derrota del Xibalba. Aztec and Maya Myths". Austin: British Museum Press y University of Texas. Citado en *Revista Arqueología Mexicana*, n.°20

jul.-ago.: 72-74.
Taube, Karl. 2001. "La escritura teotihuacana". *Revista Arqueología Mexicana*, n.°48, mar.-abr.: 58-63.
Taube, Karl. 2015. "Los significados del jade". *Revista Arqueología Mexicana*, n.°133, may.-jun.: 48-55.
Taube, Karl. 2018. "Orígenes y simbolismo de la deidad del viento en Mesoamérica". *Revista Arqueología Mexicana*, n.°152, jul.-ago.: 34-39.
Taylor, Dicey. 1992. "Painted Ladies: Costumes for Women on Tepeu Ceramics". En *The Maya Vase Book, n.°3*, editado por J. Kerr, 513-523. New York: The Kerr Collections.
Tiesler, Vera. 2017. "Cara a cara con los antiguos mexicanos. Bioarqueología del cuerpo humano". *Revista Arqueología Mexicana*, n.°143, ene.-feb.: 43-49.
Tiesler, Vera. 2017. "Cuando el rostro resplandece. Belleza natural y construida entre los mayas". En *Mayas. El Lenguaje de la Belleza*, 47-53. México: INAH.
Tiesler, Vera y Andrea Cucina. 2005. "Las enfermedades de la aristocracia maya en el Clásico". *Revista Arqueología Mexicana*, n.°74, jul.-ago.: 42-47.
Toby Evans, Susan. 2015. "Las procesiones en Mesoamérica". *Revista Arqueología Mexicana*, n.°131, ene.-feb.:34:39.
Toby Evans, Susan. 2015. "Procesiones en Teotihuacán, agua y tierra". *Revista Arqueología Mexicana*, n.°131, ene.-feb.: 48-53.
Townsen, Richard F. 1992. *The Ancient Americas, Art from Sacred Landscapes*. Chicago: The Art Institute of Chicago.
Uriarte, María Teresa. 2000. "Práctica y símbolos del juego de pelota". *Revista Arqueología Mexicana*, n.°44, jul.-ago.: 28-35.
Vail, Gabrielle. 2013. "El tiempo mítico en los códices mayas". *Revista Arqueología Mexicana*, n.°118, ene.-feb.: 56-63.
Vail, Gabrielle y Anton Aveni. 2008. "El códice Madrid". *Revista Arqueología Mexicana*, n.°93, sep.-oct.: 74-81.
Valverde, Ma. Del Carmen. 2014. "Entre Forces Sacrées et Dieu". En *Mayas: Révelation d´un temps sans fin*, 44-51. París: Imprimerie Graphius.
Valverde, Ma. Del Carmen. 2005. "El jaguar entre los mayas. Entidad oscura y ambivalente". *Revista Arqueología Mexicana*, n.°72, Mar.-Abr. 2005: 46-51
Vance, Erik. 2016. "In Search of the Lost Empire of the Maya". *National Geographic Magazine* n.°39: https://www.nationalgeographic.com/magazine/2016/09/maya-empire-snake-kings-dynasty-mesoamerica/.
Vázquez de Agredos, María, Vera Tiesler y Arturo Romano. 2015. "Perfumando al difunto. Fragancias y tratamientos póstumos entre la antigua aristocracia maya". *Revista Arqueología Mexicana,* n.°135, Sep_oct 2015: 30-35.
Vapnarsky, Valentina. 2014 "Briser le Vent et échanger les coeurs: Art et Performance des discours Rituel Maya" En *Mayas: Révelation d´un temps sans fin*, 123-134. París: Imprimerie Graphius.
Vela, Enrique. 2007. "Popol Vuh, el libro sagrado de los mayas". *Revista Arqueología Mexicana,* n.°88, nov.-dic.: 42-50.
Vela, Enrique. 2010. "Decoración corporal prehispánica". *Revista Arqueología Mexicana* (ed. especial), n.°37, dic.
Velázquez C., Adrián. 2020. "El simbolismo de los objetos de concha del Templo Mayor de Tenochtitlán". *Revista Arqueología Mexicana,* n.°161, ene.-feb.: 60-67.
Velázquez García, Erik. 2008. "El vaso de Princeton". *Revista Arqueología Mexicana,* n.°93, sep.-oct.: 51-59.
Velázquez García, Erik. 2010. "El antiguo futuro del K´atun. Historia y profecía de un espacio circular". *Revista Arqueología Mexicana,* n.°103, may.-jun.: 58-63.
Velázquez García, Erik. 2016. "Códice Dresde: Parte 1 Ed. Facsimilar". *Revista Arqueología Mexicana* (ed. especial), n.°67, abr.
Velázquez García, Erik. 2017. "Códice Dresde: Parte 2 Ed. Facsimilar". *Revista Arqueología Mexicana* (ed. especial), n.°72, feb. 2017.
Velázquez Morlet, Adriana. 2017. "El lenguaje de la belleza". En *Mayas, el Lenguaje de la Belleza. Miradas Cruzadas*, 71-84. Ciudad de México: Museo Nacional de Antropología, INAH.
Viesca Carlos. 2005. "Las enfermedades en Mesoamérica". *Revista Arqueología Mexicana,* n.°74, jul.-ago.: 38-41.
Villa Roiz, Carlos. 1995. *Gonzalo Guerrero, memoria olvidada, trauma de México*. México: Plaza y Valdés Editores.
Yadeun Angulo, Juan. 1994. "Espacio sagrado de la guerra celeste". *Revista Arqueología*

Mexicana, n.°8 jun.-jul.: 24-29.

Yadeun Angulo, Juan. 2001. "El Museo de Toniná. Territorio del tiempo". *Revista Arqueología Mexicana*, n.°50, jul.-ago.: 44-49.

Yadeun Angulo, Juan. 2011. "K´inich Baak Naal Chaak (Resplandeciente Señor de la Lluvia y el Inframundo) (652-707 d.c.) Toniná (Popo) Chiapas". *Revista Arqueología Mexicana*, n.°110, jul.-ago.: 52-55.

Zender Marc. 2000. "A Study of two Uaxactún Style tamale-serving vessels". En *The Maya Vase Book*, n.°5, editado por J. Kerr, 1038-1050. New York: The Kerr Collections.

Made in the USA
Columbia, SC
08 February 2025